imaginist

想象另一种可能

理
想
国

imaginist

陈映真作品

夜行货车

陈映真

九州出版社
JIUZHOUPRESS

图书在版编目(CIP)数据

夜行货车 / 陈映真著 . -- 北京：九州出版社 ,2020.6（2024.5 重印）

ISBN 978-7-5108-8423-8

Ⅰ. ①夜… Ⅱ. ①陈… Ⅲ. ①小说集—中国—当代
Ⅳ. ① I247

中国版本图书馆 CIP 数据核字 (2019) 第 276623 号

夜行货车

作　　者	陈映真 著
出版发行	九州出版社
地　　址	北京市西城区阜外大街甲35号（100037）
发行电话	（010）68992190/3/5/6
网　　址	www.jiuzhoupress.com
电子信箱	jiuzhou@jiuzhoupress.com
印　　刷	肥城新华印刷有限公司
开　　本	850mm × 1168mm　1/32
印　　张	13.125
字　　数	240千
版　　次	2020年6月第1版
印　　次	2024年5月第7次印刷
书　　号	ISBN 978-7-5108-8423-8
定　　价	76.00元

1979年台北远景出版社出版

1983年台北远景出版社出版

目录

六月里的玫瑰花

疲倦的月亮

门开了。像地窖一般幽暗的酒吧，便在一霎时间掠过一片白色的日光。一个又瘦又高的黑人走了进来。厚厚的门在他身后慢慢地关上了。黑人轻轻地唱着一支在他尚未走进酒吧之前就唱着的歌，摸索着走到靠近冷气机的一张小台子。他把照相机搁在台子上，用厚厚的嘴唇从烟盒里啄出一支长脚的香烟，点上火。他一边喷着青烟，一边还不住地哼着。

——莫妮达，美丽的莫妮达呵；
才十四岁，
养下又白又胖的娃娃，
……

一个吧女走过来坐在他的身边。黑人依旧唱着："莫妮达，你快快乐乐，从不抱怨。"吧女看看等在一边的仆欧，对黑人说：

"请我喝一杯，怎么样？"

黑人眯着眼伸懒腰，露出一排雪白的牙齿，在黑暗中发亮。他张开嘴的时候，那一排牙齿差不多就占满了他下半个脸。"当然。"他说。

"威士忌苏打。"伊对仆欧说。"你呢？"

现在他认真地盯着伊瞧着。他的雪白的马牙齿被厚厚的嘴唇盖着。他的头发像刚刚拆下来的毛线，密密麻麻地卷着，看起来仿佛只是用糨糊贴在他的突着后脑的头上。他有一对大大的突出的眼睛。这眼睛一本正经地瞧着伊，令伊想起故乡的一头操劳过度的老黄牛。

"嗨，甜姐姐。"他钟情地说。

"我叫艾密丽 · 黄。"伊说，"弟兄们都叫我艾密。"

"嗨，艾密。"他说。

"人家等着你点酒咧。"伊笑着说。

"杜松子酒加冰块。"他说。

地窖里都是便装的和军装的美国兵士。

低低的天花板装潢得像沙发一般，而一盏盏微弱的灯嵌在上面，仿佛一朵朵疲倦的月亮。

艾密丽 · 黄在手提包里找出香烟。

“好像在哪儿见过？”伊不顶真地说。

“我可记不得了。”他露着白牙齿调侃地笑着。伊让他点好烟。伊是懂得这个调侃的。然而伊仍旧漫不经心地让他拧了拧伊的裸露的背。“比方说在通到你们办公的团部的路边。”伊说。

他开心地笑起来，眯着他的快乐的牛眼睛。有一个喝得烂醉的胖子大声吼着说：“我跟上帝说，这里的娘儿们，比东京的好一千万倍——伊们又够味，又便宜……”

“艾密丽，甜姐姐，”黑人说，“我们根本没有在什么通到团部的路上见过面。我刚刚从越南来。”

他的黑色的大手掌压住伊的并不白皙的手。艾密丽·黄看着他的黑色的手巴掌。他的指甲像一颗颗乳褐色的小石头，在沙滩上被溪水冲刷得好干净。艾密丽的威士忌苏打和黑人的杜松子酒加冰块端上来了。黑人伸手去接他的杯子，直接送到嘴巴喝着。他眯着大眼睛说：

“真口渴。”他用一只空着的手去抚摸伊的背，“我们没有在什么地方碰过面。我第一次来这里度我的七天假。”

“噢。”伊说。他的触力温柔得出乎伊的意外。“不管怎样，”伊说，“欢迎你，兵士先生。”

他们碰了杯。

“你叫我巴尼好了。”然后他军事性地说，“合众国陆军第二十六军团直属机动连队，上等兵巴尔奈·E·威廉斯请你跳一支舞。”

他站起来，像一只长脚的海蜘蛛。伊开始被这个并不漂亮的黑人士兵弄得有些开心起来。艾密丽·黄很晓得这个开心的重要性：伊们是并不常常会遇见这种令人开心的客人的。而倘若有一个这样的客人，便会使他们忘掉伊们的职业性，而且间或也会有某一种恋爱的陶醉的快乐。音乐虽是疯狂地快，他们俩却径自在角落里慢条斯理地磨咕着。艾密丽仰着那看着就令人发酸的脖子，让他贴着脸。他的黑色的手在伊的裸裎的并不白皙的背上揉着。伊是个健壮的女人。这只要看见伊的特别宽阔的肩背就能明白了。两种不相同的肤色相拥抱着，便有某种色情的气息。

“你作战的时候很勇敢吗？”伊说。

他用他的厚嘴找到了伊的大耳朵。他低低地说：

“关于这个，今晚你会在床上晓得的。”

伊吃吃地笑了起来。“你是个坏孩子。”艾密丽说。伊忽然看见他们的对面有一个英俊的白人军官和一个漂亮得令人嫉妒的女人跳冲浪舞。那个白白的女人留着一头长长的苏西黄式的长发。伊的舞姿像满月下的潮汐，冰凝而激烈的。艾密丽·黄聚精会神地看着。伊从而说：

“巴尼，我要你看一个漂亮的 × 货。”伊用力按住他贴着伊的头，“不过你不许爱上她。”

黑人士兵笑了起来：“甜姐姐，我不会的。”“你发誓。”伊说。

“我——发誓。”他说。然而伊的香味开始使他激动起来了。他抚摸着整个伊的裸露的背，伊推开他。他开始去看那个“漂亮的 × 货”。

“噢！”他说，“排长史坦莱 · 伯齐！”

那个英俊的白人军官转过脸来张望着。“耶稣基督！”巴尔奈说，“他是个又可恶又神气的家伙！”

“哟荷！你这蠢驴子。”军官看见他了，“你这蠢驴子！”他兴高采烈地说。他拉着那个长头发的女人走了过来。“排长史坦莱。”黑人笑着说，“在这儿碰见你真高兴。”

军官朗朗地笑了起来，露着一排健康的牙齿。他的胸膛宽阔，薄薄的嘴上留着很精神的短髭。金黄色的头发整齐地贴着他方形的头颅。“你是一头蠢驴子。”他快乐地说。他是个典型的东部世家子弟。军官的脸不知道是日晒或醉酒而发红，显得精神抖擞。他神气地凝望着一下子拘谨起来了的黑人小兵。他说：

“你晓得吗？今天是你的伟大的日子。”他又哈哈地笑了起来。实际上，排长史坦莱 · 伯齐已有几分醉意了。他压低声音说：“也许是你的家族历史中最了不起的日子。”他恶戏地眨眨眼，然后提高嗓门儿说：

“先生们，安静。安静。”

他走向酒柜台。“先生们，安静。”他说，他在灯光下微笑着，像一个预备演说的年轻的参议员。这个地窖般的酒吧间于是便安静得只剩下被转弱的唱片声。他说：

“排长史坦莱·伯齐就地宣布我们伟大的合众国政府颁给上等兵巴尔奈·E·威廉斯的荣誉……”

酒吧里的军人们一齐望着站在墙角的黑人士兵，看见他反抱着艾密丽出神地呆立着。醉酒的狂笑和戏谑的掌声响了起来。

排长史坦莱用东部特有的造作的口音，宣布黑人上等兵巴尔奈·E·威廉斯因为歼灭了长期躲在一个村庄上的敌人之功，着令晋升军曹。他用大学里的演说课的姿态说：

“巴尔奈·E·威廉斯是个伟大的合众国战士，伟大的爱国者。他为了我们合众国所赖以奠立的信念，远征沙场。当他为了保卫并协助建立一个独立、自由的友邦而战之时，他已经为我们自立国之初即深信弗移的公正、民主、自由与和平的传统，增添了一份荣耀。”

一阵真实的和酒醉的掌声热烈地响起。军曹巴尔奈不知道在什么时候饮泣着。“哦，哦，耶稣基督呵。”他哭着说。“别哭罢，我的宝贝。”艾密丽高兴地说，抱着他像抱着一株高过围墙的树。“耶稣基督哟，我多么快乐。”他开始失声，竟渐渐至于号啕了。

“耶稣基督呵……”他说。

“别哭，乖宝贝。”艾密丽的眼圈红了起来，“别哭，乖宝贝。”

“别哭，宝贝，别哭。”有人在齐声嘲弄地和着。

“耶稣——哦，好耶稣。”他失声说，“我的曾祖父只不过是个奴隶呢！”

“别哭，乖宝贝。”伊说。

“别哭，宝贝，别哭！”酒醉的人们唱和着。

土拨鼠

军曹和艾密丽过了一个狂欢的夜晚。对于军曹巴尔奈，仿佛世界上一切的希望之门都为他打开：成功、希望、荣誉和尊严都对着他和蔼而谦逊地微笑着。而他的荣耀和快乐，完完全全地感染了艾密丽。“你晓得吗？”军曹用他的手指挤着伊的扁平的鼻子说，“你吱吱喳喳地讲个不停，像一只小麻雀。”

伊沉默起来。“你不喜欢的吗？”伊忧悒地说。军曹抱住伊。他的黑色的身体像一株野生的热带树。他吻着伊的小小的鼻子。“呵呵，一点儿也不，”他说，“你是世上唯一分享了我的快乐的女子。”他放开伊，相对地跪着，他半举着左手，把右手放在伊的肩上，他扮着肃穆的脸，说：

“我是一个非洲的君王，他统治着炎热而幽暗的土地。他君临那里的森林、激流、蟒蛇、猛狮、象牙和钻石。”

伊立时在床上伏拜起来，伊的乳房垂在床单上，好像一对果实，在丰收的时节静静地悬垂着。伊不住地说："王啊，哦，王啊。"

"你是王的麻雀，你是王所钟爱的妾。"他说，"你是陪伴王度过他的假期的唯一的幸运女人。"

小麻雀钟情而感动地拥抱军曹。伊亲吻他，像一只白色的、妖娇的小母鸡在一片黑泥土的大地上快乐地啄食。"我是你的小麻雀，我是王的爱妾。"伊喃喃地说，"我要服侍你，领你去另一个有风的小乡下。"

"另一个有风的小乡下吗？"军曹说。

"是的，我的王啊。"小麻雀说，"像今天我们去过的那个小小的村庄。王说：哟，这是个有风的小乡村，好像你生长的故乡……"

黑色的国王躺在床上。这是一张观光饭店里的大而讲究的床，床头有金黄色的精巧雕刻。

"但愿你去过我们的古老的，古老的南方。"军曹说，"我们住在那里，一代又一代。在那儿唱歌、祈祷、流泪、酒醉，辛勤地工作，并且把我们的骨头埋在那里。"

"倘若你欢喜，明天我带你到另外一个乡下去。"小麻雀兴奋地说，"那里有一个小小的渔港，渔船们忙碌地从海里捞来大批大批的鱼虾倒在这个小小的渔港上。"

"噢，不。"军曹说。

"随你高兴。"小麻雀说。伊下床去为他倒水，伊的肩背宽大而光滑，好像一个等待开垦的山坡。

军曹侧身起来喝水。他用双手捧着茶杯，像一个婴孩。伊抚摸着他的黑色的肚皮，看见伊自己的手被衬托得好白好白，但伊断不是个色白的女子。“你不是说这里的风景，到处都一样的吗？”军曹歉然地说。

“没错，”伊笑着说，“Yeah, that's true.”

“Yeah, that's true.”军曹说。他从杯子底去望天花板，细眯着另一只眼睛，像是在用望远镜照着某一个遥远的地方。他低低地说：“Yeah, that's true，到处都一样的。全世界的乡下都是一个模样。”

伊的手在他的黑色的身体上徙行。“是吗？”艾密丽说。

“今天我看到你们的乡下，到处是一大片稻田。太阳晒在随风波动的稻子上。就差没有炮声，没有硝烟，没有那稠密的森林——否则那样子太像我们打仗的地方了。”他忽然咯咯地笑起来，因为艾密丽抚摸着他的耻毛。他躲开伊，把杯子放在床边的茶几上。他又咯咯地笑。他抓住艾密丽的手。“不要这样，”军曹笑着说，“你是个小荡妇。”

“你不喜欢吗？”

“不，不是这个时候。”军曹说，忧悒地吻着被他抓住的伊的手。伊笑了起来。

“我的意思是，”伊说，“你不喜欢乡村的那种样子，因为——”

“我不知道。”军曹说。他的厚厚的嘴唇像吸盘一样有力地吸吮着伊的手背。

“因为打仗吗？”

“噢，不，”军曹迅速地说，“我的曾祖父也是个军人。他参加李将军，打北佬。”他望着茶几，在杯子和一个小口琴之间拿了一包香烟，用他的厚厚的嘴唇啄出一根又长又白的香烟来。伊为他点火，他的样子真像一个军人。

“现在我是个军曹了。”他充满自信地说，“军曹上去是少尉、中尉、上尉，再上去是少校、中校，然后就是上校。”

“你一定办得到，”伊快乐地说，“你一定办得到。”

“那时候，人们便叫我巴尔奈上校——一直到我老了，小伙子们还会恭敬地叫我巴尔奈上校、巴尔奈上校。”

伊其实并不了解一个上校的荣誉的。然而伊却忠心地相信他必有一日成为一个上校，成为一个狂野而潇洒的军官，好像那个为他颁布晋升状的史坦莱排长。

“那个时候，人们将邀请我做善邻委员会的委员，同白人一起参加宴会，甚至给白人的小伙子一点有用的、聪明的忠告。”他微笑地说，“而且我将有一幢干净、安适的大房子，被高大的南方的榕树包庇着。榕树的影子使草坪永远荫绿……”

“巴尔奈上校，”伊低声说，“你没提到上校夫人呢。”

军曹欢喜地吃了一惊。他的小麻雀正忧愁地玩弄着一只银色的发夹。他伸手去拥抱伊，他说：“你是我的宝贝，我的小麻雀……”伊没作声，却驯良一如鸽子，任他亲昵。但伊始终不能专心。伊说：

“他们都是高尚的人吗？”

“谁是高尚的人？”

“巴尔奈上校的朋友们。”

“当然，他们都是高尚的人。”军曹笑着说。

“你要娶他们之中的某一个女儿。”伊幽然地说。

黑人军曹沉静地望着一个冷气的出口。冷风徐徐地流渡着，使得深垂的窗幔不住地晃动。

他因为新的野心，有些困难地拒绝着某种感动。但是他仍然说：

“我谁也不娶，我只娶你：我的宝贝，我的小麻雀。”

“真的吗？”伊欣悦地说。

“真的。”军曹说。

艾密丽蠕动着钻进他的臂弯里，使他想起遥远的故乡的土拨鼠。“真的吗？”伊说。“耶稣基督作证，你必是我的上校夫人。”他说。他开始吻他的土拨鼠。但他知道伊一直不能专心做爱。

“巴尼。”伊亲爱地说。

“Yeah？”

“巴尼，你听我说，”伊轻轻地咬着他的黑色的手指头。“只要你这句话，我已经很高兴了。”

“什么意思？”军曹说。

“什么意思吗？”伊微笑着说，“我只不过是吧女，我不能做上校夫人。”

“艾密！”他说。

“即使我不是吧女，我也是个养女——你懂吗？”

“噢，我不明白，”他笑着说，“可是，都一样，你是我的上校夫人。”

“养女是从小就被卖出去的那种女孩，”伊说，“我的母亲也是一个养女。我的外祖母也是。”

“耶稣！”军曹叹息着说，“一百年前，我们曾经像牲口般被拍卖！可是你瞧，现在我是个军曹哩……”

“是的，我为你高兴。”小麻雀快乐地说，“我从小就在那些阴暗的房子里长大。你看到乡下的那种房子的。但有什么关系？我现在比他们谁人都活得舒服，就好比现在你是个军曹，明天你可能是个神气十足的上校。”

“你在那些房子长大吗？”军曹沉吟着说，“我记得我立了功的那个战场，也有那样低矮的、阴暗的屋子。我持着枪走进屋子。一个小小的女孩坐在角落里抱着一个断了手臂的布娃娃。伊既不骇怕，也不哭喊！你也在那样的屋子住着长大吗？”

“告诉我你把口香糖送给那个小小的女孩，”伊恳切地说，“你把那小小的女孩带到部队上，给了许多罐头和口粮。”

“当然，”军曹说，“当然！主耶稣呵，我把所有的口香糖、罐头和口粮给了伊。”

“我知道你是那样的。”伊安慰地说，“今天你也给了那些围绕着你的那些小孩每人一片口香糖。”

军曹沉默着，随即点燃了一根香烟。他说：“可是我不喜欢你们这儿或者那儿的稻田，不喜欢那些太阳，那些恶意的森林，以及躲在林子里的那些狗娘养的——他们像蚂蟥一样令人作呕。”

“The son of a bitch!”伊咒诅着说。

“你分不开他们谁是谁，天杀的，”军曹愤怒地说，“可是我也不欢喜看着庄稼被我们烧成灰烬，真的。因为我是个农夫啊。”

“可是一打完仗，你已经是个上校了。”

“对啦！”变得有些忧悒了的军曹，忽然高兴起来，“想想看，当年我的曾祖父参加李将军的时候，他只不过是个马夫呢。”

他们于是开始兴奋起来，然后在疲倦中熟睡。然而，到了天将破晓的时分，军曹忽然在睡梦中啸喊起来，那声音仿佛尚未使用语言的时代里的人类在惊惧地呼喊一般。

你是一只鸭子

军曹巴尔奈 · E · 威廉斯病了。因为自从那天以后，他在每天夜里都会发生长时间的梦魇，怎么也弄不清醒。他被送到市郊的一所漂亮的精神医院。负责治疗他的是一个野心勃勃的年轻的医生。他能说一口很好的英文，但军曹并不喜欢他。因为他不停地问他许多他想忘却的往事。然而梦魇像鬼魂一般在每天深夜里一定的时刻困扰着他，使他恐惧万分。因此，军曹不能不逐渐仰赖这个神气的中国医生。事实上，他一向厌恶又骇怕那种自信、骄傲和高尚的人们。

“觉得好些吗？”医生笑着说。他的声音听起来有点像鸭子叫，军曹想。他颓丧地说：

“梦魇一直不停，你晓得的。”

“我们终于会找到的，”鸭子说，“我们正在寻找：什么事使你这样。”他职业性地笑了起来。他实在是一只神气兮兮的鸭子（duck），而不是医生（Doc.）。

“Yeah, duck.”军曹恶作剧地笑起来，“Yeah, duck.”

“好极了，”医生说，“现在，你想想，在这以前，你有没有过梦魇的经验呢？”

“耶稣！从来没有过，”军曹恶躁地说，“有过一次罢，但那时候我还只是个小孩子。”

“你说你小的时候有过一次梦魇，好极了。”医生高兴地说，“你记得为什么吗？”

“我不记得了。”

他们沉默起来。于是医生对着他微笑着。他实在是一只可恨的鸭子，军曹想着。然而他不禁忧悒起来。

“也许因为我骇怕——我不晓得。”他沮丧地说，“我的父亲会唱许多好听的歌——特别是如果有人借给他一把好吉他。”

“你的父亲会唱许多好听的歌吗？”

“世界上没有人能唱得比他更好。”军曹寂寞地笑着。

“这似乎没有什么好骇怕的，是不是？”

“我不晓得，”军曹用双手蒙住眼睛，他不住地摇着头，“我不晓得，”他说，“医生，我必须告诉你每样事吗？”

“你必须告诉每样事，”鸭子温柔地说，“我们在帮助你，你瞧。”

医生为军曹点上一支烟。军曹的擎着烟的手微微地发抖。但医生故意漠视它。“好吧，”军曹无助地说，“他常常在夜里带我出去逛，在深夜的街灯下流浪。他对我真好，医生。”军曹疲惫地笑起来。医生说：

“说下去，我听着。”

“他一口一口地喝着酒，然后开始用他浑圆的低音轻轻地唱歌，”军曹说，“在寒冷的夜里，他喝完酒，唱完歌，说：孩子，我们回家去。”

“你的父亲说：孩子，我们回家去——说下去。”

“我们回家去。有时候，有时候那个白人还没有走，我们就得躲着等他。然后我的母亲在门口送走那个白人——他是一只肮脏的猪！而母亲的身上什么也没有穿。”

军曹开始哭泣，茶几上一只杯子里，插着一株开得很精神的红玫瑰。

“感情的发泄对于你是很好的，”医生说，“现在一切都过去了。感情的发泄对于你是很好的。”

“但愿如此。”军曹说，他又换了一支烟，“然后我们回到家里，我的父亲开始毒打我的母亲，咒骂我的母亲。而伊只是低声哭着，从来不反抗的。然后我们挤在一张床上睡。”他把香烟溺在盛有薄水的烟灰缸，看着水分慢慢地把一小截香烟湿透。他说：“就是在那些夜里，我开始梦魇。”

“这是一支令人悲伤的故事。”医生温和地叹息说，“可是永远不要懊悔你告诉了我这些事。我是个医生呢。我们已经开始找到一个方向：是那些愤怒、恐惧和不安的事使你发生梦魇。让我们往这个方向去找寻——你永远不必懊悔你告诉了我这么些，”他说，“我是一个医生呢。”

“那要看你能不能治好我了。”

医生同军曹都笑了起来。“现在我觉得好些了，”军曹说，“现在我对你觉得自在些。”医生笑了笑。“好极了，”医生说，“好极了。纪录上说你立过军功——打仗对于你没什么困恼罢？”

“没什么困恼。”军曹说。

“比方说，有些骇怕。”

“有些骇怕，”军曹认真地说，“开始的时候，是的。但你一下子就喜欢它了——你晓得，在我的平生，第一次同白人平等地躲在战壕里，吃干粮，玩牌，出任务，一点差别也没有。他们被敌人击倒了，一点也没有特殊。在打仗的时候，你成为一个完完全全的合众国的公民。”

“在打仗以前呢？”

军曹笑了起来。“在打仗以前！主耶稣！你从很小的时候就晓得你不能走到白人的街道。噢。那条干净的、漂亮的、宽敞的街道，好耶稣！你从小就晓得不能同狄克、汤姆、杰米玩。这使你愤怒，医生。你的世界只有那么一丁点，永远是那么失望、肮脏。”

“你是一个敏感的孩子。”医生说。

“有一次我偷偷地用肥皂拼命地洗我的脸，”军曹哗哗地笑起来，“希望把肤色洗白——耶稣基督！”

“噢。”医生说，“因此你喜欢军队。你同那些狄克、汤姆一道作战。你没有了自卑感。”

“我不知道，”他说，“有时候我真希望战争永远没有完。有一次，我冒着弹雨把罗吉拖回战壕，罗吉打从我们在船上的时候就认识了。敌人打烂了他的左肩，整个打烂了——The son of a bitch! ——他说：巴尼，真感谢你救我。然后他若无其事地死掉了。他说：巴尼，我真感谢你。我忽然想到这半生从来没有一个白人对我这样说过。我哭了，医生，"军曹自嘲地说，"他们说巴尼是个重感情的人。"

"你是的。"

"我不知道。"军曹说。

"你是的，"医生说，"现在，你能不能想一想，这次发生梦魇之前有什么特殊的事情呢？"

"实际上，最近是我觉得最快乐的时候。"军曹说，"我遇见了一个女孩。"

"你爱上了这个女孩。"医生愉快地说。

"我常常想：我爱上伊了吗？"军曹说，"伊是个吧女，我爱上伊了吗？"

"伊苦恼着你吗？"

"绝不，"他说，"艾密丽是个好女孩，艾密丽是个可怜的好天使。"

"艾密丽是个可怜的好天使？"

"艾密丽是个可怜的好天使。"军曹说，"艾密丽是个养女——从小就卖给别人的那种女孩。"

"伊爱上了你吗？"

"我不知道。"军曹说，"用你们的话说，伊有一种自卑感——我说对了吗？"

"Yes, inferiority complex."

“艾密丽说伊不配嫁给我，因为我有一天要成为上校。”军曹腼腆地说，“这是伊说的。”

“不管怎样，伊没有令你困恼吗？”

“绝对没有——主耶稣晓得——艾密丽是个甜姐姐。”

“你说伊是个可怜的好天使，”医生说，“没有令你想起什么吗？”

“伊告诉我伊生长在那些低矮的、阴暗的屋子，”军曹说，“这困恼我。但不是艾密丽困恼了我——艾密丽是个可怜的好天使。”

“那些低矮的、阴暗的屋子令你困恼吗？”

军曹忽然惊慌起来。“我猜是的，”他嚅然地说，“我猜是的。”

“我们又找到一个死结了，军曹，”医生严肃地说，“不要放松它。”

“艾密丽带我到一个小村庄去玩。”军曹沉悒地说，“那里的太阳，太阳下的稻田，甚至于茂盛的竹林，使我想起另一个村庄，医生。”

“你记得这个村庄吗？”

“我但愿不记得。那时候，约有四倍于我们的敌人从四面八方包围着我们。那些穿着黑衫的蚂蟥，那些狗狼养的，”军曹激怒地说，“我们被歼灭了。那些狗娘养的！”

“你说你们被歼灭了。说下去，军曹。”

“只有我一个人活着。敌人退去以后，我带着我的自动步枪连夜地跑。后来，我想我扑倒在一个树根上，睡着了。因为醒来的时候，我正拥着枪躺在树下。”军曹说，“也许是那强烈的阳光罢，我变得十分紧张。我紧紧地握着枪，只要看见任何出声或晃动的东西，我就开枪。”

“你变得十分紧张，只要看见出声的或晃动的东西，你就扣扳机。”医生说。

“我猜想我是这样地走进一个小小的村庄。那些太阳，”军曹忧悒地说，“那些稻田，那些狰狞的森林。我不断地开枪，一直到我走进一间矮小的屋子。”

“你走进一间矮小的屋子。说下去。”

“屋子里坐着一个小女孩，抱着断了胳臂的布娃娃。”军曹说，“小女孩既不骇怕，又不哭喊。伊只是睁着大大的眼睛看着我。我扣了扳机——耶稣基督哟——”

军曹开始饮泣起来。医生为他倒了一杯凉水。“医生，我必须那样，相信我。”他说。

“我完全相信你，”医生说，“喝杯水。我完全相信你。”

“你分不清他们谁是谁——他们看起来都一样。扁平的脸，斜翘的眼，黑色的棉布衫。而我只有一个人，你相信我吗？”

“我完全相信你。”医生说，“我没忘了你是在一个战场上。”

“我昏睡在那个矮小的屋子外。”军曹轻轻地说，“直到我们的部队开来。他们说我把整个村庄打烂了。”

军曹又开始饮泣。“好耶稣，”他说，“你一定知道我不是存心那样。你分不清他们谁是共产党，谁又不是……”

“喝杯水，军曹。”医生柔和地说，“感情的发泄对你是一件好事——极好的事。”

“噢，好耶稣……”军曹喃喃地说。他的眼泪静静地滑下他黝黑的脸颊，像一粒雨珠挂在古老的、黑色的岩石上。

红色的发巾

军曹巴尔奈·E·威廉斯抱着一大束红的以及黄的玫瑰花，走下计程车，张开他的海蜘蛛一般的长腿，走向一家小小的公寓。七月的暑气从狭小的楼梯四周包围着他。他的脸因微汗而发着油光，汗水渗渗地聚在他卷曲如毛线一般的发脚上。然而军曹却愉快地唱着歌：

> ——莫妮达，美丽的莫妮达哟，
> 你快快乐乐，从不抱怨。

他因为上着楼梯而气喘着。他打开了一扇小房门，一眼就看见伊的可爱的但不甚牢固的小床。床上留着一支银色的发夹。

“艾密丽！”他快乐地气喘着。他说：“艾密丽我的小麻雀！”

伊从浴室里冲了出来。伊穿着一件陈旧的晨衣，一条红色的发巾包住伊的整个的头发，拓出伊的也是微突着后脑的头颅。“哦，”小麻雀说，“哦！”他们拥抱起来。他亲吻着伊的依然沾着水珠的颈项。“哦，哦，”伊快乐地哭泣着，“巴尼，你是个坏透了的孩子，”伊说，“坏到骨子里。”

军曹俯身去拾着撒满了一地的红的以及黄的玫瑰花。“你瞧，”他说，“我出院了。我一个劲儿坐车回来了。”伊欢乐地笑着。“这么些漂亮的玫瑰花！”伊说，流着眼泪。

“整整的一个六月！”他把玫瑰花分别插进四个宽颈的空酒瓶。他说：“整整的一个六月，他们不让我们见面。”他把剩下的花又分别装在茶杯、罐子和空罐头里。“但是你却每天送来一朵玫瑰——整整一个六月里。”

“他们告诉我他们待你很好。”伊说，“是真的吗？”

“Why, yeah!”他又笑出一排雪白的马牙齿，“他们待我像一个老好朋友。”

“我一直担心着。”伊为他脱下卡其军服，吻着他的黑色的、瘦削的胸。“我有一个叔叔，我记得。他——”

“他——”军曹说。

“他们把他锁在一个黑屋子里。二十多年了。”

“他疯了。”军曹露着牙齿笑。

“别提他！”伊急着说，“我只是担心着。”

“不要怕疯子。”军曹温柔地说，“他们只是心里受了伤，好像我们的皮肤受了伤，是一样的——鸭子这样说的。”他开始告诉伊那个医生如何像一只神气的鸭子。伊为他挂起军衣。“我一点也不骇怕，”伊愉快地说，“我们忘记它不好吗？”他从背后抱着伊。军曹说：“我现在健康得像一条快乐的公牛，艾密丽，你是我的新娘，你嫁给我吗？”

伊转过身来。他们沉默着。伊笑起来，眼睛闪烁着快乐的泪光。“我永远是你的新娘，”艾密丽说，伊的塌鼻子愉快地翕动着，“我永远都是你的新娘，但你不能娶我，我只不过是个吧女。”

“小麻雀，听我说，”军曹严肃地说。他严肃得可以把整个太阳涂成黑颜色。他说：“你晓得吗？我是个奴隶的子孙——一个奴隶哩。”

即使伊晓得 slave 翻成“奴隶”，也不能十分懂得它的意义罢。伊摇着头，说：

“可是你要成为一个上校。”伊把红色的发巾解开，伊的短短的半湿的头发冷冷地滑落。“但是都一样，我永远是你的新娘，”伊笑着说，“只要你走之前爱着我，就行了。”

“你是个傻楞楞的小麻雀，”他充满健康人的自信说，“军曹说，他要娶你，就要娶你。”

“你不必那样，真的，”伊说。伊于是在他的怀里快乐地摆动，像一只棕色的土拨鼠。“只要在你走之前爱着我——完全地爱着我——就行了。”军曹巴尔奈·E·威廉斯忧悒起来，他说：

“他们告诉了你我就要走的吗？”

“你们终归要走的。”伊细声说，“忘了它吧，让我们快快乐乐地过完你的假期——你还有多少假期呢？”

“四天。”他叹息着低声说，望着一桌子一床头的红的以及黄的玫瑰。他们沉默着。

“四天。”伊无声地说。

“小麻雀，你听我说……”

小麻雀开始无声地流泪。“四天也好。”小麻雀说。伊开始脱下伊的晨衣，伊的仿佛丰硕了些的乳房微微地跃动着。伊打开床边的电扇，侧卧在床上。“小麻雀，你听我说——”军曹亲吻着伊，“在医院的时候，我对我自己说：平生第一次，有个人使我觉得我自己有多重要。那个人就是你，我的小麻雀。我又对我自己说：平生第一次，我的生命里有了一个目的，为它奋斗。”“我爱你。”小麻雀叹息着说，“我爱你。”军曹轻轻地吻着伊的全身。“我不愿离开你，你相信吗？但我要再回到那个战场，我要杀光那些躲在森林里的黑色的山蚂蟥，那些狗娘养的。我要成为一个勇敢的军人，一个上校。我要成为你的骄傲。”艾密丽好几次想告诉他伊已经为他怀了一个月的小孩。那一定是个漂亮的、黑色的小男孩，伊想着：眨着一对大大的金鱼眼，像他的父亲一样。然而伊只是说：“我会以你为我的骄傲的。”伊快乐地微笑着。军曹开始因激动而气喘着。孩子一定是个漂亮的小男孩，眨着一对大大的金鱼眼睛，像他的父亲一样，伊兀自想着。

灿烂的阳光

一个有雾的夜晚，伊下班回到家里。伊在门底下捡起一封漂亮的白信封。伊打开灯，从信封里抽出一张装潢得十分精致的信。伊看到一只愤怒的枭鹰，抓着一簇锐利的箭，仿佛意欲振羽而去。伊一下子记起他晋升军曹的证书上，也有这样一只鹰扬的猛禽。伊快乐地亲吻着信纸。“巴尼，你办到了——虽然我不晓得你又升成了什么。”伊喃喃地说，“You make it, Barney,you make it!”

伊把那漂亮的信纸摆在桌上。军曹巴尔奈 · E · 威廉斯的照片在镜框里温柔地笑着。伊脱去衣服，开始洗浴。伊快乐地用口哨吹着他的“美丽的莫妮达”,想起他上船的模样来。戴着船行帽的他的侧脸，看起来真像一个勇敢的军人。那时候，灿烂的阳光照耀在那只巨大无比的战舰上，也照着他的崭新的卡其军装。他频频张着长臂对伊摇动着，而伊却在船下不住地哭着，哭着。“甜心，我会好好的，”他大声说，“我会回来看你，我会的！”然后战舰慢慢地驶开港口。好灿烂的阳光。现在伊整个脸仰向莲蓬头，露着牙齿笑。“明天要找酒柜的小刘读这封信给我听，”伊独个儿说，“这次起码是个少尉。少尉巴尔奈·E·威廉斯！”伊不禁笑出声音，吐出满口的冷水。

灯光下，那封漂亮的信纸静静地躺着。

“……他为无可置疑的民主、和平、自由和独立而战；他为合众国传统的正义和信念捐躯。他的牺牲为全世界自由人民堵塞奴役和反人性的逆流底斗争，垫上一块有力而雄辩的巨石。

“……”

初刊于一九六七年七月《文学季刊》第四期

贺大哥

1

坐计程车赶到台北国际机场，已经是午后四时了。我跳下车子，匆匆地在机场的楼下、楼上绕了一圈，并不叫人担心地看不见贺大哥。五时十五分的班机，毕竟是早来了。我走出机场，看见台北的秋天的阳光，照在机场正对面的民航大楼，使那弧形的建筑，反射着一片白色耀眼的光芒。围着机场前面大喷水池的杜鹃篱笆，已经被穿梭不停的车辆扬起的灰尘，蒙上一层厚厚的泥上。我走进喷水池的小公园里，回头看着机场。它像最近十年间在台湾各地新建的寺庙，说西不西、说中不中的样子。机场门前有用水泥砌得索然得很的安全岛，种植着一片暗红大叶的小灌木。在这暗红的小灌木间，等距地种着修剪成半球形的、深绿色细嫩叶子的常见而不知其名的小树。在这深绿色的小半球之上，且以更大的等距，种植着修剪成颀长的等边三角形的，更为常见，又不知其名的针叶树。阳光为它们划分出甚具几何趣味的光暗，整个安全岛便呈现出一种都市的、呆板的、舞台一般的景致。

喷水池的左右，参差错落地停满了各种式样、各种颜色的车子。喷泉不曾打开，使大理石砌成的方形的水池，显得异样地荒芜和孤寂。有两三群送行的人，正在为他们远行的亲友拍照。

早上十时许罢，正准备出去上课的时候，大学医院精神科的谢绍美来电话。

“你的那个老师刚走了。”她说。

“哦。”我说。

“今早刚过九点，大使馆的人和美国来的医生，还有你那老师的家人——他母亲，还有……”谢绍美停了一会，说，“还有，唉，你知道他在美国有太太吗？”

“哦。”我说。

“你知道吗？”她说，“人家他在美国，已经有了太太。”

“我知道。”我脱口而出地说。

“哦哦……”她说。

其实，我当然不知道。不过，如果贺大哥真是个遗忘症的患者，他曾告诉过我的一切关乎他的过去，都会变成一堆他“假造”的故事。

“这儿的院长、科主任医师丁教授也来了，”她说，“在病房里，中国人和外国人，叽叽呱呱地讲英语。后来丁教授说他们要立刻送他回国。”

“贺大哥他……”我说。

“贺大哥？啊，见鬼哟，”谢绍美说，“他根本不姓Hopper，查出来了，他的真姓是Chalk。粉笔的英文单字，就是那个Chalk。”她迅速而自抑地笑了几声，“总之，小曹，在美国，人家找他也找了好几年，杨大夫说的。这下好了，找到了他，赶快要把他送回去。”

隔着电话，我听见谢绍美叹了口气。我用双手捧着电话。不是说很难过的，但眼泪却那么悄悄、悄悄地流下面颊。

“小曹，”她说，“你干吗了？”

我努力地摇头。

“小曹！”她说。

我咽了咽口水，说：

“嗯。”

“干什么呀，你。别难过了。”她说。

“不会的。”

“啊，对了！”谢绍美恍然地叫了起来，“你看我，正经事不提，废话一大堆。我告诉你啊……”

她郑重地说：“他们订好了下午五点十五分的班机，

马航的。”

“哦。”我说。

“今天，无论如何，过来看我。”她说，“叫我放心，懂罢？”

“嗯。”我说。

我从机场门口的小广场，走到机场入口的走廊里，漫不经心地挑了一个入口大门站着。一辆一辆的计程车载来远行和送行的人们。有一辆中型巴士放下十来个一看就认得出来的日本人，矮小的个子，小号的西装。他们吃重地搬下包包袋袋的东西，然后列成并不严格的队伍，在导游的招呼下，走过我的身边，走进机场。队伍的末尾，是两个穿着齐整的和服的日本老妇。其中的一个，且有些佝偻了。当我茫漠地想起一年多前读过的一本叫作《菊花与剑》的书，忽然看到一辆并不很新的林肯，戛然地停在离我不远的斜对面。另一辆橘红色的计程车，就在我看着看着的俄顷，吃着林肯的尾巴，停了下来。有那么一个片刻，两部车就是那样地停着。然后两部车的车门忽然地都打开来，忙乱地下了一批人。他们安静地等着最后从林肯下来的，长发、乱须，形容疲乏的外国青年。

“贺大哥！”

我的突然悸动起来的心，无语地叫了起来。

住院不及一月，贺大哥就变得青苍起来，并且显明易见地胖了。林肯车上下来的，除了贺大哥，是一位高大的，蓄着整齐的杜布西胡子的，穿着剪裁精致的灰褐色西装的，五十开外的外国绅士；一位浓妆的外国老妇人，和一位红发的、精瘦高挑、臂上挂着一个惹眼的大手提袋的三十左右的外国女人。橘红色计程车上下来的，是一位壮硕的，蓄着短发，戴着墨镜，穿了一套藏青西装的中年外国人；一位四十来岁的，皮肤黝黑，在发上抹着稀稀的一层发蜡，带着金边眼镜的中国人。

这一干外国人拥着贺大哥走进机场。贺大哥的变得分外白皙了的，微微地发胖了的脸上，有一种痴呆的、羞怯的表情。他不时地轻咬自己的嘴唇；不时地用右手捋着他的粗糙的、暗褐色的胡髭；不对什么人地、不为什么缘由地笑着。我隔着五步左右，跟随他们走向马航的柜台。一位很胖的外国人早已在那儿等候着他们。他和贺大哥以外的每一个人握手，然后带着他们走进柜台后面，没经过检查，没经过划位，一直走进候机楼里去。

我慢慢地爬上楼梯，到了二楼。看看腕表，是四点五十分。比二楼的挂钟，快了约莫四分钟。我不知道那些外国男人是些什么人。但那年老的妇人，想必是贺大哥的母亲罢。而那精瘦、高挑的女人，难道就是贺大哥的妻子？她看起来比贺大哥要大上三四岁。然则贺大哥曾说他的母亲在他大学毕业那年死了；他曾说他的母亲是科学家，在大学中教理论物理。

“但是她也是一个热心的种族平等主义者和和平主义者，”贺大哥曾说，“不过她仍然相信美国的民主制度是改革美国的重要的希望，虽然肯尼迪和马丁路德·金恩被刺杀的事件，差一点使她崩溃。”但是，像方才看见的，浓妆得怎么替她掩饰也不能不说她打扮得太过野俗的那个美国老妇人，无论如何，也和我想象中的贺大哥的母亲对不上头。

二楼里，送行的人们都各自簇拥着他们即将远行的亲友，有的喁喁地说着话，有的一张又一张地拍着照片。镁光灯像小小的闪电，不时地在这里、那里闪烁着。我的心绪有些混乱，有些空茫。我无目的地浏览着几个贩卖土产的柜台，忽然买下一个由暗红、粉红和鹅黄的人工花缀成的送行的花项圈。我知道，这个花圈，是怎么也无法套上早已被挟拥着进入候机室的贺大哥的脖子。不过，整个早上，一心一意要来见贺大哥最后一面，甚至于想着能不能亲口对贺大哥说：“贺大哥，振作起来”；或者以他曾无数次说过的话告诉他：“我们用我们的苦痛、眼泪、孤寂，甚至生命，去迎接将来的美丽的世界……”，但是贺大哥身边那几个人所造成的围墙，使我和贺大哥之间，虽然只有几步之隔，却迢离着千山万水。我的手紧紧地抓着花项圈，仿佛只有这项圈，才能使我一整个早晨为贺大哥翻腾的心，有个落实的地方。

我提着那由深红、粉红和鹅黄的人工花所缀织而成的项圈，一步步走下楼梯。当我走出机场的出口，伸手拦住计程车的时候，用英、日、中文播出，五点十五分飞往东京转往檀香山的马航班机开始登机的广播，从机场里沉静、愉快地传来。

“啊，贺大哥！”

我无声地叫了起来。我蓦地撇下计程车，转身跑进机场，跑上二楼，匆匆地买了票，冲进送行的看台。

飞机场上停着不同国籍的、不同装饰和标志的巨大的客机。旅客们一走出候机室，大都回过头来仰望送行的看台，搜寻他们各自的送行的亲友。在通向马航班机的通道上，我终于看见了贺大哥被前后左右簇拥着。他们是少数一些不用回头来和送行的人招手致别的一群。贺大哥彳亍地走着，若无其事地走着，不时由他的母亲矫正行走的方向。到了登机的梯下，贺大哥似乎犹疑着。那个戴墨镜的男人用右手环抱贺大哥的肩膀，低下头和贺大哥商议着什么。然后贺大哥仿佛很怡然地踏上了梯子，头也不回地走进马航班机的巨大的、漂亮的机舱。

在贺大哥漫不经心地走进机舱的那个片刻，在一片空茫的我的心中，突然清楚地了悟了一件事：对于我，贺大哥已经从这个世上消失了。从今以后，我必须离开贺大哥，一个人生活，就像蒲公英的种子离开了枯萎的花朵，乘风而去，飞向辽阔无垠的世界。

我把花圈挂在隔开送行看台的几个区域的铁丝网上，转身走开。就在我转身的时候，我看见离我不远的地方，站着方才送贺大哥的那个面貌黝黑，打着稀薄的发蜡的，戴着金边眼镜的中国男人，默默地在秋天的阳光下，注视着停机场。

我走出机场，招来计程车，跳了上去。车子绕过机场前面的草坪和大喷水池的时候，我忽而想起方才走出阳台的旋转门时，正好瞥见我留在铁丝网上的，缀着暗红、粉红和鹅黄的人工花朵的项圈，在秋天傍晚的微风中，微微地颤动着。

“大学医院。”我对司机说。

2

认识贺大哥，是今年暑假刚开始不久的时候。

期末考一结束，我们“慈惠社”就开始计议已久的服务计划：到市郊小镇里一家天主教办的“圣心小儿麻痹复健所”去当义务复健员。我们已经按着个人的专长和兴趣，填好了表格，决定了每个人自己的服务项目。我自小喜欢涂鸦，就决定到手工艺部门去。

我记得很清楚：我们社里七八个社员，怀着半郊游兼慈善工作的心情，坐了公路车抵达市郊的T镇的时候，是一个一晴如洗、艳阳高照，却并不炎热的六月底的早晨。我们下了车，又沿着一条历史很久了的铁路，走了十五来分钟，一个猛转弯，立刻就看见一个小小的渡头，呈现在一条小小的斜坡的尽头。渡头上的大榕树下，有两个汉子坐着默默地抽烟。他们的身旁，有一担空担子、一辆机车、一只土狗。渡船在河中央，正望着渡头这边撑过来。

河上有一层薄薄的迷雾。渡船上只有一个乘客，细看是一个高大的外国青年。河水潺潺地流着。我们几个在都市里长大的孩子，都屏息定睛地看着那渐摆渐近的渡船。小周收起她的花洋伞，说：

“好棒！”

她当然是在说河上渡舟的景观之美。尽管在一层薄薄的水雾之外，城市的高楼依然远远地参差着；尽管看得见在河的对岸的蜿蜒着的公路上，有杂沓的车辆，眼前的渡船，却使我们回到我们从不曾生活过的田园的、牧歌的、想象中的过去。

渡船已经撑出了水雾。或者由于一脸胡须的缘故罢，船头上的外国人，看来并不若想象中的年轻。他的发须，在艳阳下，有些枯索，却闪耀着金红的颜色。他的衣着随便，像校园里偶尔一见的外国学生，甚至说得上有些邋遢。然而他的健硕的身材，使他看来猱捷、粗犷。他就是那样安静地站立着，在潺潺的水流声中，随着安静的渡舟，安静地靠上渡头。

渡头树下的两个汉子丢掉香烟，一个挑起只装着肥皂粉、酱油和一打汽水的担子，一个扶着半旧的本田 50 机车。土狗用力地摇着尾巴。

“一次只坐八个人，”社长洪俊男说，“我们分两次渡。”

除了我和小周、小珊，他们都在兴奋地抢着上船，船一摆荡，小邱和阿娃就尖声地叫。那异国的青年安静地打从我和小周的身边走过，留下一股淡淡的男人的汗臭，一步步走上斜坡。

“好漂亮的嬉皮袋。”小周说。

不晓得用什么织成的赭红色的、带着长长的背带的嬉皮袋，以鲜艳的颜色，配织着显然是印第安人的图样——火红的太阳、昂立的骏马、展翅欲飞的枭鹰。

在小小的斜坡的半途，他一边走，一边把袋子从右肩换到左肩。我想起错身而过时的他的脸：日晒得发红的脸，瘦削的、浓眉的脸，蓄着仿佛圣诞卡上的耶稣的胡子的脸。

一到复健中心，修女们以很高的效率为我们做简报，并且花了一整个早上做简单的讲习。中午吃过饭，我们在安排好的客舍睡午觉。下午修女就开始领我们到各自志愿的部门去服务。

不料我和葛修女一进美工部，就看见上午在渡头上看到的外国青年，正在帮助一个病童锯一块木头。

“这是 Mr. Hopper。所里的孩子都叫他贺大哥，我们也干脆跟着叫。”葛修女笑着说。

他直起身来。我这才看见他有一双开着很清楚的双眼皮的大眼睛，只因为眼珠是棕色的，所以上午在渡头上乍看之下，不曾注意。

“你好。”他笑着说。

“美工、手艺方面的人，不好找。”葛修女说，“所以贺大哥一直是一个人，很辛苦。”

贺大哥张开嘴笑。在蓬乱的胡须下，我看见两排洁白的、略长的牙齿。我有些局促起来。我正努力地自忖着一向因着富裕的出身而从不在人前扭惶失措的我，何以有这局促时，葛修女却不声不响地离我而去。

“我能做些什么啊，贺大哥。”

我感觉到必须立刻说些什么来驱除我的局促而近乎反射性地说。

他和平地凝望着我。在没有冷气的房间内，他早已轻微地冒着汗。

“早上我看到你们，”他说，“却不知道就是你们。”

他把每一个中国字咬得很准确，却不能就说丝毫没有外国人独有的腔调。因为他的腔调，因为他的“早上我看到你们，却不知道就是你们”的这一句未见得不对，却听来古怪的话，我忽而愉快、自在地笑了起来。

贺大哥说早上他过河去帮人家补习英语。

“这儿的工作是义务工作，”他说，“我得另外赚钱吃饭。”

“你是天主教徒，我猜。”

“才不是呢。”他说。把“呢”字拉得异样地长。

“哦。”我说。

“刚刚相反，我是一个谈无神论的人。”

他开始回到他的工作。我默默地走到工作台边。一个坐在轮椅上的、面目清秀的女孩，开始用她的枯萎了的两手，拉着一支钢锯，把咬紧在铁架上的一小截圆木头，循着画好的直线，锯成两半。贺大哥用手拉着锯子的另一头，引导不能随意运动的对方的拖锯的方向。

“要仔细地去感觉，”贺大哥对聚精会神地拉着锯子的女孩说，“感觉拉锯子的时候，你的手指、肌肉的……，怎么说呀？”他抬头看望着我，“feeling，啊……？”

我想了想，“手上的感受。”我说。

“感受。”贺大哥如释重负地笑了起来。

这时候，有五六个做完水浴按摩的病童，或倚杖、或乘轮椅地冲进美工室。

“贺大哥！”孩子们叫着。

他站了起来，两手叉着腰，看着头发依然潮湿着的孩子们，各自找到他们的工具，开始锯的锯，刻的刻，捏的捏。就在那个片刻，我抬起头来，看见贺大哥并不在笑着的脸上的眼睛，棕色的、开着分明的双眼皮的大眼睛，流露着一种发自内心极深之处的爱的光芒。

“现在，你可以帮忙了。”

贺大哥突然转过脸来说。

贺大哥要我为手和手臂的机能恢复得较好的病童，在三夹板上画些简单的图案，让他们或刻、或锯。

“你想锯什么东西？”我对一个下巴尖尖的、白皙的男童说。

我依着孩子们的愿望，画出尽量把线条简单化了的马、公鸡、汽车和狮子。我悄悄地在孩子们专心劳作的台子间走着。我在一个用有颜色的蜡捏塑着什么的小男孩面前停住。仔细地端详了，才猛然地看出他的手里塑着的，是一座粗臂、壮腿、英昂地屹立着的人像。

我看着他的因病而枯干了的、而歪扭了的、架着不锈钢腿架的右腿，一股热气迅速地占满了我的胸膺。就在那一刹那，我想起贺大哥的烁动着光芒的眼睛。

这以后的好几个夜晚，当我们在客舍就寝前，在水浴按摩室成天穿着浴衣陪伴病童的小周，不时地和我窃窃地说着贺大哥的棕色的、“好温柔的眼睛”。我总是笑而不语，想着并不住在所里的贺大哥，到底住在台北的什么所在，想着他在什么地方吃早餐和晚餐，想着他换下的衣服怎么洗……

“好像不怎么爱说话的是吗？”

有一回，睡前饶舌的时候，小周说。

“什么？”

“贺大哥，”小周说，一边吃着糖蜜的橄榄，“好像是个不怎么爱说话的人，是吗？”

“哦。”我说。

我沉思起来。认真地想，才发觉贺大哥真是个言语并不多的人。

“是啊，”我对自己诧异着似的说，“真的，他不怎么说话，真的啊。”

小周皱着她原本就长得小的鼻子，笑了起来。

“好性格啊，那个人。”她说。

事实上，我和贺大哥一起工作的时候，他的我所不曾见过的认真、专注，尤其是弥漫在他的工作中的真实的关爱，对于我，在工作中的每一个时刻，都是滔滔不绝的、闻所未闻的语言。

我们的服务工作，很快地接近了尾声。结束的前一天，我的心里胀满了焦虑、寂寞和悲伤混合起来的情绪。然而贺大哥却依旧是那样以他素常的专注工作着。

“贺大哥。”我终于说。

他正帮着一个小病童，在他好不容易锯好的公鸡上涂着颜色。他抬起头来，说：

“自从你来，他们多做了好几种图样。”

他的棕色的、有着很是分明的双眼皮的眼睛，充满了快乐。共事了将近十日，从没有像这次那样逼近地看过他的眼睛。他的棕色的瞳子，使我蓦然地想起电视里《动物世界》中的美洲的枭鹰的眼睛，却没有那鹰的狡黠和枭残。

“贺大哥，真快啊，”我装着豁然的样子说，“明天，我们要走了。”

“哦，”他放下画笔，直起腰来。他的深褐色的眉毛，密密地植满了整个眉骨。从腮到颚，繁乱地、卷曲地长满了胡子。他用左手无心地抓着左颊，说：

“哦哦。”

有那么一个片刻，我们都沉默着，只剩下孩子们锯木、刻木和刨木的声音。

“贺大哥，你说，”我终于说，“你说你不是天主教徒？”

“不是。”他说。

“为什么你花费这么多的时间……”我说，“我是说，花那么大的气力，在这里。”

他露出他的异样地整齐的、略微长了些的牙齿微笑起来。

“如果去爱人，如果……啊，我没办法用中文说。”

他于是用英文说，如果去爱人类同胞，变得需要有一个理由，这就告诉我们：人在今天已经活在如何可怕的境地。他说，如果爱别人，关心别人的事，竟只成为一些称为这个或者那个宗教的教徒的事，这就告诉我们，这个世界已经不是人的世界。

他说着说着，他的棕色的、开着很大的双眼皮的眼睛，逐渐地亮起一盏晶莹的、热烈的灯火。“帮助这些小孩，其实是帮助了我自己，”贺大哥说，“使我在一个人，一个人，”

他着重地说，“从他的爬行的境地里站立起来的努力中，认识到人的尊严……”

第二天用过早膳，我们“慈惠社”便离开了复健所。差不多大部分的修女都出来送行。但我却没有在送行的人当中看见贺大哥。

3

回到台北，本该过几天就回到高雄的家去的，却不知为什么地逡巡着、犹豫着，而终于挂了一通长途电话，说是想“留在台北多读点儿书”而延迟了归期。

“读书！”妈妈在电话中说，“读了一学期了还读不够！”

“只几个礼拜嘛，妈。”

“要读书，把书搬回来读，也舒服些。”妈妈说。

我想起祖父的自他死后便长年深锁的大书房。曾祖留下一大片地产，使祖父成为一个留学东洋归来的律师。据大伯父说，学成方归的祖父，曾和若干日本的名律师联合组成一个律师团，为台湾的“思想犯”出庭辩护，而名噪一时；但也因而被日警当局目为“危险思想”分子，受到苛扰。然而没有多久，祖父就妥协了。他成为“株式会社台湾商工银行”的没有管理权而坐食红利的股东，却因而坚决地不让他的两个儿子攻读文史。学了化工的父亲，终于以化学原料厂再度发了财。祖父以高寿去世的时候，父亲和伯父已拥有纺织、餐旅和建筑方面的产业，而使祖父的葬礼变成高雄有史以来最热闹的葬礼之一。

大约也因这个“家风”罢，我的大哥读医，现在在加拿大；二哥学生化，目前在日本。而我则因为是独生的女儿的缘故罢，没有“家风”的压力，父亲也就让我自由地读外国文学。书，倒是从小就爱读的。然而，从复健中心回到台北以后，抓起这本书，读不下两页；拿起那本书，看不进去。比起贺大哥的一些话，比起贺大哥的虔敬的爱的生活，房间里堆砌得花花绿绿的书，竟忽而显得那么不知所云、言不及义的啊。

我逐渐开始不可抑制地思想着贺大哥。恋爱的事，大大小小的，我也闹过。但我左思右忖，这一次，无论如何是不像——或者不只是像另一个恋爱罢。我变得吃得少，睡得更少。我想着，那么集中地想着贺大哥，却不是想着他的温婉的、棕色的眼睛；不是耽想着靠在他单薄却宽大的胸怀里，让他巨大、多骨节而且长满了茸茸的汗毛的手，轻轻地触抚我的发和背……我反反复复地想着他说过的每一句令我五内震颤的话，想着他刻苦的，却又无由想象的丰富、火热而又辽阔的世界。

“一定要，一定要看到那个人的世界啊……”

不止一次，在许多失眠的夜里，我这样呻吟着。

我终于跑到复健中心，出现在贺大哥的工作室时，他却不在那儿。葛修女叫我到肢架试穿室去看看。我穿过种满杜鹃花的院子，抄小路到试穿室。从窗口望去，我看见一个小女孩穿上量制过的腿架在所长、矫形外科杨大夫和一群修女面前，让贺大哥牵着小手，一步步地走过来，又走过去。

也不知道她在地面上羞辱地、孤单地、恐惧地爬行了多少日子，到今天才站了起来的啊，我想着。我把脸贴着试穿室大窗子的冷凉的玻璃上，看见贺大哥终于放开了手，让那清瘦的小女孩，一个人努力地、严肃地、兴奋地迈开一步又一步。看着看着的我，竟也流泪了。

试穿完毕，贺大哥一打开门，就看见了我。我的脸，猝然地红了起来。

“嗨！”他说。

他的眼中，还残留着大量的、从试穿室带出来的快乐。

“忘了东西，来带回去是吗？”他打趣说。

我告诉他，我想利用暑假把英文补好。

“为什么？”他说，“你英文不错呢。”

我为他的又被异样地拉长了的“呢”，笑出声来。

“可是贺大哥说的一些事、一些话，我还不全听得懂。”我说。

我们谈妥了补习的时间、地点和费用。当他送我到复健所的门口时，他说：

“事实上，有两个学生刚刚结束了补习，我也正需要去找一个来填补。”

他站在那里，两手插进牛仔裤背后的口袋。河岸上吹来的秋的微风，使他的深褐色的发和须，在煦阳中曳曳地颤动着。

我曾看过去年二哥从日本带来的科学纪录片，显现病原体的胞质小体分裂、传递的情形。以电子显微镜惊人地放大了的、五色缤纷的微生物的世界，在剪接过的影片中，进行着极端复杂而又快速的变化。和贺大哥补习的两个多月里，我的心智的世界也发生了那么样快速、复杂的变化。

贺大哥交给我的第一本课本，是黑色封面的《普希金传》。读着这个旧俄的天才的诗人，集贵族、无赖、纨裤、天使和反叛者于一身的诗人，恁恣而斗胆地挑激命运中狂乱的欢乐和危噩的诗人的一生，对于在平庸和驯良中长大的我，是不曾有过的震动。接着，我遇见了克鲁泡特金，随着他到过民国前的风雨的东北，随着他走遍腐败而顽固的俄国，随着他遇见直斥虚伪的礼仪，好学深思，称颂真诚的人类爱的，被屠格涅夫称为“虚无主义”者的俄国青年们；我也看见了整个当时在动荡中的西欧的激动人心的风潮。而当时俄国的一群耻于坐享他人的血汗所积成的财富，纷纷叛离自己富裕、高贵的门第，凭着自己的力量赚取衣食，并且蜂拥地、深深地走进俄国的广大的农村，力求与农民亲密地接触，忠诚尽心地在知识上、生活上帮助俄国农民的扩及全俄的运动，更使我激动得连连失眠。

“在六十年代，美国也有过类似的运动。”贺大哥用英语说，“那时的美国青年，在一个又一个运动中，对美国的富裕，提出道德方面的质问；对美国国家永不犯错的神话，提出了无情的批判。”

那时候还在大学读书的贺大哥，“曾以为美国的‘革命’就在眼前”。

“你简直就觉得，那美丽的世界已经在望。”他说，“一个新的、美丽的美国啊。”

我从来没有听见过普普通通的一个英语单字 beautiful，能装载、能传达出那么叫人心疼的热情和理想。

“后来呢？”

“后来呢，”贺大哥寂寞地、轻轻地摇着头，说，“后来，多么残酷，那只不过是一场梦，啊，中国人说，说……什么一梦？”

“噢，‘南柯一梦’。”

“啊，南柯一梦。”

贺大哥似乎高兴地笑了起来。他说他终于看到，“美丽的美国”“新的美国”之来，或许是一百年、两百年甚至更长的时间以后的事。

“一百年、两百年啊！”

“对的。”贺大哥说。

“啊啊，”我忧愁地、笔直地望着他，说，“那么，你的一生，如果明知道理想的实现，是十百世以后的事，你从哪里去支取生活的力量啊。”

他的隐藏在棕色的、开着极为分明的双眼皮中的灯火，悠悠地燃烧起来。不，他说，毋宁是清楚地认识到不能及身而见到那“美丽的世界”，你才能开始把自己看作有史以来人类孜孜矻矻地为着一个更好、更公平、更自由的世界而坚毅不拔地奋斗着的潮流里的一滴水珠。看清楚了这一点，你才没有了个人的寂寞和无能为力的感觉，他用英语说，并且也才得以重新取得生活的、爱的、信赖的力量。

我很坦白地跟贺大哥说，我至极敬爱着他的胸怀。“但是，贺大哥，良善和热情，怎能改变这么一个冷漠、凶残的世界啊！”

“不，让我们去爱，让我们去相信。”贺大哥虔敬地说，“爱，无条件地爱人类，无条件地相信人类。”这样的爱，时常带来因着我们所爱的对象的不了解，而使施爱的人受到挫折、失望。“但是，这个时候，你最要照顾的是你自己，而不是别人——照顾自己不在你的爱受挫之后，冷淡了爱的能力，”贺大哥说，“让我们也相信一切、一切的人——虽然这无条件的信赖，往往带来甚至以生命当代价的危机。但是，让我们相信。”总有一天，他说，更多、更多的人能够不图回报，而从一个人的生命的内层去爱别人、信赖别人。贺大哥说："那美丽的、新的世界就伸手可及了。"

在我们的"慈惠社"里，"爱心"几乎成了一个冗滥的套语。但是，差不多整个暑假，贺大哥使我重新认识了"美丽""幸福"和"爱"等并不罕见的词语，是有着充满希望，充满了鼓舞人们的灵魂的新的含意。

4

当我在贺大哥的指导下读完维多·柏罗的《美国的军事、产业复合体及其诸问题》的时候，长长的暑假已经过去了三分之二。自小百般溺爱着我的母亲，至此已是函电交加，催着我回去过完剩下不过三个礼拜的暑假。

九月初，我怀着等待去不断更新自己的狂喜，回到台北，参加注册。

注完册，我就去找贺大哥，才知道他失去行踪已经多日。

据房东说，约莫十日之前，有一位穿着齐整，戴了一副墨镜的外国人来找他。在房子里，他们显然有些争执，后来一向安静和蔼的贺大哥，开始高声地、激越地说着些什么。然后房门打开了，来客默默地离开。房东说，显然客人是被赶了出去的。

"什么事啊？"房东问。

“我不认识他，我不认识他！”

贺大哥神经质地叫着说。他的脸色异样地苍白。他的脸，房东说，是那样地愤怒、那样地恐惧，也那样地悲哀。就在那夜，贺大哥留下一屋子零乱，兀自走了。“大使馆的人和外事警察至今还在找他哩！”房东说。

日子在焦虑中过去。开学后不久，我突然从复健所的葛修女打来的电话，知道贺大哥病了。

“上主怜悯呀。”葛修女说。

“葛修女，他在哪儿呀？”

“大学医院精神科。”葛修女说，“所里的修女，现在每天都在为他向上主祈求。他真是有一颗基督的……”

葛修女还没说完“一颗基督的心”那句话，我就匆促地挂上电话。跳上计程车，在开向大学医院的车子里，我只着急地想着精神科和神经科究竟有什么差别。我有一位中学时代的好同学谢绍美，在大学医院当护士长。问题是：我已记不清她是在精神科呢或者是在神经科……

当我在精神科找到谢绍美时，我竟然就那样地抱着她噤着声音哭了起来。

“啊，那个人，是你的老师啊……”

谢绍美诧异地说。据她说，贺大哥是在三天前经市政府卫生单位当作无依的精神病游民送到院里来的。但是由于他是外国人，医院方面觉得必须和外事警察取得联系。“等到一联系，才知道他们和大使馆方面的人也正在找他。”谢绍美说。在特殊的安排下，他已被送到四楼的特等病房，加上了门禁。

“你单以他的学生的身份，怕是无法进病房的。”她说。

我问起贺大哥的情况。

“我们觉得他有很明显的分裂性症状。”她说。

谢绍美说分裂性反应，是人的潜意识中为了应付某种恐惧和不安而引起的个性的分裂。“已经初步发现他有显著的记忆障碍和个人身份意识的残破……”她说。

恐惧和不安！这怎么可能？对于像贺大哥那样忠勤地服侍于他的理念，并从那理念中去支取丰沛无比的爱和信的力量的人，竟然有恐惧和不安，这是绝对不可能的事。

“在精神科里住的，正都是为各种‘不可能’所压垮的人。”谢绍美说着，拉起我的手，在她的掌中抚摩着。

“小曹，”她笔直地看着我，“是不是有了感情？”

我咬着下唇，苦笑地摇着头，然而泪水却一下子就把我低头看着的自己的鞋尖，漫成一片模糊的黑色。

谢绍美轻轻地把我拥进她的发胖的、干练的肩，轻轻地拍抚着我的项背。

“不要担心，”她说，“据说已经通过大使馆的安排，正在尽量收集病人在美国时的生活史料。事情很快地就有一个解释。”

这以后，我差不多天天到大学医院去，企盼能从谢绍美那儿多得一点有关贺大哥的消息。但是惊动了两国中、低层外事官员的贺大哥，已成为只有院长、科主任和少数几个资深主治大夫才知道病情的事。

“不过，目前科里的诊断，是精神性健忘症。这一点恐怕是已经确定了的。”谢绍美说。

我从机场坐着计程车抵达大学医院的时候，已经是五点五十分了。为了不愿意爬上医院正门的长而且古老得令人有一种破败之感的梯阶，我从地下室的急诊处走了进去，然后乘电梯到一楼，再走那条瘦瘦的、木造的长廊到精神科去。飞机该是在航向日本的途中罢，我一路想着，也突然记起《时代周刊》上常登出来的马航的广告上说：“我们今天晚上请吃饭”。广告上有两对男女正在飞机上“愉快”地吃着饭。那四个人看起来要有多驴就有多驴。

（啊，贺大哥，你该不会也跟那些人吃饭罢……）

谢绍美一眼就看见我。她一边打电话，一边老远就用职业性的敏锐，精细地打量着我。我走到她旁边，等她挂电话。

“等一下周大夫查房回来，告诉他到主任办公室去一趟。”谢绍美对另一个瘦高的护士说着，站了起来，两只手插在雪白的长裤上的口袋里，用她的肩膀轻轻地推着我走出值勤室。

我们默默地走了一会，她说：

“去了机场了？”

我点点头。她轻声地喟叹起来。我们走进她的小小的护理长办公室。她从冰着一些需要冷藏的药物的冰箱里，取出一瓶汽水，为我斟了一杯，剩下的小半瓶，便对着嘴自己喝了几口。

“精神性的遗忘症，没有错，”她说，“美国方面寄来了一些资料。”

“哦。”

她从抽屉里拿出一个厚厚的牛皮纸袋，摆在我的面前。

“我偷偷地影印了一份给你。”她说，“你英文好，看完了一定要还我。病人的资料，在我们的职业道德上，是不许随意示人的秘密……”

谢绍美谈起她护理过的一个遗忘症病人。这个病人的真实的过去，有一个失败的婚姻，一些使他觉得老是在人前抬不起头的挫折和羞耻的经验，和一笔不小的债务。他的人格开始分裂，终于离家出走，到一个陌生的地方，改名换姓，从意识中遗忘了他的过去的一切挫折，以另一个幻想和补偿的人格，重建另一个家庭，正直、谨慎、努力地过一个体面的人的生活。

“治得好吗？”我忧愁地说。

“喝水吧。”

她把倒满汽水的杯子向我挪了一下。我举杯而饮的时候，看见她沉默地望着窗外的开得庸庸碌碌的杜鹃花。

“治疗的方法，是有几种的。”她终于说，“我们比较常用的方法是，叫作 desensitization 的方法。”

“De……？”

她随着在白纸上写下了那个字。我知道主字的本身和字首、字尾的意义，但是医学上的意思，我自然不懂得。

“简单地，就这么说罢：这个方法，是使一个人一再地面对那些他所全心全意要回避的事物……或者环境。”她说，“开始的时候，只叫他面对比较轻微的事物，然后逐渐增加强度——你知道我的意思罢。”

“一直到病人能泰然地面对他所要逃避的事物。”我说。

“对了。”谢绍美说，“可是，你这位老师，情况有些不同……”

她说着，把瓶里的汽水喝光。

“他家很有钱——据说——他失踪的这几年，”她望着我安静地等待回答的样子，絮絮地说着，“家里花了一大笔钱请私家侦探到处找他，终于让他们在台湾找到了他。可是，他没有用 desensitize 的方法，劈头就以病人所无法面对的事实逼问他，使病人一下子错乱了。”

“哦哦。”我叹息着说。

我约略又枯坐了几分钟，就带着那一包贺大哥的资料回到我赁居的公寓，一页一页地读了下去……

5

亲爱的Song（宋？）博士：

兹同封寄上Mike H. Chalk先生在一九六九年六月十四日至八月五日间断续来本医院接受治疗时之资料的重要部分，以供参考，敬希查照。

吾人深盼这些谈话资料，能对你们的工作有所劲益。

如果需要别的材料，或者有任何相关的问题，务请见告，吾人极乐意提供一切必要的协助。

谨致敬意

忠诚的

安诺德·M·豪塞（签名）

医学博士

戴维·贺洛维兹纪念精神病医院院长

资料编号：CID-0221

姓名：麦克·H·邱克。

性别：男。

年龄：二十八岁。

婚姻：已婚。

教育：缅医州（私立）肯尼斯商学院就读二年后离校。

宗教：天主教。

住址：……

个人简史：

病人之父史都华·邱克于病人十八岁时猝死。遗孀邱克夫人颇为干练，继续投资吉柏特兄弟证券公司，家境富裕。

一九六五年结婚，妻莎莉·B·邱克原为邱克夫人之私人秘书，高中毕业。婚姻生活不美满。病人抱怨其妻在性生活方面过于冷淡。

病人曾努力学习商业，一九六六年中期，病人一度热心学生政治性活动，因“志趣不合”而退学，准备做汽车买卖生意。

一九六七年十月入伍，赴越南编入查理兵团，任通信士官。一九六九年元月退伍返乡。

主诉：

据病人之母亲指出，麦克自越战解甲归来后，一切都很正常，“很少，很少谈到越战，不像一些其他从越南战场上回来的年轻人那样瞎吹牛。”他曾试图准备入缅因州州立大学读书，但时常抱怨精神不能集中而不果。

一九六九年三月，自入肯尼斯商学院之时已宣称放弃宗教信仰之麦克，突于某礼拜日邱克夫人准备上教堂时谓："请为我在战争中奉命而为之事，祈求天主之原谅。"其母问其缘由，不答。

四月，梅莱村虐杀事件开始在美国若干媒体上陆续揭露。病人亦于此时主诉失眠、焦虑、易怒。来本院求治前，据其母指称，病人时时终夜哭泣呓语。

……

杰美·费雪*M·D

（签名）

× × ×

资料编号：CID–0228

治疗谈话录音记录

录音：兰蒂·J·柯亨小姐

医："今天你看起来气色很不错。"

病："谢谢你。"（笑声。）

医："看看今天我能帮你什么忙。"

（沉默。）

---

* 人间版全集和洪范版此处均为"杰美·费雪"，后文两处则作"杰米·费雪"。

病："你帮不了我的忙，我猜。"

医："不一定，哈，为什么不说说看？"

（病人说了一点什么，语词不清。）

医："你愿意再说一遍吗，我没听清楚。"

病："上一次我没说对，呃，事实上，我曾经跟我母亲谈过。"

医："谈些什么？"

病：（大声，愤怒。）"谈越南的事，杀人的事，他妈的！"

医："哦。"

病："我母亲说，儿子，宝贝，那是战争，你知道，她说，忘掉它。如果你说出来，对你自己，对国家都不好，她说。可是报纸上已经开始在说了，我说。不，她说，那是愚蠢的，别那么做，宝贝，她说。"

医："噢……来，为什么不抽根烟？"

病："她说那是反战分子的阴谋。历史上的战争都在杀人，为什么美国做的就特别可怕？她说，那是共产党的谣言。"

医："你认为你母亲说得对，所以始终没说出来？"

病："不！……可是我反对共产党……我是个……我是个无政府主义者。"

医："哦……那真好。"

病："我怕我在肯尼斯学院时代一起搞过无政府主义的同伴说我虐杀平民……你知道，老人、妇女、小孩……"

（病人的哭声。）

病："街上的每一个人都在指着你说，喏，瞧那个谋杀犯……你想想，多可怕。"

医："我了解。"

病："不，你不了解，他妈的。"

（沉默。）

医："插句话，你有没有按时吃拿回去的药片？"

病："他们把十几个老太婆、老头子和小孩子赶到一间小寺庙的广场上。起初他们都很顺从，看起来也很自在。等到他们看见我们在弄 M16 自动步枪，他们才开始哭、哀求、祈祷……"

病："……"

病："有一个老头说，不是越共！不是越共！ No Viet Cong, No Viet Cong，他妈的，像唱歌似的一遍又一遍地叫。几挺 M16 猛烈地瞄准他们的头上开……"

谈话至此无法继续而停止。

……

杰米·费雪 M·D

（签名）

资料编号：CID-0234

治疗谈话录音记录

录音：裘蒂·哈里逊小姐

医："你觉得药片对你有没有帮助？"

病："是的，它们很不错。现在我能睡得多一点了。"

医："好极了。吃的呢？"

病："吃的？不好。我常常会觉得反胃……"

医："服药总免不了有些副作用。可是，不要担心，老兄，怕反胃，停一会儿药就行了。"

病："不，没有东西可以治得了反胃。"

医："停药后，反胃的情况就自然缓和了。"

病："那时，我们巡过一条堑壕，里面横七竖八的全是尸体。全是老少妇女和小孩子。记得那时候，大伙儿正想着喝酒。有一个德州来的胖子，叫甜心饼的，正在起劲地讲耶稣有一回把水变成美酒的故事。整个堑壕里的血，奇怪罢，把原本褐色的泥土，浸染成一种近乎青色的灰蒙蒙的颜色……"

医："啊啊……"

病："甜心饼说，哈，卡莱中尉那个排已经来过了呀。叫人反胃啊，那个堑壕。梅莱第四号地区到处都是这种越共掘的战壕……有一次……算了，我不想说。”

医：“不想说，就不要说好了。聊些别的罢。最近R·莱丁豪常上报，你觉得怎样？”

病：“莱丁豪？”

医：“就是那个第一个写信揭发梅莱事件的。”

病：（沉思。）“有时候我想杀掉他呢。（微弱的、自嘲的笑声。）不过我羡慕他，不是因为他揭发了这件事，而是，你知道，他根本不在查理兵团，多么幸运！他揭发的事，全是军中的时候听来的。”

医：“那个卡德呢？”

病：“你是说那个黑人下士赫伯特·卡德啊？”

医：“是的。”

病：“我绝对不是一个种族主义者，你晓得，可是赫伯特·卡德是个大嘴婆，我告诉你。他纯粹想出风头。我想他可能也是在借此报复白种人的优越感……”

医：“你觉得，越南的战争伤害了白种人吗？我的意思是……”

病：“白种人有毛病（sick），美国也有毛病，你知道；越战，特别是，令我厌恶（sick），反胃。”

医：“反胃？”

病：“我还是说了罢，OK。有一回，我们在一个山脚下找到十来个躲藏着的平民，全是妇人和小孩。有人挑出一个十六岁上下的女孩，拉下她的裙子，有人要摸她的奶子。

突然有一个老太婆凶狠地扑过来，女人和孩子们开始哭叫，哭叫……”

（录音机中静默了一会。）

病：“一阵M16，把她们打得全身像蜂窝似的。然后把那女孩拉开，他们轮着对她‘做’那事儿。后来，女孩开始跑，有人从后面用M16打开她的脑袋……她再跑了两三步，就扑倒了。”

医：“你也‘做’了吗？”

病：（惊惶。）“不！我没有做。”

医：“可是什么使你反胃，如果……”

病：“我开了枪。有人开枪，每个人都开枪，像一种连锁反应。可是我没有‘做’，真的。”

医：“OK，你没有‘做’，OK。”

病：“可是赫伯特·卡德说，强奸是司空见惯的事。”

医：“你是说他在说谎吗？”

病：（踌躇。）“我不知道。可是，至少，我看见的不多。”

医：“如果你不介意，能不能告诉我，为什么你没同他们一起‘做’？”

病：“可是卡德有种，你知道吗？他说了。是的，他站出来，说了，他妈的。我早就应该站出来向全世界说，大声说……”（激动。哭声。）“他说，不错，我们对她‘做’了那事儿——差不多每一个人都干了……”

……

杰米·费雪 M·D

（签名）

约翰·薛蒲雷 M·D

（签名）

× × ×

资料编号：CID–0312

治疗谈话录音记录

录音：薏芃·萨尔敦小姐

病：“我看起来很糟吗？”

医：“一点儿也不，真的，相信我。你知道吗？”

病：“嗯？”

医:“我们正在想,从上个星期四那一次谈话以来,我们正在想,你的进步很快。恭喜你。你不相信吗?”

病:“我说不上来。”

医:“从一九六九年开始,已经有几个越南回来的孩子来过我们这儿。他们就把心中的那块黑色的大石头留在我们这儿,轻松地回去了。你相信吧?”

病:“哦,我相信。不过,你说‘黑色的大石头’吗?”

医:(笑。)“那只是个比喻。有一个像你这样的孩子说的。”

病:“不。黑色是无政府主义的颜色。你不能把越南的事用黑色来说它。”

医:“哦。”

病:“黑色代表从来没有过的人类的爱——你明白我说的吗?”

医:“我猜是的……你手上的那个是什么?”

病:“只是一块剪报。报纸上把一个叫作葛莱克的写给他老爸的信发表出来了。”

医:“你不介意把它读出来吗?”

病:“现在?”

医:“哦,如果你愿意——我是说。”

病:“OK,我来读。”

亲爱的爸：

一切都好罢？我们还在守着那座桥。我们要在星期六离开这边——因为我们在梅莱村有任务。

我们这一班有一个常常出去巡逻的，被一五五厘米的炮撂掉了。另外还有一个战死，两个人的腿没了，另外再两个挂了彩。

“祸事相因而来”，这句话我算是懂得了。在我们到“垛地”的途中，他们看到有个女的在田里做活儿。他们开枪打她，她受伤扑倒了，他们过去踢她，用枪瞄准她的头壳，把枪膛里的子弹全部打光。一路上，连遇见不懂事的小孩子，也一个不剩地撂倒在地上。

啊啊，为什么一定要发生这样的事啊。他们全是好端端的人，就像三明治在美国那么样平常的人，而且其中有几个还是我的朋友。可就在那一会儿，他们全变成了禽兽，爸。

那是明目昭彰的杀人啊，爸。我对于当时对之无作为的自己，深深地感到羞耻。

爸，这可绝对不是头一遭的事。这以前，我看了很多。我真不知道为什么要在这时才告诉您这些。也许我真想把这些事从胸口里吐掉，吐得干干净净的。

我对于同伴的信赖心，已经完全崩溃了。现在，我只在这儿挨时间，等着时间过去，回到家里。

爸，正如你所相信的，我也真正地相信：在这一切事的背后，有一个原因。并且，如果我这样面向试炼前行，是上帝的旨意，那么，这旨意行于那高速公路边的我家，就不如行于这里的这块土地上。

这个礼拜六，我们将乘坐直升机，深入北越的要塞梅莱村。我祈求能在这几天参加祷告聚会。

请暂时不要等待我去信，可是请继续写信来。

我深深地爱着您和妈妈。

儿子　葛莱克

医："告诉我，麦克，为什么剪下这封信？"

病："我也干了'明目昭彰的杀人'，在那个鬼一般炎热、炎热的越南。可是当我读这封信，我觉得它就像是我写的。写得好。你说呢？"

医："啊，麦克，你知道吗？我们医生，只作分析，不作判断。"

病："这些天，仿佛每个人都出来说话。R·L·希巴尔……"

医："对。还有P·米德罗。"

病："你知道得很清楚啊。"

医："哦，麦克，我们在读全美国关于此事的报道。这在我们的治疗上，极有帮助。”

病：“他们都在说话。好事情。医生。你知道卡德，他说了一箩筐。你知道他杀了很多，就如他自己说的。关于那个把老人打死在井里的事，他说得不清楚。因为从头到尾我都在，现在我一闭起眼睛就看得到。”

医：“OK.”

病：“那天晚上，我们排在责任区内开始侦察巡逻。出发了几个小时后，队上有两个人朝着林中疾走的人影开火。在尸体上，我们找到一份土地证。我听见卡莱中尉用无线电向梅地拿上尉大声报告，说是干倒了一名越共。

“几分钟后，有几个弟兄捕获了一名越共嫌疑。卡莱叫葛鲁齐翻译。葛鲁齐驻在夏威夷的时候，曾在一个训练营学过越南话。葛问了不久，老人立刻拿出身份证。我想他不会是越共，葛鲁齐说。卡莱排长不理他。那天我们都没有和敌人遭遇过。何必杀掉他？我小声地对葛鲁齐说。你们走开，卡莱排长用手上的 M16 对我们挥动着说。

“这时候，卡德，那个很爱说话的黑人，把老人押到井边，他想把他打下井。老人死命地用手扳住井口。卡德用 M16 的枪托打老人的手。卡莱中尉走过去，瞪着离开井口约莫十英尺的我。我自然地走到井口，我们两挺M16向井里开火……”

医：“麦克，你变得硬多了。你瞧，你能面对许多事了。”

病：“不，医生。我只是想明白罢了。你为什么那么做？每个人为什么那么做？在越南，为什么？卡莱中尉，为什么？诨名儿‘疯狗’的梅地拿上尉，为什么？”

医：“为什么？”

病：“因为他们的后面站立着一个巨人——国家。在越南的孩子们，都是国家的受害人。你以为这是无政府主义的胡说吗？”

医：“不全是，我想。”

病：“我是想明白了的。不一定跟什么无政府主义有什么关系。可是，你瞧，正由于是被害者，终于成为加害者——你懂我的意思吗？然后加害者又成了加害于人这个事实的被害者。医生，你懂我的意思吗？好像我，医生，整个的我自己已被撕成一片一片，好像，好像他们用整膛的子弹把一个越南女人打成稀泥的那个样。你懂我的意思吗？”

（啜泣声。）

医：“麦克，好弟兄，不要担心，我们就是要把撕成一片片的你再粘回整个的你……”

病：“不！医生，我猜我已恨透了我自己。我在想：如果能像脱衣服一样，脱掉肮脏的衣服一样，把不堪的我脱掉，然后，像换一件又干净、又新的衣服一样，换一个我……”

医：“再说一遍，麦克……”

病：“被害者变成加害者，然后又变成被害者……”

医：“你不介意再说一遍吗？——脱衣服和换衣服的事，你知道。”

病：“那不重要。那对你那么重要吗，医生？”

医：“我猜是的，非常重要的，麦克。”

病：“算了。我只是厌憎透了我自己。就是这么回事。”

（病人情绪恶化，谈话中止。）

约翰·薛蒲雷 M·D

（签名）

6

我一张一张地读着这些文件，一直到晨光穿过窗帘的薄纱，逐渐地照亮了我的房间。昨夜，为了我还在做着梦幻的高中时代发生于这个人所居住的世界上的辛酸的惨剧，曾数度经历了心灵最深的颤动，曾数度流下从未曾流过的那种眼泪。但是此刻，我的心却出乎意想地平静，就像那从薄纱穿透过来的，有着亿万年的历史的晨曦一样的平静。我忽然想起小时候，曾在一张斑斓的纸板上，精细地画了一个高瘦、大眼、俊美的童话中的王子。后来，为了纸板另有用途，我把纸板上的画用橡皮擦去了。这以后，纸板上虽没有了俊美的武士，而那斑斓却异样地比先前显得尤其地夺目，而同时在那夺目得很的斑斓中，不时在我的凝视里隐约地出现那俊美的、高挺的王子武士。

贺大哥，在读完这些文件，便像那武士一样地消失了。然则却使我向着一片绚灿无比的斑斓开了眼；而那绚灿的斑斓之中，也或者将永远在我的凝思之中，隐约着贺大哥——或者那叫人心疼的麦克·H·邱克吧。

一夜未睡，我如常地到校上课。下了第一堂课，我到训导处去请假。我需要好好地休息一下了。

一到训导处，训导长就叫住我。我走进训导长办公室。

“有一位先生要见你，正好你也来了。”

训导长笑眯眯地说。

办公室有一扇门通向一间不大的会客室。

“你们谈，我还有事。”

训导长把我带进会客室，介绍给来客后说着，就退了出去，轻轻地掩上门。

“我姓刘，”他站起身来说，“不打搅你上课罢？”

我一眼就认出他是在机场上送走贺大哥的人群中那唯一的中国人。他看来坚定、干练、和蔼可亲。

“其实并没有什么事的。我和邹训导长是长年的朋友，工作上也时常联系。”他说。他的皮肤黝黑，他的牙齿结实而洁白。“让我们坐下来谈，好吗？”他说。

他的金边眼镜后面的眼睛，固执地、坦率地看着我；而我也安静地回望着他。他依旧在整齐的、修剪得很短的头发上，抹着一层稀薄的发蜡，在会客室的日光灯中淡淡地亮着。我忽然想起那天早上，在机场送行的看台上，当我返身离去的时候，正是这位刘先生站在离我不远的地方，沉静地瞭望着机场上升火待发的马航班机。

“在我们不知道你的那个外国老师是个精神病人以前，我们还很伤过脑筋。现在，他变成那个样子，倒是反而很同情他。”他说，“在美国，自由过头了，再加上美国的历史短，美国人又天真，说得不好，有些幼稚，没有个中心思想。”

我专注地、平和地听着。

“因此，正论不作，是邪说代兴啊。美国青年，就彷徨在各种不成熟，也可以说是不正当的思想中，使美国的国家、社会、家庭、学校……都产生许多问题。我们呢，是一个开放的社会。近年来有许多仰慕中华文化的外国人来台湾研究、读书，这当然是很好。可是难免有极少数几个人带来不正当、不合我国国情的各种邪论来污染我们的青年。我们注意到你这一位老师，便是这个缘故。”

“是的。”我说。

“现在，我们终于舒了一口气，他原来是一个有病的人。”他说，“有病的人，值得我们同情。我们讲的就是仁爱。讲了几千年啰！”

“是的。”我说。

“你的情况，我们也很了解。府上不论就家庭的经济、家庭的教育来说，都很好。很好，我们了解。府上在地方上，真可以说是名望之家。”

“好说，刘先生您太客气了。”

“你们邹训导长也很夸奖你。很好。希望你以后专心学业，心不旁骛，那么你真是前途似锦的。”

“谢谢您。”

他从头到尾，都十分专注地看着我。末了，他高兴地说：

“你的相貌很好。秀于外而慧于中，实在的。”

“谢谢刘先生。”

我辞了刘先生，请准了假，走出办公大楼。校园里遍地煦和的阳光。同学们在操场上，在林荫的走道上，幸福、快乐地来往着，只是我忽然觉得他们和我已不是同一代的人了。

——明天去登个报，找个英文家教，试试过自食其力的生活。

我想着，轻捷地走向通往校门的大路。

——多么煦和的阳光啊……

我无语地说。

初刊于一九七八年三月《雄狮美术》第八十五期

夜行货车

华盛顿大楼之一

1　长尾雉的标本

摩根索先生跨着大步走过林荣平的办公室。

“See you, J. P.”

“See you.”林荣平说。

他看见摩根索先生高大的身影，走出空旷的大办公室，走向傍晚的停车亭。黯红色的林肯车缓缓地倒了出来，然后优雅有致地绕过花圃和旗台。守卫早已打开了大门。车子在窗外无声地驶出台湾马拉穆电子公司。年轻的守卫无声地鞠躬，无声地关上大门。

林荣平重新点燃了烟斗。“See you, J. P.”摩根索低沉而满有活力的声音，仿佛还在空无一人的大办公室中回荡着。早已过了下班的时间了。临下班的时候，摩根索先生请他到自己的办公室讨论一些财务上的事。就在下个礼拜，马拉穆国际公司太平洋区的财务总裁要来。平时潇潇洒洒的摩根索先生，近几天来，却是从早忙到晚，准备着好几件报告。负责财务部的林荣平也跟着天天加班。然而，摩根索先生在紧张中仍不失他那代表动物一般的精力的恶戏：和女职员作即兴式的调笑，说肮脏的笑话，破口开骂，然后用他的大手拍拍挨骂的中国经理的肩膀："OK, Frank，不要让我们的讨论影响了你中午的食欲。"然后哗哗大笑。

公司下班的时候，他们正忧烦地谈着一笔为数不小的"交际费"怎样转账。

"东京的办公室，J. P.，永远不了解交际费在中国是一项合理的开支。"摩根索先生一边摇头，一边呼出长长的、青色的烟，"任何带来效率、带来利润的开支，在经营上就是合理的……"

林荣平无奈地微笑着。他是一个结实的，南台湾乡下农家的孩子。然而，在他稀疏的眉宇之间，常常渗透着某种轻轻的忧悒。

"让我们和东京玩政治。你瞧，今年三季的成绩都好。够他们开心了。"林荣平用流畅的英语说，"他们一开心，账面上就好对付。"

"你说对了，J. P.。"摩根索先生说，声音出奇低缓。

林荣平从文件上抬起头，看见摩根索先生愉快地望着窗外。他的浅蓝色的、美丽的眼睛，泰然地发散着一种光彩。

“你说对了，J. P.。”摩根索先生温柔地说，“Let's play Tokyo politics……可是你看她，J. P.，这小母马儿。”

林荣平移目窗外。他看见下了班的刘小玲和几个公司的女孩走在花圃的旁边。一头浓而且润的长长的发，使她裸露的双臂显得格外地蛊惑。她的身段丰美，但是如果没有那一双修长而矫健的腿，面貌怎也说不上姣好的她，就不会有那一股异样的妩媚。摩根索先生就为了那一双腿，称她为“小母马儿”。

林荣平无表情地看着刘小玲和别的职工们登上交通车。摩根索先生打开一包新的 Winston，林荣平装上一袋烟，两人于是沉默地点着各自的烟。交通车终于走了。整个大办公室顿时显得空旷、沉寂起来。“J. P.，欧文银行的那一笔借款……”摩根索先生说。他们又回到公事上。然而分明是从这个时候开始，林荣平忽然感到不由自主的嗒然。讨论结束的时候，摩根索先生用他那浅棕色的大眼睛体贴地望着他。“你好像累了，J. P.，”他说，“明天我要到我们的 Washington D. C. 开会，你可以晚点来。好好休息，J. P.。”这才使林荣平对于自己的莫名的嗒然，有些羞耻起来。他笑笑，收拾半桌子的文件，起身离开。

“Take a good rest, J. P., old boy...”摩根索先生愉快地在他的背后说。

他走进自己的办公室，把文件一件件归档。矮柜上摆着他的全家照。他站在背后，妻子和两个女儿都张着嘴笑。由于业务扩充了，公司在台北市东区一条最漂亮的办公大楼区里的华盛顿大楼，租下三楼，作为台北营业处。摩根索先生很喜欢，不知什么时候开始戏称之为“华盛顿特区”。三天两头往台北跑。林荣平于是芜蔓地想起那座矗立在台北首善之区的巍然的大楼了……

窗外逐渐黯了下来。他把板烟在烟灰缸敲干净，却不料板烟和大理石的烟灰缸会撞击出那么沉闷而棘心的声音。他站了起来。那嗒然之感，竟逐渐转变为一种沉滞的忧悒。他关了灯，带上门，匆匆地走出办公室。

他开着公司刚刚替他换下的福特“跑天下”，驶进渐浓的暮色。他沉静地注视着前面的路，感到某一种悲戚在安静地、顽固地从他的心中向四肢浸透着。他漫然地想：“同样是新车子，福特开起来就是跟裕隆不一样——”他试着找个话题和自己聊聊天；他试着回想他初初驾驶裕隆的经验；试着为一个预定好的青商会的午餐会找一个合适的讲演题目；试着在两个别人介绍的音乐系女生中，为大女儿挑一个钢琴老师……但不论怎样规避着，摩根索先生那放胆的、恶作剧的笑脸，总是不放过任何一个思绪的空间，在他的视野的上端浮现。

“Linda 真的没跟你说什么吗？”摩根索先生说，浅蓝色的、镶着金黄色的睫毛的眼睛，笔直地望着他。他忽然想起电视上灰色得很无气味的美洲豹的眼睛来。

“告诉我什么？”他说。

他仿佛可以看见自己平静得了无破绽的表情。摩根索先生狡黠地、好奇地望着他。“Linda 什么都没有说，J. P.？真的吗？真有趣，J. P.。”摩根索先生放胆地、恶作剧地笑着说。

“告诉我什么？”他说。尽管连自己也诧异着，但他很清楚自己一脸毫不知情的样子，是那么样地无懈可击。“她告诉我什么？告诉我你要升我的薪水啊？”

他说。他们大声地、美国式地笑了起来。

“你应该升的，J. P.，相信我。”摩根索先生说，“你有一个电脑般的脑袋，J. P. ……”

现在，天色已经整个儿黑下来了。他开始把车子转向一条通往温泉区的路上。一条以林荫出了名的山路。车子在斜度不大的路上转了两次弯，一轮不很圆满的月亮出乎意外地挂在靠近市区那边的天空，发着文弱的、白皙的光芒。“她要告诉我什么……”他想着自己那一副毫不知情的样子。他开始感到羞耻。

早上快十一点的时分，林荣平的秘书刘小玲走进他的办公室。这个一向做起事来安静、迅速的他的女秘书，却把公事铁柜弄得砰砰地响。他抬起头来，看着她以异乎寻常的急躁，把一大堆公事入档。

“Linda，”他说。

她仿佛吃了一惊，安静地低下头。她咬着轻轻地抹着唇膏的、质厚的嘴唇，把目光从手上的公事迅速地移向墙壁。他忽而看见积蓄在她的眼眶中的泪光。他拿下板烟斗，用英文说：

“什么事不对，琳达？”

刘小玲的嘴唇微微地颤动起来。她迅速地低下头，一串眼泪就掉到她交握于小腹前的双手上。

“坐下来，”他说，“什么事，慢慢说。”

她终于坐在他的面前。她无语地接过他的手绢，仔细地擦去眼泪和鼻端的潮湿。她的眼睛，尤其在她稍嫌宽了一点的脸庞上，应该算是小的吧。她的鼻子长而且瘦实。然而她的质厚而柔软的嘴唇，使她的面貌有一种无须争辩的成熟的风情。

现在她望着他身后墙上挂着的一块菲律宾黑木雕刻。低矮的草房前有一个农夫拉着一条水牛，仿佛正要上工去；他常对她说，除了农夫没戴着斗笠，这简直是台湾农村的风光。

“刚才我把你要寄到东京转纽约的信打好，送副本去给老板。”她平静地说，“他说：琳达，你是个漂亮女孩。”她停了一下，又说，“他对谁不这么说？我说，谢谢。他说，琳达，听说你很喜欢我留胡子的样子，”她不屑地看林荣平，“一定是你告诉他的。公司里的男人，没有一个不是奴才胚子。”

今年夏天，摩根索先生离开台湾，度一个月的年假。从中国香港、新加坡、伊朗、西德、丹麦，摩根索先生各寄给他一张明信片。公司里五个经理，只有他接到这些风景明信片。然后在美国马利兰州的老家，摩根索先生给他写信，说他已经蓄了一道八字胡，要他保守秘密，等回台湾时给公司的人“一个性感的惊喜”，等到摩根索先生回来了，公司的女孩子没有一个对老板的胡子感到兴趣。有一回，在那温泉区的日本式的小旅社，他和刘小玲谈起老板的胡子。他议论说：“我们中国的女孩子，对男人的胡子，只觉得衰老、邋遢……”

“我想不是。我们公司的小姐都还小。”她专心致意地对镜梳妆，一面说，“其实，我倒挺喜欢他的胡子。长得那么密啊，贴在他年轻的、调皮的嘴唇上……”

她于是兀自对着旅社的镜子笑了起来。嫣然中有一种放肆。那时候，他裸着躺在床上翻《时代周刊》。他无言地笑着，感到某种可以接受的妒忌。

“怪不得他老冲着我笑得那么邪道儿，”她愠然地说。他默默地抽着板烟。“我要走了嘛，琳达，他说，若无其事地站起来，然后他忽然抱住我……”她笔直地望着他，在一刹那间，眼眶就红了起来。“他 × 的……猪！”她涨红了脸，悲愤地说，“让我走，否则我就叫，我说。他忽然放开我，说，琳达，别让我吓着你了。我没有恶意，琳达……”她的语声逐渐平静。“他 × 的，”她悲哀地说，“猪……”

他面露怒容。他感到一股暧昧得很的怒气，使他的握着烟斗的手，轻轻地颤动起来。然而，那毕竟不是居家的时候，对妻儿的那种恣纵的、无忌惮的、有威权的怒气。一个引他为心腹知己的，昵称他“old boy ”的美国老板；自己“青云直上”的际遇；几百万美元在他的手上流转；自己所设计的，被太平洋总部特别表扬而在整个亚太地区的马拉穆分公司中广为推行的两种财务报表格式；在花园高级社区新置的六十四坪洋房……在这一切玫瑰色的天地中，刘小玲，他的两年来秘密的情妇，受人调戏，坐在他的面前。他的怒气，于是竟不顾着他的受到羞辱和威胁的雄性的自尊心，径自迅速地柔软下来，仿佛流在沙漠上的水流，无可如何地、无助地消失在傲慢的沙地中。这才真正地使他对自己感到因羞耻而来的愤懑。

“知道了。”他蹙着淡薄的眉说。

她看见他因着恼怒、懦弱和强自倨慢的情绪而扭曲着的脸。“没见过生气起来就这么难看的男人的脸。”她想着，心疼起来。然而她依旧说：

“知道什么？你去找他理论？女人就这么好欺负。”

“小刘。”他说。

她注视着他。他一脸的歉疚。三十八岁的他的脸，逐渐地浮起苦疼的温柔。她忽然虽并不是悲伤，却想落泪。

“小刘，下班以后，到小热海等我，好吗？”

她猛地摇摇头，眼泪温热地流下她的面颊。

“有话跟你说。”他温和地说。

她沉默着。

“其实我知道，这一个月来，你有心事。”他说，“詹奕宏的事吗？”

她诧异地望着他。他毕竟知道了吗？她想。但是从来没想到他的反应会是这样地安静，不是没有忧悒的安静。方才从摩根索羞辱的办公室出来，她便一直走到詹奕宏的办公间。然而詹奕宏去了税捐处，尚未回来。面对着这个暗地里亲炙了近两年的男人，她知道一个故事已近尾声。他寂寞地笑着。

“应该谈谈的。”她太息地想着，把用过的手绢整齐地叠成方块，摆在他的桌子上。“尽早来。”她说着，佻达地走出他的办公室。他开始给家里拨电话：“临时要陪老板赶到南部去一趟。”妻子没有抱怨。他挂了电话。

他有些冒汗。温泉山区的路，又曲折、又窄小。他想起每次他载她到小热海，就在这一截迂回的山路上，她总夸他开车的技术好。她在车中左晃、右晃，格格地笑。他则不苟言笑地咬着烟斗，专心开车。这夜的温泉山区，华灯在松影间摇曳。偶然间，有欢娱日本观光客的、不很道地的日本歌，流进他的车子。

刘小玲在小热海的阳台上，看见他的车子开进停车场。小热海的狗，汪汪地，其实并无恶意地吠着。一个中年的奥巴桑叫住了狗。“多西，哼，多西。”奥巴桑日本风地斥责着她的爱犬，然后用日语说欢迎。“好久没有光临了。”奥巴桑说。刘小玲听见林荣平要了一间房间，看见他走向阳台的台阶。她回过头，为自己的杯子添了一点啤酒。然后她抬起头，默默地瞭望着台北的灯火。

他在她的身旁坐下。她把啤酒杯推给他。他握住杯子，静静地看着逐渐崩塌着的泡沫。月亮升得很高。她把放在皮包约莫三天的 Dunhill 衔在她的嘴上。他为她点火。瓦斯打火机的火焰照着她那多肉的、柔嫩的唇。他开始慢慢地喝着啤酒。

“也许我另外给你找事，”他终于说，“下礼拜我到青商会去，问问有没有合适的工作。”

这时奥巴桑端来一盘炸花生、一瓶冰啤酒和一只新杯子。刘小玲和善地和奥巴桑打招呼。她忽然说：

“对了，奥巴桑，我们今晚不要房间了。”她状似愉悦地笑着，对林荣平说：“我们还有别的事，对吗，J. P.？”

他迟疑一下，说：

“请为我们准备晚饭，清淡些的。”他疲倦地笑了起来，“吃了饭，我们就走。”

一辆计程车从小热海的边门刺了进来，在阳台的正前方戛然停车。两个显然已经喝醉了的日本人，被两个妓女半拥半搀着下了车。奥巴桑笑眯眯地快步走下阳台。狗在汪汪地叫。“多西，嘿！多西。”奥巴桑说。

两人静静地看着阳台下的日本人。

“男人一出了家乡，便像是个了无羁绊的人。”他说。升财务经理那年，他到东京的马拉穆太平洋区部受训，刻意地荒唐过。

“其实，你也不必费心去替我找事。”她说。

“什么？”

“其实，你也不用为我找事。”她说，为自己和林荣平斟啤酒。她缓缓地倒酒，不让泡沫溢出杯子外面来。“过一阵子，我想出国。”她说。

他知道她有一个姨妈在美国。她常说，“这世界上只有她一个人真心疼我。”他升上财务经理前的去年冬天，他告诉她说他不能离婚。她天天哭闹。后来，她终于放弃了挣扎。就是那个时候，她说要出去投靠姨妈。

他无言了。

她眺望着台北市区的灯火，于渐浓的夜里，在远处益发地辉煌起来。连接市区的那一道桥，现在只成了一条由等距的灯火所连结的直线。

他的心绪起伏。他从西装口袋取出烟斗，细心地装上一袋烟草。楼下传来日本人饮酒喧唱的声音。他把烟斗烧成一个小小的火湖。烟草的香味，立刻在夜室中弥漫开来。

“J. P. ，”她愉快地说，“你换了烟草的牌子了？”

她的愉悦使他诧异。从前，每当她说到出国，没有一次不是流着令他自疚、烦躁的眼泪的。

“朋友送的。”他微笑着说。这时旅社的下女送来晚饭，是一些台式的宵夜。她一下子就吃下了一碗稀饭。但他却无端地失去了食欲。

“J. P. ，”她说，“你从来就没有爱过我。”

她热心地吃着一盘腌瓜肉。

“但这不能怪你，”她说，“我何尝以为我不能没有你。”

“小刘，”他说。

“你应该吃一点，”她说。她为他盛了一碗稀饭。“近来，很多时候，我总是又爱哭，又爱闹……”她孤寂地笑了起来，“也亏你有这个耐心。”

“小刘，”他说，“我们都那么久了。我的感情，你应该清楚。何况，对不起人的是我。”

她兀自安和地笑着。这时忽然有水自高处落地的声音。他们向黑暗的阳台下看去，在一个小庭园的东洋味的石灯台的光影中，看见一个日本人在小便。她立刻别过头去。他吸着烟，微笑地说：

“日本人‘有礼无体’，就是这样。”

她望着他，虽然并没有兴趣，她依然说：

“有礼无体？”

“平素说话客气，哈腰，鞠躬；但也随地小便，饮酒喧哗……体，大概是体统的意思。”

“J. P.，在爱情里，”她认真地说，“没有谁对得起谁，谁对不起谁的事。这是詹奕宏说的。”

“詹奕宏？”他说。

她一下子就想到她说溜了嘴。她用双手合握着啤酒杯，让酒杯在手中慢慢打转。

“从前，你说社会、你的孩子、你的家族……其实还有一件是你没说的：你在公司新得的地位。”她以并不伤人的调侃笑了起来，“你说，这些这些，使你无法跟你太太离婚，跟我结婚。其实，你很清楚，这全不是理由。”

“我不是不愿意承认，”他苦痛地说，“感情的事，不那么简单。你明知道的。”

“J. P.，我不是在跟你争执，”她看着他忧苦的脸说，“或者，就这么说：你以你的方式爱我。不打破你的家庭，不跟我结婚，在我这儿找感情的寄托，而且也不霸着我不放。我呢？我怎么办？好，你说过，我什么时候找到人，什么时候要走，你不拦着我。”

他默默地眺望着一幢幢婆娑的树影，和千万盏树影之外的远方的灯火。桥上往来的车子显著地少了；标示着那一道桥的等距的灯火，也忽而显得孤单得很了。

"所以，你要走了。"他终于喟然地说，"是詹奕宏吗？"

这次，她沉默了。

詹是新来公司不及一年的年轻人。据说是能力强，很快就占了新成立的成会组的组长。他有一头经常零乱的长发，肩膀出奇地宽阔。平时沉默寡言，工作起来，香烟一根接一根地抽。逐渐地，刘小玲发现他粗鲁、傲慢，满肚子并不为什么地愤世嫉俗。有一回，刘小玲打完了一封长长的信，猛一回头，刚好看见他叼着刚点上的香烟，昂着头松开领带，然后以手支颐，困恼地沉思手上的公事的样子。他的荒疏的、带着些野蛮的忿忿的脸，他的出奇地宽阔的肩膀，他的敞开的领子和不礼貌地松开的领带，构成不可言语的魅力，在那个回顾的片刻里，直接、迅速而又无可理喻地使她匆匆地脸红了起来。那时节，她正好和J. P. 天天吵闹，情绪坏到逾此一步就要自毁毁人的时候。单纯地自为了以新的激情减缓另一个失望的激情底苦痛，她自暴自弃地以少妇的蛊媚，轻易地诱惑了他。然则又初不料她竟然会绝望地爱上了这个不驯又复不快乐的年轻的男人。

"没有人能审判爱情。"她说，"每一件不快乐的爱情，总有一方说被另一方欺骗、玩弄。"

"James 是个好青年，"他的语调沉重，"那么，你何苦要到美国去流浪？"

"一个爱上别人的人，包括我自己，总以为别人应当以对等的爱情回报他，”她幽幽地说，“却从来没有想过，这是多么明显地不公平。”

他想起那段时日。在白天，一个是主管，一个是主管的秘书。一下班，她就拖着他在隐秘的地方争吵、哭闹、威胁……直到有一天，她说：“J. P.，我认了，可是让我慢慢地走开。”“没有人叫你走开，小刘，只是我没有权利叫你要我罢了。”他说。从那以后，他们算是为了分开而相处至今。“如今她真要走了。”他想着，嘶吧、嘶吧地抽着烟斗，注视着在月光下显得有些困乏的她的脸。他忽然很想说：

“在爱情上，女人要比男人诚实，比男人勇敢多了。”

然而他没有说出口来。他沉吟着，说：

“James 能力很好，有前途。你，我设法另外给你介绍更好的工作，你们来往，也方便些。”

她没说话，只是神经质地用手拢着她的头发。她想谢谢他的好意，可是那又太生分了点。她看着他没有动过的、应该早已冷了的稀饭，反射性地说：

“你该吃一点儿了，J. P.。”

她不该说话的，她想。她听见自己抖颤的声音，使她努力、努力地抑制了的泪水，终于哗地流满一脸。

“怎么了，小玲。”他慌张地说。

她开始出声哭泣。

就在昨夜，詹奕宏向她吼叫：

“不要想赖上我，我可不是垃圾桶。别人丢的，我来拣！”

“James……”她说。

“我不是什么他妈的James，我是詹奕宏！”

“我从来不敢想你会娶我。你就把我当作坏女人好了……孩子我自己生，自己养大……我会走得远远的。”

她哭了。她已不再是做梦的女学生，但也正因为这样，当她发觉自己已经那么不可救药地爱着詹的时候，她是酸楚的。为什么她能爱、要爱，却只能无助地等待另一个分别？……

“怎么了，怎么了？”林荣平忧愁地说，把她拥在自己的怀里，轻轻地拍着，用手绢为她擦去泪水，频频吻着她的长发。“怎么了，怎么了？”他说。

他拥着她。他真切地感到自己实在是爱着这个女人的。只是他的地位、他的事业、他的自私使他懦弱，使他虚伪，使他成为一个柔软的人罢了。月亮有些偏西。整个温泉区已在淫荡后的疲乏，滑落深沉的睡眠。

她止住了哭，把手绢还给了他。

“不好意思哦，”她细声地说，“我们该走了。”

“怎么了呢，你？”他寂寞地说。

“没什么，只是爱哭。”她歉疚地笑了起来。

他们走下阳台，在柜台边看见小热海出了名的摆设：一只日本长尾雉的标本，栖息在曲劲有致的木架上。长约六公尺的美丽的尾羽，即使在日光灯下，还发出美艳、高贵的色泽。

柜台的服务生一脸的睡意。他付了账，她在那小小的日本风的庭园边站着，望着开始有些阴霾的夜天。“请务必再来。”服务生用生硬的日本话说，目送着他们的车子向黑暗中滑行。

2　温柔的乳房

刘小玲把啤酒重又放到冰箱里。这是个燠热的夜晚。冰透的啤酒会使他整个儿高兴起来的，她想。桌上的菜开始凉下去了。她望望墙上的小小的电钟，时间已经超过了客人应该来的时候有半个钟点。她有些焦虑，却没有愤怒。她打开电视，坐在刚换下套子的沙发上。她想着差不多所有的他们的约会，他总要漫不经心地耽误，甚至有一次根本把约会都忘了。她于是独个儿无声地笑了起来。

随便打开的电视，正演着一个少女迷恋于一个早有妻儿的中年上司的故事。在一间经理办公室里，一个中年男人迫不及待地点燃了一根烟，深深地吸了一口，靠在椅背上，左手蒙着眉宇，然后缓缓地吐出白色的烟。经理室的门外，有几个职员在埋头工作，唯独有一个年轻的女职员定睛地注视着经理室中的男人。镜头忽然调近，照出一张做着梦的，大眼睛的少女的脸……一泓柔和的音乐从远处流入。少女的声音在旁白：

> ……如果我能把手放在他那忧悒、疲倦的眉头上，让他知道，在这世界上，有一个女孩子，那么样、那么样地爱着他……

刘小玲格格地笑起来。她一边给自己点起一支香烟，一边想，詹奕宏一定会说，“蠢透的电视连续剧”。电视里的经理，是个有几分文化气质的、优柔寡断的男人。商场里，怎么可能会有这种男人？她想，J. P. 就不是这种人……

那天深夜，和J. P. 从小热海回台北，在他的车子，他说：

“现在我晓得了。其实你应该早些告诉我。”

她没有说话。车子驶上方才他们远远地眺望着的一道桥。他知道了也好，她想，好像什么事都有一个冥茫中的行事历上安排好了似的，自然就发生。

“其实你应该早些告诉我的。现在我晓得了。”他说，“詹奕宏应该不知道我们的事。”

她不知道他的最后一句话是询问，还是判断。她望着他专心开车的模样。他的脸上并不是没有一种悲愁，而是并非邀人去怜惜的那种悲怜。她轻轻地靠在他的右肩上。

“事情总可以安排的。”他说着，车子在一个机械地红了脸的红灯前停了下来。他用左手轻轻地拍了拍她的头，说：“也许，在适当的时候，我找他谈谈……”

“不！”刘小玲蓦地坐直了。“我已经打定主意到美国去，”她说，“再说，我的事，可不是你那些业务上的决策，由得你下决定。”

她于是散漫地、落寞地笑了起来。

其实当时她应该生气的吧，她坐在客厅中想。生气他把她当作一件事物去“安排”。但她却不能生气他把她推卸给詹奕宏的认真劲儿。两年了，她知道那于他尤烈的男人在爱情上的自私心。因此，当他说，“事情总该可以安排的”的时候，她毋宁感到某种爱情和同情混合起来的酸楚。

就在这时，身边茶几上的电话突兀地响了起来。她抢掠一般地抓起电话。是詹奕宏的声音。

——喂……你怎么了？

她急速地喘着气，把抽剩的烟，截死在烟灰缸里。

“你的电话，吓了，吓了我一跳……”她笑着说。

——我看你心脏不好，应该去看看医生。

她听见他身后杂沓的市声。

“你在哪儿呀，还不快来。”她说，“菜都凉了。”

他在电话的那头哼哼地笑。他说他下了班回到赁居的地方，觉得累，竟而睡着了。“我刚洗完澡出来的，饿了。”他说。

她放下电话筒，端了两个菜到厨房去热。她的心荡漾着不可救药的甜美。她想要唱歌什么的，但一颗眼泪却静悄悄地滑下她的面颊。“啊，James，坏种，”她无声地说着，点上炉子，打开抽油烟机，“为什么老叫人盼着，盼着……”

她想起她的父亲，一个曾经活跃在民国三十年代的华北的过气政客。来台湾以后，他忽然变得不但不问政事，即便连家中的生活巨细，也撒手不管。刘小玲生下来的那一年，带来的一些赀财已经用尽。坐完月子，她的母亲就把头发烫起来，出外为生活张罗。比她的父亲年轻了三十岁，作为第四任妻子的她的母亲，不久便显露出在外交上、商业上的奇才。透过过去的“刘局长”的关系，母亲开起时装社、贸易公司和餐厅。随着生意的隆盛，当时在三十边缘的母亲，竟也日益丰艳起来。据老家跟了来的周妈说，从那以后，她的同父异母的哥哥姊姊们，吃的、穿的才渐渐像了样，至于母亲的独生女的她，就更不用说了。

然而，她的父亲，却一年到头冬春一袭长棉衫，秋夏一袭单长衫，诸事不问，时而弄弄老庄，时而写写字，又时而练练拳，写一些易经和针学的关系之类的文章，在同乡会的刊物上发表。初时母亲苦口求他，穿个像样儿的，几些场合也出去周旋周旋。“唉。宝莲，”父亲呵呵地笑，“二十岁从日本学兵回来，什么我没抓过，什么我没见过？”父亲于是依旧是一年两袭长衫，依旧是百事不问。刘小玲懂事以后，母亲的事业越来越大，父亲在家里越发成了一个破旧的、多余的人。母亲即使在家小的面前，也开始称他“脏老头”，任意支使。为了应酬，为了牌局，母亲不回家过夜的次数越来越多。而母亲另有男人的谣言，在外面绕了个大圈子，终于流到他们家中来。异母兄姊一个个搬到外面住校、通学。刘小玲开始反抗母亲在家中强大的权威。

她上高二那年，老父终于病倒。母亲把他送进一家很好的医院，每半个月到医院缴一次医药费和特别护士的费用，却连病房都不去探一下。那时候，她是一个沉默的少女，日日陪伴着昏睡的时候多的父亲。有一天晚上，她回到家里，看见客厅里摆着装饰得很辉煌的圣诞树，树底下堆着一大堆礼物。

“你娘为你摆的。”周妈说。和蔼地笑着。

她无言地伫立在客厅，然后又无言地把树上的吊饰摘下，连同树下的礼物搬到庭院中心，划了火柴，点燃那些花花绿绿的礼盒子。周妈在一旁默默地流泪。火光把她的脸烘得发红。寒冷的冬夜，她忽然周身困倦。那夜，她没有回医院陪父亲，而父亲却正巧在那夜过去了。

她把热过的菜倒在大腰盘中，用抹布擦去盘沿的四周。

周妈口中的那个“一次枪毙十个把人，眼皮都不眨一下”的、骠悍的、青壮时代的父亲，她从没见过。她看见的，却只是一个邋遢的、懦弱的、一任妻子嘲骂和背叛的老人。

门铃叮叮咚咚地响了。她关掉炉火，两步当一步地跑着去开门。门开了，一股酒气迎面向她扑来。她看见詹奕宏因酒而青苍着的脸。她默默地后退，让他进来。

他用酒后的、昏浊的眼睛望着她，哼哼地笑。

“不是说睡过觉刚出来的吗？”她愠然地说。

他重重地坐在沙发上。他穿着一条质地很好的牛仔裤，暗黄色的衬衫有些肮脏。他一手抓住茶几上的烟盒，用他肥厚的唇啄出一支长脚的香烟，为它划上火，连连地吸着。香烟叼在他的嘴上，上下跃动。

“不是说好来这儿吃饭的吗？”她背靠着客厅的大门，委屈地说。

“光喝了酒，还没吃东西，”他似乎在安慰她似的说，“我请老张喝了酒。”

“老张？”

“守卫的老张。”他站了起来，走向饭桌，随手拈一块肉塞进嘴里。

“噢，”她说，“我再去热两个菜。”

她一下子高兴起来。这是个才二十坪大小的出租公寓。一个卧室，一个小客厅连着小餐厅，一厨一厕，五脏俱全，

一间间挨着。她一边热菜，一边说 :

“老张呀，老张他怎么样？”

“他 × 的。”他说，缓缓地抽着烟，一边脱着鞋袜。

老张是公司的门房守卫。昨天早上，人事处贴出了一张布告，说老张半夜里在公司的守卫室中召妓狎饮，应予革职。

“他 × 的，也算老张当着霉运，”詹奕宏说，“半夜里的事，怎么就让洋鬼子撞见了。”

他到饭厅打开冰箱，给自己倒了一杯冰水。他说其实只要人事室的葛经理肯说话，一定不至于开除。“何况，那个女的根本不是什么妓女，是老张的女朋友，在桃园加工出口区一家日本厂做工。”他说，“喝酒，他老张原来就喝酒的呀。”

“You know what I mean, eh？”他一边喝水，一边恶戏地对着电视机学葛经理说话。葛经理喜欢说英语，也说得不错。只是他在一句话里要插上好几个“你明白吧，呃？”成为令人听了厌烦的口头禅。“You know what I mean, don't you, eh？”詹奕宏挥舞着左手，说，“You know……know个鬼哟，他娘个 ×……”刘小玲一边热着菜，一边忍不住格格地笑。

门铃又咚叮咚叮地响了。“You know what...”詹奕宏一边调侃地学舌，一边去开门。一个瘦小的男孩送来一盒蛋糕。

“生日蛋糕？”他诧异地说。

她从厨房跑出来，跟瘦小的男孩说“谢谢”，并且多算了十块钱给他。瘦小的男孩欢喜地走了。他关上门，依然不解地看着她。

“你的生日，今天。”她说着，歪过头去。

“哦，”他说，“哦哦。”

他惯有的嘲讽的脸，在那一刹那间，换上了某种沉思的表情。“哦哦。”他说。她的眼圈微微地红了。没见过对自己也这么粗心大意的人，她想。

“我跟老张吃酒，不是故意的，”他走向她，讷讷地说，“我只知道你要我来吃饭，却不知道是要吃我生日的饭……”

她笑了起来。“我可是饿了。”她说。在灯下，她有焕然的容光。她用围裙擦着脸上的汗水。穿着雪白长裤的她的身姿，有说不出来的帅气。她用两手环抱着他的腰，边推边向饭桌那边走。他的腰结实而不失柔软。比起他身上的任何一个部分，他的腰板最能显示他的年轻。J. P. 的腰，早已松垮下来了。

他们开始吃饭。一桌子都是她不知从哪里学来的台湾菜：一碟荫豉蚵、一小锅猪脚面线、一盘炸肉块、半只白斩仔鸡……“做得还地道吗？”她边吃边说。“嗯。”他说。其实她并不是个善于烹饪的女人，除了白斩仔鸡，都不很对味儿。然而他只是一径喝着啤酒，一径说：“嗯嗯，还不错。”阳台上整个黯了下来。两盆石榴在室内漏出的光中，静静地伫立着。

想一想，这已是他第二十八个生日了。然而，这却是头一次出其不意地有人格外记得他的生日，用了精致的心，为他备办了一顿专为他的生日而吃的饭。他的形若傲慢、犬儒的心，逐渐在溶解。他忽然说：

“喂，你可知道，这是头一次，有人为我过生日。”

她搁下正要夹菜的筷子，望着他。他于是诉说起来。

由于不大不小的家庭的荫庇，他的父亲在日据时代受完了中学的教育。中学毕业后的第三年，台湾光复，他的祖父也在这年过世。“这时祖父留下的产业已经不多，街上一爿药店、一家布店和乡下的不足一甲的土地。”他悠悠地说。又二年，他的父亲在一场动乱中，枉受牵连，差一点送了命。这以后，年轻力壮的他的父亲，忽然变得纵欲醉酒。“祖母心里焦急，赶紧给我父亲娶了一门媳妇。”他笑着说。婚后，他的父亲开始振作起来，但金融的波动，使他破产。“就在那时以后，我和弟妹相继出世，”他喁喁地说，“我父亲托了人情，总算在小学里弄到一个美劳老师的职位。”生活的清苦，可以想象。“给孩子们过生日，第一，经济上没有余裕；第二，在我们乡下，也不时兴。”他说。

她专注地倾听着。不是因为他的叙说有什么传奇之处，而是由于他在叙说着他自己的一向不为她所知的童年。她在他喁喁的、怀旧的叙说中，走进他的记忆。在那记忆中，到处是旧时照片的霉黄的色调。她为他新斟了一杯啤酒，想起了那个寒冷的圣诞之夜。她想起火烧中的花花绿绿的礼物盒子，想起孤独地死去的自己的父亲。他沉默地喝着啤酒。他想起今天下班后收到的父亲的家书。无非是说汇回的钱已收到；说他常以“在美国公司负大责任的大哥”为榜样，训勉弟妹。但不寻常的是，父亲竟然头一次这样写：“我一生是失败者……望你努力，出人头地。”

“如果一个人老了的时候，终于给自己下了结论，”他说，“说自己是个失败者，那是什么样的心情啊。”他于是想起在家乡的精瘦但不失为健康的父亲。眼眶和他一样地深陷，讲话出奇地快。从小到大，他惯常听见他以那快速的话锋抱怨校长，抱怨训导，抱怨将近三十年前招致他破产的金融波动，抱怨政治，抱怨天气，抱怨“外省人”……

“从小到大，我在贫穷和不满中，默默地长大。”他说。他的小而饱满的脸，因多量的酒而愈益苍白起来。“家庭的贫穷、父亲的失意，简直就是绳索、就是鞭子，逼迫着我‘读书上进’。让我觉得，以家境论，以父亲的失意，我本早就没有求学的机会的，”他说，“而我得以一级一级地受教育，读完大学，又读完硕士。”他面有怒色：“却从来没有人问过我，我自己想要什么，想干什么……”他砰砰地捶着胸脯说。

“你喝多了。”她温柔地说。

“孩子，你看，我们牺牲自己，让你往前走。你看，你一定得出人头地，”他讥嘲地说，“我们牺牲了没关系，孩子，走哇！往那个地方走，那个我们这一辈子想到却无法抵达的地方——这就是他们。”他一会儿扬手，一会儿扬眉，表情十足地说着，于是便哼哼地笑了起来。

“你喝多了，”她说，“你一定先跟老张他们喝多了。”

她把他拖到客厅，坐在电视机右边的安乐椅上。

“好吧，我就拼命读书吧，”他亢奋地说，“拼命读吧，他×的。我总不能向我老子说：为什么要以你的失败奴役我，为什么！”他向空中挥拳头，使安乐椅轻轻地摇晃起来：“因为，他×的，我明见的，失败的滋味确是够人受的。家中的生活阴悒窒闷；母亲像机器——蹩脚的、生产力很低的机器，一般地工作：帮佣、洗衣服、带小孩……父亲整天抱怨、整天诅咒……”

她拿了一条冰过的毛巾，为他擦拭额上、颈上的汗珠。当她为他解开衬衫的胸扣，用毛巾伸进他单薄却宽阔的胸膛时，他唧唧哼哼地笑了起来。

“好冰，”他说着把她推开，“好吧，既无退路，我就拼命读书吧。”他亢昂的声音突然低缓下来。他用左手盖着眉头，轻轻地搓揉着他的两个靠近鼻梁的眼角：“想一想，当时每天只睡三四小时，十几岁的孩子啊，营养又坏，一年两年下来，没有把命读掉，也是怪事。”

他开始轻轻地摇晃着安乐椅。她在一旁安静地为他削着冰过的水梨。她注视着他，一个男人怎样吐露他的创伤，这是她首度眼见。这时，她才看到这个平素粗暴、桀骜不驯的男子的心的里层。她的心疼痛起来。

“吃个梨子，”她说着，把一颗裸的、满是水汁的水梨递给他，“梨子可以醒酒……”

他木然地啃着水梨，水汁从他的嘴角上挂了下来。她趋前为他拭嘴。她的微微地发疼的心，在揩拭着他的嘴脸的时刻，涌出一股密密的温暖。在灯光下，在不知正演着什么的电视机前，一个女人，守着，忧伤地守着一个男人的伤痕，抚摸着那疼痛，使一个人的创疼，分成两个……这是何等的，她所渴想的幸福啊。她沉思起来。她想起自己的破败了的婚姻。大学一毕业，她单只是为了让母亲伤心而嫁给了一个长她十岁的船务公司的老光棍。婚姻的破裂，并不单纯地因为那个人在生理上的不能，更多是因为那不能而来的奇癖。离了婚以后，她进入马拉穆，过着从一个男人流浪到另一个男人的寂寞的生活。

他依旧木木地吃着水梨。他忽然说：

“喂，有酒没？我不要啤酒。”

“没有了，”她说，“况且你不能再喝了。”她走到电视机换台，“看看电视。”她说。

然而他径自有些踉跄地到柜子里取出一瓶双鹿和一只酒杯，又复有些踉跄地回到安乐椅上，为自己倒满深褐色的酒汁。她知道今天他非醉倒不可了。

“詹奕宏！”她忧虑地说，过去抢他的酒瓶。当他抬起双肘来护卫手中的酒瓶的时候，他的左臂碰到了她柔却出奇丰盈的、没有穿戴胸衣的乳房。即使因酒精而有些迟钝起来的他的官能，也在那一刹那间感到一种深在的震颤。他以醉者的目光，默默地、笔直地注视着她。

“你已经喝多了，”她抱怨地说，“喝多了。”

他兀自无言地望着她。但那目光，却没有欲情的渴切。

“把酒瓶给我，乖宝贝。”她说，“去洗个澡，我们早些睡。”她以造作的诱惑哄骗着说。

他无言地喝下手上的一杯酒。他思索着她格外丰盈起来了的乳房。他于是慢慢地再斟一杯酒，讷讷地说：

“喂，你说怀孕了，是真的吗？”

“把酒瓶给我吧。”她说。

“是真的吗？”他说。

“我怀不怀，干你什么事？”

她微笑地说。她知道取回他手中的酒瓶的希望，不论如何，是很渺茫的了。她回过头去看电视。一部闽南语连续剧在荧光幕上吵闹着。

他一个人哼哼地笑起来了。

她起身收拾饭桌，轻轻地哼着正在流行的歌曲。

“你别走。”他返身在茶几上取烟，用有些抖颤的手划上火柴。

“我只收收桌子，”她边收边说，“明天再洗喽！”

他沉默地看着荧光幕，“吧、吧”地抽烟。酒精开始使他有些儿心悸起来。

“你怀不怀，干我什么事，呃？”他独语似的说。

“什么？”她在厨房里问。杯盘落入水槽的时候，发出刺耳的声音。他没有说话，茫然地看着电视。

她一边擦着手，一边从厨房走出来，坐在他的身边。

“什么？”她说，望着他的似乎顿时疲倦起来了的、苍青的脸，“我去放水，让你洗澡。”

他沉默地、慢慢地喝着酒，看着电视。

“喂，”他忽而说，“你觉得，台湾人，怎样？”

喝醉了酒的男人的问题，她想。然而她依然认真地说：“我的心里，有个台湾男人，”她望着他的老是有点寂寞的、有点生气的侧脸，“他最像个男人，像个男人……”“我爱他。”她无端地感伤起来，“可是，他并不爱我。不爱。”她说，“不爱啊。”

“你看这些台湾人，”他盯着荧光幕说，“你看这些台湾人，一个个，不是癫，就是憨。”

她茫然地看着电视中闽南语电视剧低级趣味的嘈杂。

“如果，一个外省人，”他说，“一个外省人，从小到大，从这种电视剧中去认识台湾人，那么，在他的一生中，在他的心目中，台湾人，是什么样的人？”

她专心地听着，几乎忘了这是醉酒的人的酒话。

“我当然知道，”他说，“编写这种剧本的，也正是台湾人。”

他于是悲愁地、哼哼地笑起来。

“要不要洗澡，”她说，“我去放水。”

他沉默了一会，忽然说：

“你说，你怀不怀，干我什么事？”

她格格地笑起来。“怎么了？”她笑盈盈地说。

“你怀不怀，当然不干我的事。”他说。

“我去给你放水。”她柔声说。

“当然不干我的事！”

他的声音高亢而战栗。她猛一抬头，看见他被愤怒和过量的酒所歪拧了的、丑恶而可怖的脸，她的心忽而迅速地下沉。

“说开了吧。”他叫着说，“你以为，你以为我不知道你和 J. P. 的事，哈！”

她的四肢开始发凉。这暴风雨来得不曾有过地那么突兀。他是个善妒的，甚至狂妒的男人。多少次，他为他风闻的她的过去的事激烈地争吵。然而，她万未想到她和 J. P. 间的事，他也知道了。

“你怀不怀，当然，不干我事。”他的脸灰白得像一张久置的旧纸。他疯狂地叫喊：“你的裤带，就不能束紧一点！”

他的话，像一束利刃，猛然地锉进她的胸膛。她因羞怒而涨红了脸，眼泪如倾倒一般流泻下来。

“你，这样地欺骗我！”他说。

他猛一个翻身，一个沉重的巴掌掴在她的脸上。当他向她摔去第二个巴掌的时候，她以连自己都不自觉的快速，霍然站起，手中握住削水梨的锋利的水果刀。

他也从安乐椅上起立。他看见一向任其詈骂，甚至殴打的眼前的这个女人，竟手握利刃，肃然地站在他的面前。酒后的他的思维，在那一刹那时中，还不能理解眼前的景象的意义。他喘着气，说：

“你以为，我，也是电视里的，那种，又癫、又憨的人吗？”

他的声音显然地失去了凌厉。他看见女人的左颊，已经清晰地肿现他的掌印。她退后两步，紧紧地握着水果刀子，说：

“不要再对我动粗，我的身上有孩子。”她的声音和她的表情同其庄严，“詹奕宏，你听好：不论你信，你不信，我的身上，有你的孩子……”

他茫然地站着，用一双被酒精浸透的眼睛，空寞地望着她。

“不过，你放心好了，”她咽了一口气，清晰地说，“我刘小玲，决不会赖上你，要你娶我。我说过：孩子，我自己生，自己养大。我们母子会走得远远的。”

他木然地站立着。他的酒，忽然醒了大半。“我的身上，有你的孩子……”她的声音在他的脑筋中的某一个清醒过来的部分回荡着。他看见母性最原始的勇敢。她的眼泪在她的肿着他的掌痕的双颊上，逐渐干涸。然而她依旧紧紧地握住锋利的刀子。

“我不让一块随便的血肉，留在我的身上长大。”她无意识地用手掠了掠头发，“我怀着这块血肉，因为，”她的声音微微地颤抖，“因为，我爱你……”

她的眼眶即刻红了。然而她近乎惊惶地抑制着自己的感情，用力眨着眼，握紧刀子。她沉默地和自己的情绪搏斗着。许久，她说：

“去吧，去洗澡。”

他站了一会，沉思着。然后，他把衣服穿好，拎起沙发上的外套。

“你干什么？”她说。

“我走。”他说。

她俯首不语，把水果刀放在茶几上。他突然看见她的小指在流血。显然是用力握住刀刃而割伤的。

“走吧。”她疲倦地坐在沙发上。血滴在她雪白的长裤脚上，留下暗红的印子。

他踌躇着。剩下的一点点薄弱的男性的自尊心，使他不能不走向门边。这时，她突然从后面抓住他的皮带。

“干什么？”他说。

“别走。”她凄楚地说。眼泪雨一般地流下来。她开始吞声：“我不缠着你。”她哽咽着说：“要走，明早走。你，醉，醉成这个样，骑摩托车，太危险……”

她于是失声，哭得那么样地悲凄。

他反转身来，猛力地抱住她。

“小刘！”他低声说，“你的手弄伤了……你，知道吗？”

她哭得浑身抖颤。他感到她的没有穿胸衣的、显著地愈加丰盈了起来的、温柔的乳房，在他的怀里，急促地弹动。“我的身上，有你的孩子……”她的庄重的宣告，占满了他的心思。

“别哭，”他轻拍着她的项背，“你的手弄伤了……”

两行泪不知在什么时候挂上了他的青苍的、满是酒气的脸。

3　沙漠博物馆

延迟了一个星期之后，马拉穆国际公司太平洋区的财务总裁索伦·O·伯德尔先生一行三人，终于莅临台湾马拉穆电子公司。摩根索先生和林荣平以下的整个财务部，整整地紧张、忙碌了四天。第五天，S. O. B（索伦·O·伯德尔）留下达斯曼先生继续留台检讨财务细节，一大早就飞往东京。S. O. B 对台湾马拉穆的财务状况，十分之满意。林荣平的干练，又一次获得极高的评价。而林荣平之中国式的不独居功劳，之善于适当地把成就的一部分归给摩根索先生，使摩根索先生大为高兴。

紧张的四天过去了。留下来的财务稽查长达斯曼先生，是一位年轻、聪明而随和的人，对台湾马拉穆上下人员，都十分地友善。第五天是达斯曼先生稽查工作的开始，财务部决定在第五天下班以后，邀集部里的干部，宴请达斯曼先生，顺便给决定在下月初离职渡美的刘小玲饯别。

詹奕宏下班回到赁居的小公寓，换上一套新做的藏青色西装，来到设宴的饭店。在登上三楼的电梯中，他看见大镜子里的自己削瘦了很多。他对着镜子拍拍肩上细碎的头皮屑。一对外国情侣在电梯的角落依偎地站着。他感到数日来无暇去对付的自己的忧悒，就像这电梯一样，沉重却轻若猫蹄似的上下着。

他走进三楼订好的宴客房间。

“嗨，詹！”摩根索先生兴高采烈地说。

“嗨！”詹奕宏说。

侍者为他端来一杯掺着薄酒的果汁。他找到餐桌上写着James Chiam的小卡片，坐了下来。

“James，你看来累坏了。”摩根索先生在桌子的另一头说，向他抬抬手上的果汁，“J. P. 说你这几天干得很好。”

詹奕宏也向摩根索先生抬抬手上的杯子。“谢谢你，可是没什么……”

他说。就在这时候，林荣平和达斯曼先生拥着刘小玲走了进来，一时“嗨”“嗨”之声此起彼落。林荣平的西装是米黄色的，料子和做工都是明显的上品，然而领带的花色，却流俗不堪。达斯曼先生没有换下穿了一天的粗大的苏格兰呢的角花上装，依旧一副不修边幅的样子。他的络腮胡子在柔美的灯光下，有金黄的光泽。

刘小玲一身暗红的晚礼服，长裙触地。云云的浓发蓬松地、洒脱地停放在她细嫩的肩上。宽松的丝绒料子，怎也掩不住她修长、美健的身段。她无言地和每一个向她打招呼的人颔首而笑。

詹奕宏低下头轻轻地啜着掺酒的果汁。自从她踏进餐室，她没有正眼望过他。也正因为这样，他知道她早就看见了他。在这么多人面前，他不应该显得太落寞，他想。然而他却怎么也无法若无其事地找人闲聊。他于是不知不觉地摸出香烟，这才蓦然发觉有人把点着火的打火机送到跟前。

“谢谢，”他恍然地说，“谢谢啊！”

林荣平无语地关掉打火机，默默地看着他，抽着板烟。他毫不做作地轻拍着詹奕宏的肩膀。

“没见过你穿得这么正。”J. P. 用英文说。

詹奕宏笑起来。“Never saw you so affluently dressed.”他想着J. P. 的英文，用 affluent 形容衣着，倒是头一遭听说的。

“这几天，”J. P. 说，“真亏你……”

“没什么。”

他说。他索性笔直地望着他的上司。在J. P. 的脸上，没有一丝嘲弄，没有一丝上司的矜伪。他开始把白天同达斯曼先生一起核对时所发现的问题，仔细地向J. P. 说明起来。林荣平专心地倾听着，间或提出一两个老到的问题。忽然侍者来问他们要喝什么酒，打断了詹奕宏的话。

“威士忌。”J. P. 说。

詹奕宏向侍者抬抬桌上的果汁。“谢谢，待会儿再给我添这个就行了。”他说，冲着诧异地盯着他的J. P. 微笑着。餐室的气氛早已活跃起来了。他看见侍者已经在开始给刘小玲那边上第一道开胃菜。摩根索先生和达斯曼先生坐在刘小玲的左右，神采飞扬地似乎争着和她说什么。她只是沉静地、得体地微笑着。她的颈上挂着和腰带成套的景泰蓝项饰。他仿佛看见铜片上墨绿的大荷叶，错落有致地交叠着。荷荫下一对湛蓝底子白碎花点子的鹌鹑。

他在她的寓所过了生日的那晚，他们决定要尽快地结婚。第二天晚上，他陪着她去买下今晚这一袭暗红色的丝绒礼服。他们又在一家服饰商店买了一套服饰，烧着古雅花样的景泰蓝铜项饰、铜腰带和铜戒指。一套一式的墨荷鹌鹑图案。然后她陪着他去订制这套藏青西装。

然而过不几天，他们又剧烈地争吵起来。他对于她的过去的妒忌，接近一种疯狂、一种疾病。他们的争吵日甚一日，彼此交换着最刻毒、最肮脏的詈骂。有一回，在他的寓所，他在激烈的怒火中丧失了理智，发了疯似的打她、踢她。她抓住一块椅垫护着肚腹，圆圆地蜷曲在地板上。待他醒来，她一个人踉踉跄跄地走了。她没有哭，没有骂，甚至没有呻吟。

她走了。给他留下满屋子对自己的悔恨。他抽烟，他踱方步，他打开电视发呆……等他再也忍不住出去叫住计程车向她的公寓驰去时，已近午夜。看见她的窗子紧闭，灯光已熄，他掏出钥匙打开她的寓所。屋内空无一人。从未曾有过的不安向他袭来。就在这时她从外面回来了。她的左额浮着一块青肿。他大步走向她，她却轻捷地躲过他的抱拥。一股药味告诉他她是从医院回来的。

她在厨房开了冰箱，给自己倒了一大杯冰水。她倚在门口看他，小口小口地喝水。那眼光里没有恨，没有怨，也无疑问地没有了爱。

"好在小孩没事，医生说的。"

她独语似的说。

"小玲，"他说。

她平平和和地分了半杯水给他。他捧住她握着杯子的手。"对不起你。"他嗫嚅地说。她走开，坐在沙发上。

"别这么说。"她终于说。

他们沉默起来，远远地传来叫卖馄饨的声音。她从怀里取出一个饱满的信封，说：

“这个已经出来了。”

他接过来看，是一叠美国大使馆寄来办移民的表格。

“下个月，我就走了。”

他没说话，很快地把表格还她。想抽烟，却没带在身上。她把那一叠文件“通！”地摔在电视机上。她喟然地说：“我有孩子，你却什么也没有……”

他掉头就走。在跨下楼梯前，他瞥见她正平静地拉上落地窗的帘幕，正眼没有看他一眼。他忿忿地，一口气走下楼梯，走上街道。他快速地沿着栽种着枫树的红砖路走着。“你走吧你走，走得越远越好！”他无声地叫喊着。当他在一个平交道边被一列轰隆而过的、长长的货车停下脚步时，他才察觉到从什么时候起就霏霏地下着细雨了。

“先生，牛排要几分熟？”

穿着深褐色制服的侍者说。

“八分罢。”

他向侍者咧嘴笑了笑。他看见俯着身子的侍者的领口，因汗垢而泛着浅黄。

“其实，”坐在他身边的林荣平说，“你可以出去读个博士回来。”

“算了。”詹奕宏说，摇着头笑。

“财务部明年要扩大。”J. P. 说。

“算了。”詹奕宏说。这回他没有笑。他别过头去，和左边的 Alice 礼貌地啜了一口酒。

“木门餐厅来了一个新歌手，”艾丽斯说，“瘦小个儿，甚至还有点儿土气，可是唱琼·拜兹的歌，真道地。”

“哦。”詹奕宏说。

J. P. 清楚地看见詹奕宏的敌意。“知道了吧。”他思忖着。和达斯曼去接刘小玲来，自己却坐到离开刘小玲有一个桌子的这边来。这无非也只是向摩根索表示“和琳达并没有什么”的姿态。他看见摩根索和达斯曼一左一右地坐在刘小玲的身边，兴高采烈地谈笑。他对两个外国人感到愤恨。“不，”他想，轻轻地摇摇头，“最可恨的毋宁还是自己吧”。曾是自己的情妇的女人，受到外国老板的轻薄，却要几乎反射性地对这个老板佯装不知，佯装自己和那女人之间什么也没有。“这样的自己……”他想着。

“林经理，”Davis 徐说，“敬您。”

林荣平堆下满脸的笑，举起自己的酒杯。Davis 是个苦学的青年。十年前，高商毕了业，到美军单位做事。美军裁减使他失了业，经青商会的朋友介绍给林荣平。林荣平看准了 Davis 虽然没有学历，却是个吃苦能干的人。他毫不犹豫地重用他，使他感铭万状。就像现在，他恭恭敬敬地用双手捧着酒杯说：“敬您。”白皙的脸上，无端地泛起敬畏的、局促的红潮。

“平常做什么消遣呀？”J. P. 故作平易近人地说。

“啊，啊，”Davis 结结巴巴地说，“读一点英文。”

林荣平少不得夸奖他的英文。这时刘小玲的那一头不知为了什么而喧谑着。林荣平细眯着眼睛，看着已经喝红了脸的摩根索先生。

“J. P. 曾经听过喜欢沙漠的人吗？”摩根索先生隔着一张桌子叫嚷，“琳达说她爱沙漠——多奇怪的嗜好。”

林荣平面无表情地看着摩根索。衬着被酒泛红的脸色，摩根索的胡须显得尤其地抢眼。“You son of a bitch！”他在心里咒诅着，“你只不过是个白痴。”他知道在两年内，纽约方面有一个新的政策，要使各分公司的管理层尽量地本地化——“如果必要而且可能的话。”他已经着手布置。先在财务部安置一些心腹，然后，让摩根索滚蛋。

“你应该去读个 Ph.D. 回来，”林荣平转向詹奕宏，“我可以考虑用公司的经费和名义送你去。”

“算了。”詹奕宏说。

“那么你应该到亚理桑那州的索诺拉沙漠去，”达斯曼先生对刘小玲说，“那儿有一家很好的沙漠博物馆。”

虽然装着和隔邻的 Alice，一个平时工作认真的表报组的女孩，热心地谈着一个刚刚才上不久的影片，詹奕宏的耳朵，却一直在努力地隔着吵杂听取刘小玲那一头关于沙漠的谈话。达斯曼先生自称是一个业余的生态学研究者，正在说明那个沙漠博物馆，如何以现代的科学装置，生动地说明进化的历程；如何使泰半都在夜间活动的沙漠动物，在特殊的光学设备中，让参观的人可以一览无遗地看见它们生动而充满趣味的生活……

“啊，我一直不知道，一直不知道，一直不知道。”刘小玲感叹地说。

“沙漠是一个充满生命和生机的地方，”达斯曼先生说，“只是人们太不了解它罢了。”

“But Mr. Dasmann...”刘小玲说。

詹奕宏倾听着，默默地点上一支烟。Alice 的英文不很好，但也似乎在专注地听着。

“刘小玲今晚好漂亮。”Alice 说。

詹奕宏这回把脸转过另一边和 J. P. 喝掺着酒的果汁。“你应该喝点酒，又不是不能喝。”J. P. 说。“不，不。”詹奕宏说。他可以感觉到 J. P. 的十分暧昧的忧悒。可是他开始想起那个自己气愤地从刘小玲的寓所冲出街上的夜晚——从那回以来，他们就没再来往过，虽然每天下班回到自己紊乱的居所，便要想念她想念得毫无办法——在平交道上拦住他的那一列货车。黑色而强大的、长长的货车，轰隆轰隆地打从他跟前开过去，往南边的他的故乡：只有两条小街，一出了小街便衔接一片不大不小的平原的故乡开过去。

初识刘小玲之后不久，有一回詹奕宏同她乘坐夜车回到南部的乡下。车上有柔和的灯光，宽敞的座位。她的左手让他握着，她的右手把玩着火车窗子上的纱帘。就是这样地，她喁喁地说着十几年来不断地出现在她的夜梦的情景：一片白色的、一望无垠的沙漠。

“每次看到盖房子的工地上有一堆堆的沙子，我总要走过去用手摸摸那些沙子。”她说。

他漫不经心地听着。心里却在想着他的父亲看见他带了一个“外省婆仔”回家，会有什么样的反应，而独自默然地笑了起来。

“但是都完全不是梦里的沙子。”她说。

“嗯。”

他略略撑起身，伸手到茶杯座上取他的茶杯。他看见披着长而很是云云的头发的她的头，斜斜地靠在窗子的玻璃上。外面是无尽的黑夜。远处的灯火，迟缓地向后面旋转着移开。她的机械地嚼着嚼着口香糖的侧脸，有一种安定、满足却寂寞的神情。

她说梦里的沙子是白色的。

“不是纯白的白色唷，”她说，“有点像鸡蛋壳的那种白色。”她说。

他笑出声音来。他想起曾有一度每天早晨打两个生鸡蛋泡酒喝的愚蠢的自己。一个服兵役时认识的朋友说，这样可以增强男子的能力。

她奇异地转过头来看他。

“即使是鸡蛋壳罢，”他说，“也有好多种。”

她把他的右手拉到她的怀里，却怎么也不让他的手掌有意地、恶作剧地碰到她的硕然的乳房。她依旧把头侧靠着窗子的玻璃，凝视着窗外的暗夜。

“就是那种白色。一望过去，苍苍茫茫，看不见边际的白色而且干干净净的沙子。”她说。

“总有几棵仙人掌什么的。”他调侃地说。

她摇摇头。

“或者几个野牛的头骷髅。”

她又肃穆地摇着头。

她说第一次有这样的梦，是在中学的时代。那寂静的、白色的、无边的沙的世界，使她骇怕。每次从沙漠的梦中醒来，她总要孤单地哭泣。有时甚至必须把被角塞进自己的嘴里，才不致哭出声音来。

“后来，我大了，大约习以为常了罢，”她说，“我逐渐能够在梦里凝视那一片广袤的沙子。”

她便是这样地对实体的沙漠发生了兴味。

詹奕宏留下一小块牛排，让侍者撤去盘子。他用餐巾仔细地揩着嘴。原本就没有什么食欲的他的肚子，这时感到满是番茄汁味道的饱胀。摩根索先生提议大家依次给两位今夜的客人干杯。詹奕宏看见刘小玲霍地站了起来，在那一瞬间，她亭亭地站着。

“不，”她说，“让我谢谢大家。”

两个洋人也跟着起立。全桌的人零乱地站了起来。詹奕宏低着头，紧握着高脚的酒杯。

“不要忘了我们啊，刘小姐。”Alice 突然说。

他抬起头，一眼就迎见刘小玲注视着他的忧愁的、微醉的眼睛。他看见她手握酒杯，向大家画了一个邀饮的小圆弧。

她的丰腴的手指上，什么也没有戴。他无言地喝尽杯底原已不多的果汁。大家重又落座的时候，詹奕宏突然想起放在自己西装口袋里的戒指。他伸手去摸，它果然还在。那是和她现在戴着的项饰、腰带成为一套的铜戒，上面烧着统一的墨绿的烫金的雨荷图案。那时候，原是准备过几天去公证结婚时为她戴上，所以才放在他这一边。

摩根索先生似乎在开始谈论政治。

“S. O. B 说，我们外国公司就是不会让台湾从地图上抹除……”摩根索先生说，“S. O. B. said that we multinational companies here would never let Taiwan wiped out from the map...”显然是喝醉了酒的摩根索先生把脸凑向刘小玲，“奇怪吧，”他说，“我们美国商人认为台北比纽约好千万倍，而你们 × × 的中国人却认为美国是 × × 的天堂。”

詹奕宏看见刘小玲的脸色僵硬地往后退。“我并不以为美国是个天堂……”她矜持地笑着。她聪明得体地在“天堂”前面删去“f...ing”这个脏字。她没有窘迫，没有生气，她甚至有些轻蔑着摩根索先生的失态。詹奕宏迅速地把视线移到墙上去。他觉得胃部有些发冷，脑筋逐渐地感到空漠。“她毕竟是个见过世面的女人。”他想。“And you f...ing Chinese think the United States is a f...ing paradise.”摩根索先生说，“奇怪吧，达斯曼先生？”达斯曼呵呵哗哗地笑。Alice 不懂得英文肮脏字眼，却天真地应和着笑。詹奕宏深深地吸一口气。他的脑袋顿时空荡起来。摩根索还在不住地咿咿哦哦地说着些什么，但詹奕宏只觉得“f...ing Chinese”在他的空旷的脑筋里打转。他忽然发觉他的手在不由自已经地、微微地颤抖着。

他忽然说：“先生们，当心你们的舌头……”

他用英语说。但那声音却出奇地微弱。除了林荣平，没有人听见他说了什么。林荣平讶异地望着他。詹奕宏为自己怯弱的声音深深地刺伤，并且激怒了。他霍然地站了起来。

“先生们，你们最好当心点你们说的话。”

他说。他的脸色苍白，并且急速地气喘着。餐室里顿时安静了下来。似乎没有人知道究竟发生了什么事。

“我以辞职表示我的抗议，摩根索先生。”詹奕宏说。他的脸苦痛地曲扭着，“可是，摩根索先生，你欠下我一个郑重的道歉……”

"James..."林荣平小声说。

"像一个来自伟大的民主共和国的公民那样地道歉。"詹奕宏说。

"怎么回事，J. P.？"摩根索先生嚅然地说。

"James..."林荣平说。

詹奕宏猛然转向林荣平，脸上挂着一个悲苦的、痛楚的笑。

"J. P.，"他改用闽南语说，"在番仔面前我们不要吵架。"他勉强地扮着笑脸，努力用平和的语调说，"你，我不知道。我，可是再也不要龟龟琐琐地过日子！"

他于是头也不回地大踏步走出餐室。

"詹奕宏！"

刘小玲忽然站了起来。"詹奕宏！"她喊着，提起触地的长裙，追着詹奕宏跑出悬着温馨、豪华的吊灯的餐室。

4 景泰蓝的戒指

在大饭店的门外不远的地方，刘小玲追上了詹奕宏。她抱住他的臂膀。他们默默地走在通往通衢大道的一条安静的小斜坡上。她几次偷偷地，挂心地看着他直视的侧脸。方才为愤怒、悲哀、羞耻和苦痛所绞扭的脸已经不见了。他看来疲倦，却显得舒坦、祥和的这样的他的脸，即使是她，也不曾见过的。

一辆计程车邀请似的在他们身边迟缓地开着。詹奕宏和善地向司机摇了摇头，那车子便一溜烟开向前去。在她沉默地望着远去的车灯时，詹奕宏把她的右手拉了起来，把那一枚景泰蓝戒指套了上去。

她开始流泪。

“别出去了，”他安静地说，“跟我回乡下去……”

她一面拼命抑制自己不致放声，却一面忙不迭地点着头。

“不要哭。”

他温柔地说。

他忽而想起那一列通过平交道的货车。黑色的、强大的、长长的夜行货车。轰隆轰隆地开向南方的他的故乡的货车。

初刊于一九七八年三月《台湾文艺》第五十八期

上班族的一日

华盛顿大楼之二

床头柜上一阵惊心的电话铃，使他慌张地醒来。他摘下眼罩，反射性地一把抓起电话。虽然隔着落地窗的帷幔，他依然感到这仲夏的早晨的阳光，炫人欲盲。

——喂……

“喂。”他说。从沉睡中乍醒的他的心，怦怦地悸动着。

—— Olive 呀？

“噢，噢，”他说。他忽然醒了大半。“是我。”他说。

——还在睡呀？

“哎。”他说，从床上坐了起来。

——能睡到这时候，就叫人放心了。

对方嘿嘿地笑了起来，他抓起电话机旁的香烟，用左肩和左耳夹住电话，划上火柴。“其实，醒来过一阵子，”他应酬地笑，把语调尽量装得轻松，“又睡了。”他说。

——好。睡了一夜，现在你总该清醒些。昨天的事，我们当是全忘了。以后，谁也不准再提。

他没说话。杨伯良会打电话来，是他意外的事。一丝被安慰的卑屈的喜悦，不顾着他的矜持，卑屈地在他的心中漫了开来。

——早上，我已经跟 Mr. Talmann 说你请三天假。也许你该到哪儿散散心。

他默默地抽烟。他想起戴着金丝眼镜，才过了四十不久就秃了顶的上司 Bertland 杨的狡诈的脸。

——不过，你知道，这段日子忙得很。你那些事，又没人接得了……所以，如果你能明天来，忙过这一阵，我补你半个月的假。

他依旧沉默着。他缓缓地抽着烟。“我说辞就辞。不辞……不辞……我就不姓黄！”他想起昨天在 Bertland 的办公室中压低声音愤怒的赌咒。“你胡说些什么！”Bertland 一副爱护的怒容，赶忙起身把办公室的门掩了起来。他一边想着，一边听着 Bertland 在电话里说，“Come on, Olive, come on...”，心里便悒悒地绞痛起来。

——“不，”他终于说，“不要啦……”

——我不是要你现在来。明天。如果实在不行……

“不。”他安静地说，声音却有些踌躇了，“不，我不会去了。”

—— O-live!

"……"

——你胡说些什么！听我说，你的假我已经请好了。明天不想来，没问题。

他想把电话挂掉。但是他依然默默地听了几句"千万不要冲动""你的事我自有安排"之类的话，让 B. 杨挂了电话。

他抬头看钟：九点还不过十分。他把抽剩的烟扔进床边的痰盂。和平日一样，美娟在上班前把早餐和报纸齐整地摆在卧室的茶几上。他下了床，开始盥洗、吃早饭，胡乱地翻翻报纸，走进客厅。

孩子上学去了的、妻也上班去了的家，竟而是这样地安静，是他素来所不曾想到过的。他带着报纸走出卧室，背着客厅的窗子，坐在白色塑料皮的沙发上。他想看报。但是从来不曾知道过的，独自留在家中的安静，竟而成为巨大的嚣闹，侵扰着他。他放下报纸。四周的壁纸在迁入新居一年半以后的现在，依然崭新。为了这间公寓，他必须每月缴付七千八百元的利息。他在这栋公寓还只在挖地基的时候就曾算过：如果今年升上副经理，他就可以把摊还利息的时限，从十年缩短成六年。

然而"如果今年升上副经理"这个思绪，使他忧悒起来。他想起就在自己斜前方的、Bertland 杨办公室隔壁的空着的房间。一度伸手可及的那个空出来的副经理室，忽然像一个急速调远的镜头，远远地离去。

昨天下午三时许，B. 杨的秘书——瘦楞楞的茱丽——匆促地在他的桌子上丢下一张公文副本。正在苦于找不出不知躲在账本中的什么地方的一笔金额的他，索性就拿起副本，一字一句地读着由很好的电动打字机打成的信：

……兹宣布自七月十五日起，艾德华·K·赵先生将担任本公司会计部副经理。他将直接向会计部经理柏特兰·杨负责。

艾德华·K·赵先生于一九七四年从美国嵌伯尔大学毕业，获有商学硕士学位。翌年考入莫理逊股份有限公司纽约本部，任高等会计员。一九七六年，奉派调马尼拉莫理逊亚太区部。今台湾莫理逊有幸迎接他奉派来台襄赞财务工作，必须指出：此一派令为亚太区部对于台湾莫理逊今后生产规模扩充计划之实质性协助的重要表现之一。

余深信本公司各级经理暨全体同仁，必与我同心向艾德华·K·赵先生致贺。

萨姆尔·N·塔尔曼

他把全录拷贝的副本搁在桌角上。他机械地把头埋进黄色的报表里。然而只那么几秒钟，他又抬起头来，把自己的手指哔哔剥剥地折拗着。然后他把报表一张张收起。他站了起来，把桌角上的副本细心地对折，放进自己左胸上的口袋里。他的整个的脸，连同他平时总是单薄却泛着樱红的唇，全变白了。

他于是笔直地走进 Bertland 的办公间。

“怎样，报表差不多了吧？”杨伯良说。

他知道 Bertland 分明已经迎面看见了他因为无由自主的羞耻、愤怒和挫伤所曲扭的难看的脸，这若无其事的问话，使他仅剩的抑制力在刹那间绷断了。他从口袋拿出那份全录副本，撕成四瓣，扔在杨伯良的桌子上。

“大家这样互相欺骗，没意思。”他困苦地说。

杨伯良立刻把手上的香烟，在满是烟尸的大烟灰碟里截熄了。

“坐下来，坐下来。”杨伯良说。

他沉默地站着。他的眼睛从杨伯良的脸上移向他背后的大窗之外。窗外的对街是刚刚盖好的办公大楼。四五个工人在鹰架上披着炎夏的阳光，工作着。

“我应该跟你先提的，不错，”杨伯良说，“Olive，他们要塞进一个人来，就塞进来，我能怎么办？”

杨伯良打开抽屉，抓起一包 Rothmans，递给他一根。他用双手做了一个抵挡的姿势，摇摇头。杨伯良把谢回的烟衔在嘴上，点上火。他看见 B. Y.（Bertland Young）的抽屉照例躺着几包牌名不同的洋烟。B. Y. 抽烟一贯很杂驳，Kent、Dunhill，甚至 More、Salem 都抽。杨伯良说：

“我这几天又忙又生气，没有事先告诉你，正是我把你当自己人，你明白吧？”

黄静雄冷冷地、无声地笑了起来。他依旧站着，低下头去看自己的一双擦得乌亮的皮鞋。

“你跟我这么久，Olive，”杨伯良说，“也跟你说过许多话。我不是说过吗？他们洋人顶多三四年一轮，我和荣老董扣得很近、很密，我们才是长久的……你明白吗？”

“我不干了。”他说。

杨伯良斜着眼瞟了他一眼。“你一向是我贴心的人，你的事我自有安排。”杨伯良说。

“我不干了。”他又说。

“你给我辞辞看！”B. Y. 生气了，“你辞！”

“我说辞就辞，”他的眼眶因愤怒和委屈而红了起来，“不辞……不辞……我就不姓黄！”

他转身欲走。B. Y. 叫住了他。

“你胡说什么？”B. Y. 痛心也似的说。他站了起来，把办公室的门掩上。

他默默地看着窗外。在白花花的阳光下，鹰架上的工人一寸一寸地把大楼漆成乳白色。他们间或也交谈着，用围住脖子的毛巾擦汗。把门掩了起来的 B. Y. 的办公室，使冷气更加集中起来。他开始感到自己额头上的汗水所凝聚起来的凉意。

杨伯良这才点明那将新来履任的艾德华 · K · 赵，是荣老董的表侄儿。“老董最近常问起你。其实，他挺赏识你的。”B. Y. 说，“他常说，你的风度、才干都不像是本省人。”黄静雄想起有一次 B. Y. 把他介绍给这一贯神秘的荣老董。

“荣将军您好。”黄静雄说。杨伯良曾事先告诉他，老董喜欢人家以将军称之。

“好，好，”荣老董说，迅速地上下打量着他，“好，好。”他说，轻微地点着头。

荣老董是个退职的将军。他的面貌黝黑，粗浓的眉毛挂在墨镜上，一头银白的粗发。在第二次大战的中国战场上，他和当今莫理逊纽约总部里的总裁 Mr. Bottmore 同事于一个中美合作单位。朝鲜战争以后，Bottmore 从五角大厦退休，以二次大战在东方的经验，到一家顶尖的军火公司所属的莫理逊公司亚太部任职，迅速蹿升。台湾莫理逊公司的筹设，便是由他一手擘画。而 Bottmore 战时的老友荣侃将军，便被挑选为至为理想的名义上的中国股东和董事，使纯粹的美资，成为法律上的中美合作资本。

“只要 Bottmore 一天还当总裁，荣老董就是莫理逊在台湾的老板，你明白吧？”杨伯良说，“洋总经理三五年一个轮调，那没什么。荣老董需要我，我需要你，你明白吧？”

荣将军需要他，黄静雄自然明白。好几次，杨伯良把荣将军厚厚一叠发票，交给他。杨伯良什么话都不必说，他就会把这些发票四平八稳地登上公司正当的开销。杨伯良需要他，他自然也明白。“把这笔账转掉。”B. Y. 若无其事地说。他于是就会把账合情合理地转掉，即使纽约委托的查账公司也无从查起。他也为杨伯良瞒着公司投资的几家和莫理逊做生意的厂商做内账。然而，这回他已经意兴阑珊。“你明白吧？年轻人要学着沉着点儿，明白吧？不干？不干只有你自己吃亏，白吃亏，你明白吧？就是要干下去，磨下去，久了，全是咱们的，你明白吧？”B. Y. 滔滔地、婆心苦口地说。他只是默默地注视着窗外，看鹰架上的工人顽冥地把一栋粗粝的大厦，一寸寸涂成乳白的颜色，在午后的阳光中，发出闪耀的亮光。然后，他走出办公室，看也不看自己的座位，走向电梯。他回家了。

十年了，他想。十年来，他过着千篇一律的、上下班的生活。到台湾莫理逊以前，他在两家不同公司待过。五年前，他在这宽敞的、华丽的吹着实实在在的冷气的办公室里，找到一张桌子。但是从来也不曾在应该是上班的、星期三的上午，一个人静静地待在家里。对于“上班族”，家毋宁只是一个旅邸罢，他想。十年来，他生命最集中的焦点，最具创意的心力，都用在办公室里的各项工作上。第一年，他从会计员升高级会计员；第三年，他升信用组主任；同年秋天，他调升表报组主任。

然后，他开始成为野心勃勃的杨伯良的心腹。也就在那时，他开始热心地想望副经理的位置。薪水高、配车子，这都还在其次。黄静雄想望着副经理的椅子，还因为工作会轻闲些。那时他就有时间和心思的余裕继续他在大学时代没有拍完的一部纪录片。

他于是站了起来。他一眼就可以看见靠在客厅右边墙的他的书架上，一排破旧的、关于电影的书。罗塞里尼的专集三本，安德烈·巴桑等人关于费里尼、安东尼奥尼的研究论文集，以至于最初级的 *Young Film Maker*。这些全是他在大学时代耽读、并据以做梦的书。在大学的“影响社”里，他是个没有摄影机的拍片迷。他为那些有摄影机的社员写脚本，跟在他们后面谦卑而又热心地提拍摄上的意见，帮他们做剪接，然后从试映室走出来，孤单地踩着破旧的脚踏车回家。就在那些孤单的、几乎绝望地渴想着自己有一架摄影机的贫困的夜归的时光，使他立定要以单车为主题，拍一部纪录影片的志向。他的第一个镜头，是从车把照下去的转动的轮子，和不断地碾过去的道路……

和美娟论及婚娶的时候，他在一家小小的广告公司上班。美娟的家，一定要按照风俗收一点聘礼。他终于鼓足勇气，向师专甫毕业的、很传统地爱恋着他的美娟提起，请女方也以一个十八厘米摄影机作为嫁妆带过来。婚后，直到他进入台湾莫理逊前的贫困的、甜美的两年，他断断续续地拍了大约有五百呎的毛片。

就在昨夜，他才又想起整整搁置了四年许的毛片，和于今已嫌老式的摄影机。

——搁下那么久了。趁着这一段时日，再拍个百来呎。

——从脚踏车的转动的轮子开始，再照后座上的便当盒，然后让骑单车的最低等的“上班族”逐渐没入私家轿车、计程车和公车的街道中。然后，镜头调上矗立的、积木似的大厦的森林……

——Bertland，家伙！竟而让他骗了这么多年，这么多年。

——以后的生活吗？美娟近三四年来存起来的薪水，就是让我闲个一年半载，应该是没有问题的……

——上班，几乎没有人知道，上班，是一个大大的骗局。一点点可笑的生活的保障感，折杀多少才人志士啊。

——Bertland，我岂是好对付的吗？我知道每一张发票，每一笔歪账最真实的故事。我知道你和海关、和几家厂商最内幕的关系。哼，我岂是好对付的吗？

昨夜他转辗、反侧地想。也不知过了午夜的几时，才沉沉地睡去。他原想今早把封存着的摄影机取出来擦拭。但杨伯良今晨的电话，竟而使他松懈下来。下午擦吧，他想。他深深地坐在沙发上，逐一审视着被勤劳的妻收拾得窗明几净的客厅。他想起刚结婚的时候，分租了一间仅仅够摆一张新床、一张镜台，两个塑料衣柜的房间，和人共用一个厨厕、客厅。两年以后，他在比较嘈杂喧闹的小弄口，租到二十坪出头的小房子，一厅一房，厨厕皆全。初为女儿萱之的父亲，也正在那个时候。进入台湾莫理逊的第三年，他总算七拼八凑地背着利息，弄到了这间三十六坪的公寓。就这样地，他在数不尽的上班和下班的生活里，过了十年。他静静地坐着，注视着美娟的一盆虽然有些颓萎了的、却仍不失人工荒趣的插花，无端地感到不能言说的、凄楚的空虚……

临近中午的时候，他开始漫不经心地读着巴桑的《电影论》。当他在这里、那里读着类如这样的句子："……（《单车失窃记》）的论旨，就是如此奇妙地、令人愤然地简明；在这个工人所生活的世界里，穷人为了生存，就必须相互偷窃……""意大利电影能在西方世界中拥有广泛的道德观众，便是由于它对现实的刻画之重要意义。当这个世界已经再度被仇恨、恐怖的鬼魂所祟，在真实已不因其本身而受到喜爱，在真实被视同某一种政治性的象征而受到排拒、驱逐的世界里，意大利电影在它所描述的时代中，发出了改造世界的人道主义底光芒……"他感到惊慌、生疏，甚至于愤怒了。他随手把书扔到茶几上。他开始在客厅、萱儿的小卧室和厨房间来回地走，到处张望。然后他想起一些不常相聚的朋友，开始给他们拨电话。“忙不忙？”他说。“真忙呀，”对方说，却一点儿也不像在抱怨，“我现在正忙着做一个九百五十万的广告计划，嘿，真忙。”一个干上业务推广经理的大学前辈说：“我们要整个改变中国人的价值观念和消费习惯，才能把这项美国进口的东西推出去。推出去！嘿，忙啊。”“怎么，在家里享清福呀？”一个专门收买台湾的体育用品以出口的同学说。他当然没有说他辞职不干。他说他在度年假。“啊，annual leave！你们高等上班的，就是比我们做生意的好。”对方说。他呵呵地笑，他说：“美国公司嘛，有制度。”他竟而有些得意了。“你去忙吧。”他寂寞地说。对方居然欣然地挂了电话，抛下一句：“这年头，做生意不容易，就是忙死了，也只够挣一碗饭吃罢了，嘿嘿……”

他忽然感到仿佛被整个世界所抛弃了的孤单。他这才想到：这一整个世界，似乎早已绵密地组织到一个他无从理解的巨大、强力的机械里，从而随着它分秒不停地、不假辞色地转动。一大早，无数的人们骑摩托车、挤公共汽车、走路……赶着到这个大机器中去找到自己的一个小小的位置。八小时、十小时以后，又复精疲力竭地回到那个叫作“家”的，像这时他身处其中的，荒唐、陌生而又安静的地方，只为了以不同的方式喂饱自己，也为了把终于有一天也要长成为像自己同其遑遑然的“上班族”喂饱——养大……

就在他孤单地、无头绪地想着的时候，电话竟唐突地响了起来。

“喂，”他说。

——Olive，没有出去玩啊？

竟是杨伯良的电话。他忽而高兴起来。

“没有啊，这大热天。”他说。

——中午我请吃饭。你挑个地方。

“谢谢，不用了，”他近乎反射地说，“怎么就生分了？”

他话一出口，就觉得错了。杨伯良，聪明玲珑的人，当然不是不知道留下许多把柄在他手上。但愿不要把他的推辞看作是威胁才好，他想。

“这样的，是我才约好了朋友。我去不去上班，”他赶忙着说，“我对你，是一样的。”

他噤着叹了一口气。他不是个惯于说谎的人。但也曾几何时，他竟学会了，在紧迫的关节上，虚情假意的话，顺口就溜。

——好，好……

杨伯良似乎有些激动了。沉默了一会，说：

——好。其实，我有话要对你说。不过，也不急嘛，晚上联络。

杨伯良挂了电话。他这才感到饥饿。找个安静的地方，一个人吃饭去，他想着。现在，他差不多有了真正度假的心情。他换好衣服，锁上门。一出冷气公寓，台北夏天的闷热和灰尘，猛然地扑面而来，他打开胸口上的纽扣，眯着眼睛在晒得烫人的红砖路上走着。走不了两步，他在一个小车牌边的一棵枫树的阴影下，探着头等计程车。他远远地向一辆漆着凉爽的蓝色的计程车招手。当他跨上车子，他向司机挑了一条街。“过二段，靠近美国佛州银行那儿，我下车。”他说。

车上的冷气，逐渐又使他自在起来。然而，才没几年以前，他原是一个挤公车，甚而至于在大热天走路上班的那一级属的上班族。调信用组主任那年，由于信用调查上的必要，他的部分工作，便有外勤的性质，于是他有了坐计程车办事、实报实销的权利。这以后，坐车成了习惯，逐渐地把未必是因为公事的车费，也填到申请表上。他很快地变成一个不愿意挤公车，不愿意走路的人，甚至于十来分钟的路，他也情不自禁地向驶过身边的计程车招手。

他在佛州银行门口下车。豪威西餐厅正好在银行的顶楼。他挑了一个正好可以望见就在附近的、巍巍然的华盛顿大楼的位置，坐了下来。台湾莫理逊公司，便在华盛顿大楼的九楼上。从顶楼上望去，外面的街景，对于黄静雄，是很富于电影的趣味的。矗立于这二段接三段的十字路口周边的，高低、形状各异的大楼，在阳光下，带着各自的几何图案似的阴影，稳固、安静地站着。但是地面上却是一片川流似的人和车的往来，在交通号志的指挥中，尤其在俯瞰之下，自有一种韵律。而华盛顿大楼，因着它的赭黄色的大理石建材和独到的设计，在日光下，尤其地出众。豪威西餐厅的双层玻璃窗，把原必十分嘈杂的市声，全都摒断于外。栉比而来的车子、穿梭其间的机车、潮水似的人的流徙，在林立的、静默的、披浴着盛夏的日光的高楼巨厦……都仿佛皆以窗为银幕，无声地、生动地、细致地上演着。他实在应该拍片的，他漫漠地想。

“先生，是吃饭还是喝饮料？”

“吃饭，”他说，依旧凝视着窗外。他掏出香烟，才知道没带火。“给我一包火柴好吗？”他说着，抬起头来。

他看见一张圆圆的、少女的脸。他微微地吃了一惊。他接过菜单。“A 餐吧。”他说。把不曾打开的菜单又还给她。“今天是牛排还是猪排？”他说着，凝视着她。

“猪排。”她说。

“请你把猪排换一下，”他说，“换烙明虾好了。”

“好的。”她说。她把菜单抱在胸前，正欲走开。

“小瓶的啤酒一瓶。”他笑着说，“新来的吗？”

“是的。”她说。

她走开。他注视着她穿着触地长裙的制服的背影。虽然身材和年纪怎么也不像，但是这新来的女侍，却蓦然地使他想起一个叫作 Rose 的女孩。

也是浑圆的脸，也是微噘的、厚实的嘴唇，也是比较宽的、多肉的鼻子。Rose 缺少像这新来的女侍那样一开口就讨人亲近的洁白而又整齐的牙齿。当然，身世和职业的缘故吧，Rose 却具有这少女所没有的、漫不经心的娆媚。调任信用组主任不久，他骤然多了和厂商交涉应酬的机会。就在他生平第一次上沙龙的时候便认识了 Rose。

“中国名字叫什么？”他问。

“叫我 Rose 就行了，”她说，“你又不是查户口的。”

探问沦落风尘的女子的真名，是游客的一忌——这是直到后来，他才懂的。然而，当时的 Rose 对于误犯了禁忌的他，毫不介意。他们在昏暗的灯光中狎饮着。他原善于饮。正好是善饮的自信，使他在那次初涉风月的时候，有初客所不常有的自在。

“喂，你不会是朴子人吧？”

不时地凝视着他的 Rose 说。

“如果是呢？”他说。

她没说话，默然地衔上一支烟。他为她点火，这才看见她那微噘的、厚实的唇。

从那以后，Rose 不时地有电话来。有几次是宿醉醒后打来的。

——电话就在床头上。你一定很忙，我真不应该打扰你。

有一次，她的声音荒浊而凄楚。他听见她在电话的那一头辛苦地呛咳着。

“少抽点烟啊。”他说。

她忽然哭了起来，她凄楚地、自抑地哭着。“怎么回事？你怎么回事？”他说。然则她只是饮泣着。

——没什么啦。

她终于说。

“要不要我去看你？”他说。

——不要！这样的地方，你以后少来。

他沉默地叹了一口气。

——只要我打电话，你不嫌，就好了。

“随时打来好了。”他说。

——尽量少打。我会尽量少打。

谢谢你哦。

她挂掉电话。

他开始吃第一道菜。这里细嫩的牛舌冷盘，他素来喜欢。他慢慢地、精致地喝下第一杯冷啤酒，然后他伸着脖子，在餐厅内找那个圆脸的女孩，却怎也不见她的踪影。将近两点的这时，豪威的客人逐渐地少了。斜后方的台子坐着四个日本人，聒噪地谈论着。

就这样，在一段矜持之后，Rose 迅速地滑入他的生活里。他于是从一个谨慎的、谦卑的、挤公共汽车的职员，变成比较狡猾、世故、以计程车代步——而终于有了情妇的小主管。他招会买房子的时候，Rose 自自然然地提了十万元给他。

“这个不行。”他说。

她把支票塞进他挂在墙上的长裤口袋里。

“需要的钱，我全预备好了。”他说。

“这十万块，替你盖书房的两面墙，”她一边宽衣，一边走进她的公寓里的浴室。她关上浴室的门，“可不能用来盖你们的卧室。”她在浴室中说，咯咯笑了起来。

半年以后，她忽然离开了。没有争执，没有纠缠。后来他听说她同一个美军人员同居，终于一同离开了台湾。开始的时候，他想一笑置之。但他开始不自主地想念她。后来，他发疯似的想她。爱欲和妒恨苦苦地煎熬着他，他甚至常常不可自抑地在早上同事未来、下午同事都回家的时刻打她留下来的电话。那是猬居着像 Rose 那样的女子的公寓。

——Hello...

一个当然是陌生的女子的声音。

“你以为一走就可以了事吗？”他用英文说。

——你在讲什么呀？

对方用洋泾浜的英文说。

“你知道我在讲什么，蜜糖心儿，”他用英文说，“他 × 的，我想你啊……”

——宝贝，为什么不来看我，我叫朵丽。Come and try me……

对方吱吱咯咯地笑着。他挂掉电话，眼泪掉了一脸。

然而他的棘心、他的沮丧，并没有继续多久。他忽然意外地被擢升到表报组当主任。表报组是会计部副经理的跳板，有独立的、稍小的办公室，有车子。几次公司内比较高层的工作会议，他也得以和各部经理——有时也同桃园工厂部的高层管理者一同列席。他仿佛是一夜间蹿升起来，自然地高于一般同事。而距他只一步之遥的副经理的工作是统筹、调理和分析、报告的性质，比较空闲些。不料大学时代阅读电影理论的一点训练，在需要常常写英文分析报告的工作上，倒有了很好的用途。对于他，更其重要的是，一旦他搬进那个办公室，他便立刻可以继续他那一搁就是十年的纪录片制作。就这样，他把 Rose 淡忘了。

当他把只吃了一半的焗明虾推开时，一双素白的手忽而伸了过来，轻巧地撤去盅子和盘子。他迅速地抬起头。他又看见那张浑圆的脸了。然而，这时的这圆脸的女孩，即使任他怎样深深地凝视，竟而已与从斑驳、尘封的记忆中寻回的 Rose 判若两人。他嗒然地投目于窗外。阳光似乎尤其地白热了。华盛顿大楼在白热中兀自矗立着，“像一座大理石的现代雕刻”，Mr. McNell 曾说。

但是，那年秋天，出乎任何人意料地，当时的总经理 Mr. McNell 从扶轮社带回来一个 Kenneth 赵，径自派任杨伯良费尽心机和唇舌才奉准设立的会计部副经理。无须多久，Kenneth 是 Mr. McNell 的同性恋伴侣的事，不但传遍台北的高层企业管理者的社会，在台湾莫理逊内部，谣诼和耳语也开始像初沸的水一般窒闷地、顽强地翻搅着。

但无论如何，这对于黄静雄曾是一步之隔的机会，像一只没接好的球一般，打从他的身边飒飒然飞驰而去。

那时候，受到挫败的 Bertland 杨，像一条被激怒的毒蛇，迅速地把自己团团地圈了起来，准备一个致命的攻击。他忙碌地部署，像蛇一般不露声色地工作着。首先，他以维护善良的风俗为理由，使荣将军很快地参加他颠覆 Mr. McNell 的阵容。然后，他开始扮演一位同性恋的同情者的角色，终于鼓舞他们赁屋同居。当 McNell 太太以一个受骗的太太加入了 B. Y. 所精心设计的陷阱时，厚厚的检举书便由荣将军和 McNell 太太分别署名，告向纽约总部的总裁 Mr. Bottmore。

“请问您要咖啡还是红茶？”一个年轻的、满脸青春痘的男侍，卑屈地问。

“冰红茶吧。”他说。

他看见那个圆脸的女孩，坐在阴暗的角落上，用报纸挡着光线，趴在台子上午睡。他依旧记得 Mr. McNell 满头银白的头发，大而微凸的眼睛，一八五以上的个子，老爱穿深色的瘦筒裤子。Kenneth 苍白，略胖，端正却说不上清秀，听说是朝鲜战争的时候曾当过翻译官。其后由 P. X. 转到翰丁顿电子公司，在扶轮社的俱乐部碰到 Mr. McNell。

而 Mr. McNell 终于走了。走得令人难忘。

Mr. McNell 毫不吝惜地付出巨额的赡养费之后，和 McNell 太太离了婚。他也以哈佛大学博士的优雅，婉拒了总公司方面将他调派巴基斯坦的转圜的余地。他曾以十数年在跨国公司派到各洲、各国去担任分公司经理的体验，出版过三本由诗、散文、游记和小说拼凑成的书，每年颇有一笔不大不小的版税。而他抛弃了事业、妻儿，带着青苍、忧悒的 Kenneth，漂泊到澳洲去。

黄静雄斜对面的、就在 B. Y. 隔壁的副经理室，重又空了下来。一度摆荡得辽远了的希望，忽而又近在咫尺。就在这一段日子里，他忽然收到一封从美国寄来的、笔迹陌生的信。他狐疑地打开了，才知道竟而是 Rose 写来的。

她告诉他，他有"六七分像"她一个初中时代的理化老师。"他教我不要为了贫穷而感到羞耻，"她写道，"毕业以后，他跑到我们朴子乡下，说我应该考女中，也说他要出学费。"可是"你毕竟不是我那终生不能忘怀的老师，我的心中的唯一的男子，"她写着。当她被逼沦落的时候，她知道"他不会责怪我"。那时他早已因为肝病英年而死。接着，Rose 以近乎三分之一的邮简，讨论中国男人与外国男人孰优的问题："中国的男子比较聪明，但都是三流的 lover。他们不敢爱。

爱起来条件又多。你也一样……外国的男子，有的简直生番一样。但是他们很勇敢地爱。我先生 Paul 明明知道我的职业，肚子也怀着别人的小孩，可是他说他要我，跟我结婚……”“最后我来告诉你我的中国名字。我叫周阿免。我的那个老师，那个我唯一的男子，是天下唯一告诉我周阿免是好听的名字的人。”她写道：“我在中山北路做的时候，当然不能用这个名字，不是含羞，是十分地爱惜。”她的字大小不一，密密麻麻地写满了两面邮简。

信表上歪歪斜斜地写着她在爱荷华的地址。他想立刻回一封充满友情的信给她。但是拖了一天，拖了两天，他在和 Bertland 杨紧紧地挂钩的日子里，把她完完全全地忘了。

他点上一支烟，用左手缓缓地转动着冰红茶的玻璃杯子。他看见那悬浮的、小小的冰块，却兀自悬挂在中央，并不跟着茶杯转动。“中国的男子……不敢爱。你也一样。”他尤其清晰地记得这句子。他喟然地、孤单地对着自己笑了起来。

Mr. McNell 离职以后，纽约方面从印度尼西亚调了一个年纪只比 B. Y. 多出三岁，却早早地秃了头的、蓄着山羊胡子的 Mr. Tolmann 来当台湾莫理逊的老总。就是现在，他还记得杨伯良于是便变化作一只狡慧的章鱼，用长长的、无骨的、稠黏的触脚，四方上下地向一望着精悍练达的塔尔曼先生触探。直到有一天，B. Y. 终于拿到一大叠塔尔曼先生的账单，交给黄静雄做账。

“这一只，好养得很。”

杨伯良若无其事地说。但是整个眼尾、嘴角都洋溢了欣喜。“不挑食，大大小小，他都吃。”

杨伯良终于笑出声来。而黄静雄于是一步深似一步地，看见了企业的既深又广的腐败面，初时也不免使从教科书吸取满脑子“美国企业是现代合理化管理的实现”一类的观念的他，大为吃惊。

去年春天，杨伯良，经常满面春风的Bertland杨兴致勃勃地告诉他，公司已经将他的基本资料和配车计划，一并送请马尼拉转纽约核准。“这回我们邻居是做定了。”B. Y. 说。那时候，他兴致勃勃地上班、下班，工作的效率出奇地好。但是不到一礼拜，B. Y. 用内线电话把他请到B. Y. 的办公室。

“告诉你两件消息，”B. Y. 说，“不太好的消息。”

他从容地笑着，侧身坐在他的桌前。

“Mr. McNell死了。”

“哦！”他说。

“自杀。”B. Y. 以手为刀刃，伸长自己的脖子，向右边猛然地一拉。“吱——”B. Y. 说。

“噢！”他说，摇着头。

杨伯良让了一支烟给他。他为杨伯良点上火。

“另一个消息：总公司要各国分公司搞一个‘成本撙

节计划’。”

“哦，”他说。

“要我们搞人事精简。嘿，我只好把我隔壁的房间暂时再空一空，嘿。”

杨伯良向他眨眨眼，笑着。他一时竟也只好陪着笑了。

“放心。”B. Y. 说。

“嗯。”他说。

“放心好了，全是表面工作——谁说美国人不搞表面……？”B. Y. 压低声音说着，又复笑了起来。

他开始一小口一小口地啜着凉透了的红茶。一直到今天，CRP（即“成本撙节计划”的英语缩写）果然——不，当然只是个“表面工作”罢了。杨伯良、荣老董这两个无尽无底的坑洞留着不堵住，却尽拣着纸张、原子笔一类的小项目去撙节。而他的会计部副经理，原以为是煮熟的鸭子，不料竟飞了。

其实，他想，自己对于 B. Y. 失去完全的忠诚和信赖，大约便从推行这个以他的升迁为牺牲的 CRP 开始的吧。他转过头去，瞭望着依然在白热的夏天的日光中矗立着的华盛顿大楼。他睁着眼去算数 B. Y. 的窗子，上下、左右地数着，仿佛唯恐在一张巨大的报表上找错了数字一般。

——B. Y.，你是个骗子呢。

他对着那个推想应是属于杨伯良的窗口，默默地说。然而，他却早已没有了怒意。现在，抛弃了世界以为珍贵的一切而漂泊的 Mr. McNell 和怀着感恩的爱行走于风月之中，并且无忌讳地斥责无勇、无义的男人之爱的 Rose，在他的心中，逐渐浸拓开来。他忽然忧悒起来。他看看表，已是三时许了。他挥了挥手。不知什么时候醒来，正在和同伴玩牌的那个圆脸的女孩，走了过来。

“账单。”他说。

“噢。”

她掠了掠及肩的头发，若有所思地说：

“他们说您是华盛顿大楼的……”

“是啊。”他说。

“华盛顿大楼的，”她一边收拾台上的杯子，一边说，“是要签账呢，还是……”

“不，”他说，站了起来，“这回，我自己付。”

从豪威西餐厅回来，他竟睡熟了。醒来，已是下午五时许。他把放在衣柜上面的壁橱里的摄影机取出，在客厅里擦拭着。片子虽然有七八年没拍，但一年至少一次的保养，他却从来不曾间断过。萱儿和美娟先后回来以后，他的保养已经完成了。而这一日来令人惶恐、孤单和叫人陌生地安静的他的家，便重又充满了各种声音：妻在厨房烹饪的声音、萱儿的房间传出来的电视卡通节目的声音，以及在这些声音中互相交换的谈话。

晚饭有美娟刻意的丰盛。昨夜，他把自己想要放弃莫理逊的工作，稍事休息，并且趁便拍片的决定告诉她。不料她竟爽朗地、不假思索地说：

“那好。”

“为什么？”

“我以后再也不用担心要参加你们公司的正式宴会，”她笑着说，“我穿不惯晚礼服。再说，我不像其他的经理太太能说流利的英文。”

他苦笑了。

“我们还有房子的利息要缴。”他说。

“什么时候放电影呀？”小萱之说。每次看见黄静雄整理摄影机和放映机的时候，她总是吵闹着要看那一段他和美娟初婚以至于小萱之出生之时所摄的两小卷纪录。

“吃饭，”美娟说，“吃过饭就看。”

“还有眼前这种生活……”他说。

“暂时还不是问题吧，”她说，“今天，我在学校里想过。我们买架钢琴，晚上收学生，很有一笔收入呢。”

他没说话。他在昨日的盛怒中赌咒要辞职之后，立刻感到他其实早已落在重重的生活的，驱使每一个人去上班、下班的无形的巨大网罟之中，难于动弹。

电影是照例要看的。小萱之早已迫不及待地等着关灯。

他熟练地装好片子，打开放映机的灯。“好喽！”他说。小萱之“啪！”地关掉灯，急急忙忙地跳上她挑好的沙发上，睁大眼睛看着。放映机细细切切的声音，充满了整个客厅。

小小的银幕上照出一条狭小的、古老的、零乱的巷子，镜头舒缓地向前推去，然后以一个优美的角度向右上回旋。一个小小的阳台迅速调近，于是新婚不久的美娟从屋子里走出，倚在阳台上。微风使她的头发不住地飘动着。她东张西望，表情有些僵木。

他笑了起来。

“那时你拚命叫我不要看镜头，摆自然些，”她说，“却反而是这怪样。”

镜头跳进屋子里。美娟和她的女友坐在共用的客厅里的沙发上，翻着照相本。翻的人和解说的人的动作，都显得很夸大。然后他看见自己走进镜头里，一派老练的大明星样子。他看见那时的清瘦的、留着长发的、年轻的自己，不慌不忙地把整个脸转向镜头，表情严肃地说着话。背后的美娟和她的朋友，却在捂着嘴笑，然后高兴地鼓掌。

“爸爸在说什么？”小女儿问。

“问妈妈。”他说。

“妈不知道，问爸爸……”她说。

他点上烟，深深地吸了一口。青色的烟，在放映机射出去的光簇中萦绕着。他记得很清楚。那时他把摄影机在桌子上搁好，走进镜头里。然后他对着镜头说：

——黄静雄，中国未来的伟大纪录电影家，在他廿五岁那年结婚。就在这简陋的公寓里，黄静雄拍下了他最初的作品……

"为什么那时候的生活里，充满了另外一种力量？"他低声说。

"什么？"她说。

他摇了摇头，沉默地抽着烟。镜头不断地跳着，流着。已经怀孕了的美娟，在田间走着；在床上翻阅育婴的书；在翻弄由娘家缝制过来的娃娃衣裳。然后是在襁褓中张大嘴巴哭泣的萱儿……

然而忽然间，银幕上跳进圆脸的、宽鼻的、噘着厚实唇的 Rose。他大吃一惊，想关掉放映机，又迅速地想到这样反而启人疑心。

"谁呀，这是？"小萱之兴味十足地问。

"对，这是谁呀？"美娟说。

他沉着地抽着烟。他告诉美娟这是一段影剧科学生的习作。因为学生没有放映机，向他借过机器放映。其后干脆连片子也存在这儿。

"虽然是习作，在技巧上，还是挺稳的。"他淡然地说。

Rose 在镜头上不时神经质地拉着当时流行着的迷你裙。

她时而摸摸花瓶上的花，时而迅速地向镜头瞥一眼。她不是一个上镜头的女人。现在她侧身坐在藤椅上，自然的光线照着她冬衣下丰美的体态。她似乎执意不看镜头，轻轻地晃动着叠在左腿上的她的右腿。然后忽然间，她嗔怒地随手抓起一本厚厚的杂志，向镜头用力掷来。片子也在那一霎时断了，留下空白的银幕和细细切切的放映的声音。

小萱之开了灯。

“那是谁呀？”小萱之说。

“一个爸爸不认识的阿姨。”他说。

“她干吗把书丢过来呀？”

“因为她不喜欢念书，我猜。”他说。

美娟和小萱之都笑了起来。视他的“电影艺术”有若神圣的美娟，显然对 Rose 的片段，毫无疑心。他开始把片子倒转。放映机发出飒飒的、急速的声音。

就在他突然接到 Rose 从美国寄信来的那天，他把锁在办公室的这个片段拿了回来，在妻儿未归的时间中，一个人偷偷地放过一次。可是 Rose 用力掷过来的那一本书，却一直到今天，才重重地打在他的羞愧的心上。

他记得很清楚，在拍摄的时候，他要她慢慢地把衣服脱掉。

“不要。”她一边遵守着“不许看镜头”的他的约束，僵木着脖子说。

“如果不要全脱，脱到内衣，也行。”他一边拍着，一边喁喁地说，“你的身体，很美呢。真的。”

“不要。”她说。

“怎么你也害羞呀？”他笑了起来。

他看见她忽然转向镜头，用力向他掷来一本厚厚的书。他立刻停了下来。他看见她依然坐着，用两手绞弄着衣裙，流着眼泪。

在那个时候，他有过憧憬，有过一颗在地平线上不住地向着他闪烁的星星，也有过强烈的爱欲。而曾几何时，他成了副经理室闭了又开、开了又闭的那扇贴着柚木皮的、窄小的、欺罔的门的下贱的奴隶。他成了由充满了贪欲的杨伯良所导演的丑陋而腐败的戏曲中的，小小的角色。

一直到沐浴、更衣、上床的时候，他的心都怀着一份久已生疏的悔恨和心灵的疼痛，以及这悔恨和疼痛所带来的某种新生的决心。

“暂时间，生活不会有问题的。”美娟在梳妆镜前说。

他望着镜中的美娟，沉默着。

“我看你有些心事。”她说。

“噢，没有什么。”他说。

没有杨伯良、荣将军，没有腐败的阴谋，没有对于副经理的那黑色的假皮的坐椅的贪欲，生活会有多么地不同啊。他沉默地想着。

就在这时候，床头上的电话蓦然响起。

——Olive...

是杨伯良的声音。

“是啊，”他说。

——我刚刚从荣将军的家回来。他说他那个宝贝侄儿早上打了越洋电话，说是不愿意回台湾来，向总公司辞职。

“哦。”他说。

——这个艾德华·赵，说是如果这时来台湾，他好不容易就要等到的 Green Card 就会泡汤。嘿嘿。

“哦。”

——不说这了。你只不在一天，我才发觉 Joe、Nancy 全部派不上用场。表报一塌糊涂呀……

“哦。”他说。

——你说什么？

“我明天去看看！”他大声地、生气似的说。

杨伯良在嘿嘿的笑声中，挂了电话。美娟安静地凝望着他。

“谁？”她说。

“Bertland.”他说。

她又转身去看镜子。她说：

“要你回去？”

“嗯。”他说。

“他们少得了你么？”

她对着自己在镜中的、卸了妆的脸，得意地笑着。然而她看见原已斜卧在床上的他，匆匆地爬了起来，走出卧室。

“什么事？”她说，“大门我关好了。”

她看见客厅的灯亮了起来。过了一会，她又说：

“你在干什么呀？”

“把摄影机和放映机收起来。”

他低声说。

“噢。”她说。

初刊于一九七八年九月《雄狮美术》第九十一期

云

华盛顿大楼之三

赠给敬爱的王祯和兄，并以最虔诚的祝福，祈望他快快康复。

1　麦园

“谢谢你啊，Lily……”张维杰抬头说。

朱丽娟照例只是沉默地笑着，把方才从邮局的邮箱领回来的信件和小包，搁在他零乱的桌面的一角，又复默默地坐到她的位置。

他以八万元不到的储蓄开始，独自搞出口，到这个秋天，就要两年了。起初，他一个人写开发信、跑国贸局、找厂商，忙了将近一年，才开始有了个把小小气气的印尼、韩国客户。他这才租起这间十来坪大的、市郊区的办公室。原来只想请个能照稿打字的小姐，却不料来了英文名字叫 Lily 的朱丽娟，讲的、写的一口、一手的好英文，进出口业务比他这才出道的人还熟练。

“你一进这办公室，就该知道，我请不起你。”

他看看她的履历和试打的一封英文信，苦笑着说。

她以不甚了然的眼光看着他，然后迅速地把视线移向窗外。一辆公路车，正看似迟缓地走在窗外远处的小路上。

“我不要多。”

她小声说。

他说他的预算只给八千。她叹了口气，说 :“可以。”他说她是这家公司的第二个人，因此杂务很多，跑邮局、跑银行，都要麻烦她。她咬一咬她的看来单薄、却轮廓清明的唇，轻轻地、从容地点了点头。他凝望着她，心中忽而觉得有些沮丧了。他说 :

“这样 : 我再添一千。我只这个力量，实在对不住。”

“OK，”她说，“我要挑薪水，就不到这里来。”她继又淡然地说她刚结束了一场离婚的诉讼，带着女儿开始新的生活。“我喜欢这个地方，OK，”她说，“你添给我的一千，OK，等往后业务上好了，再添给我好了。”

这以后，于不知不觉之间，杂乱的信件都一类类编了案码，归上档 ; 小小的办公室，也逐渐地几净窗明了。而每天两次，Lily 总是定时徒步到邮局开信箱，取回一些邮件。来回三四十分钟的徒步的路，不论冬、夏，总是使她的瘦削的鼻尖上，凝聚着薄薄的汗珠，把抱在怀中的信件、样品小包之类，堆在他的零乱的桌角上。他于是便抬起头，衷心地说 :

“谢谢你啊，Lily……”

他点燃一根香烟，挑出福岛——一个近半年来新开发的日本客户的信。信封里是一张信用状和福岛的信。福岛照例把上次来台时口头上的协议，七折八扣，把他的利益压到嫌低吧，又似乎还可以做做；说高吧，又不值做得好的同业一笑的那种范围。他懊恼地把信一丢，随手拆起一件料想是嘉义一家厂家寄来的样品。但是拆开来，竟是一本破旧的日记本。

“啊——”

他喟然地说。

约略是两个礼拜前的事了。

他坐在一趟直达高雄的、做客运生意的游览车上。车子刚开出台北市，上了高速公路，他就睡着了。一直到休息站，他才醒了过来。在休息站，他叫了两个素来爱吃的粽子和一碗贡丸汤。他上过厕所，买了一包烟，回到车上，把袖珍式的计算机拿了出来，准备算计一笔生意的细目。

“是张经理吗？”

他回过头。隔着一条通路，一个怀抱着幼婴的少妇，对着他堆着一脸的笑。她的门牙大而洁白，她的右颊上有一颗半个红豆大的黑痣。

“赵公子！”

他笑着说。

“你在台北上车，我看着就是你。”她说，“但也不敢认。”

这两年来，凡是朋友，都说他秃掉了大半个前额。他摸摸自己的额头，笑了起来。

“变老了。”他说。

“怎么会，”她说，“不过，在休息站里，看着你挑着粽子叫，我就确实知道是你。”

他看着熟睡在她的怀里的幼婴，想起他还在美国麦迪逊仪器公司的日子。那时，他代表公司的总经理艾森斯坦先生，三天两头就到公司设在中坜的工厂去，协助设立一个“真正属于工人的工会”。因为举止有若男子一般潇洒，而被四百多个女工按着当时正在播放着的一出闽南语电视长片里女扮男装的角色，唤成“赵公子”的赵月香，便是新工会的预备骨干之一。如今，这个在女工宿舍中被笑谑地谈论、甚至于暗中爱恋着的“赵公子”，竟而也结婚、生子了。

“什么时候结的婚？”

他说。把头发光光地往后梳起，在脑后收着一个小拳头大的发髻的她的脸，添增了好些初为母亲的温婉，也就相对地减去了当时几分仿佛少年男子似的英俊。

“一年多了。”她说。

她怡然地看了看自己怀里的婴儿，却不料婴儿正好睁开一对小小的、惺忪的眼睛，皱着小脸，悠然地打着哈欠。她以她的大而洁白的牙齿，咬着下唇，像个妈妈似的，笑了起来。

“厂里，大家都好吗？”

他说。

她把婴儿抱了起来，把自己的脸偎着那一张乍看并不怎么样像她的小小的脸。婴儿开始不安分地伸手蹬脚。她说：

“女娃娃，却像个男娃娃，好皮！”

“嗯。”他说。

他看见婴儿开始用乌溜溜的眼珠子瞪着他。当他看见婴儿出其不意地，冲着他张着尚不曾长牙的嘴，把眼睛笑成一条细缝的时候，她说：

“厂里的事，”她摇摇头，说，“不知道啦。我们早就离开了。”

他伸出一个指头，让婴儿细嫩的手掌，慢慢地握住。他感觉到婴儿正一点一滴地使着力量，把他的手指拉向婴孩的小嘴。

“哦，嗨嗨嗨——”

他逗着婴儿说。

“我们——敏子、素菊、小文……十来个人，全被逼走了。”

“啊！”

“还是何大姐有经验。”她说，“她临走，就叫我们当心。他们不会正式辞退你们的，她说。但是逼走、气走你们，有的是办法。何大姐说的。全被她料着了！”

“哦哦。”他说。

“我和素菊被调到品管部，成天用油清洗一些仪器、计表。小文被调到仓库房，让男工人成天骂她：别老端着拿笔杆儿的人的模样……小文每天回宿舍，咬着牙，忍啊！等我们一问，她就急急忙忙找个墙脚去哭……”她说，“敏子，最惨了。”

她的幼婴开始咿咿呀呀地“说话”，并且不时地用手去抓母亲的说着话的嘴。

“烦心！”赵月香对着婴儿嗔爱地说。她然后伸了一只环抱着幼婴的手，掠了掠自己的头发。“敏子，被派到清洁组。你想：那么瘦小的身子，成天提着大桶小桶的水，洗地、打蜡。张经理，任谁都非被逼走不可啊！”她说。

“哎呀……”

他呻吟似的说。他忽然想起宋老板在何春燕面前的许诺。宋老板满月似的一张白脸，咬着烟斗。他靠在黑皮沙发的靠背上，说：

——你放下心。她们一个个照样，全是公司重视的员工。我不是说过吗？法治的国家，讲的就是法。希望将来工会选出来了，连你，我想起码安插一个候补干事。你看，怎么会？公司怎么会为这小事儿辞掉她们？

何春燕还是辞掉了工作，走了。她自始至终，眼睛不曾离开过宋老板。临走，何春燕向宋老板轻轻地鞠个躬，说：

——谢谢您，宋老板。别的话，都不再去说了。那些姊妹们，要请您多疼惜。

——好。好。你其实不必辞的，再想想好吗？

何春燕低着头，不很显著地笑了笑。她只说：

——谢谢您，宋老板。

他于今想起她的低着头的，不很显著地笑着的侧脸，忽而想起：何春燕，即在那时，也不曾相信过宋老板的。

“何春燕呢？”他说。

他看见赵公子正忙着泡开一小瓶奶粉。婴孩在她的双膝上仰躺着，咿咿哦哦地唱着什么。

“不知道。”

她说。把奶瓶的嘴，塞进宝宝的嘴里。婴孩立刻肃静了下来，两只小小的手，认真地抱着奶瓶。

“不知道。”她说，对着专心吸吮着奶水的婴儿，摇摇头。

“素菊呢？”

“不知道。”

“敏子呢？”

她又摇摇头。

“你呢？”

“结婚了，辞掉以后不久。”她平淡地说，“我从十五岁出来做女工。麦迪逊那一回，忽然叫人厌倦了。”

他们于是都沉默了起来。他望着飞驰着的车子的窗外那些不断向车后飞逝的路标和广告牌，想起两年前，三天两头跑中坜工厂的日子。公司配了一部车给他，每次好不容易开上交流道，他的心情就像那高等路面似的平坦起来。艾森斯坦先生说："一个真正属于工人的工会，对公司和职工都有益处。"他被委派促成麦迪逊台湾公司"第一个开明工会"的成立。"Victor，听好：麦迪逊的地平线上，永远闪耀着一颗璀璨的星辰，你晓得吗？"艾森斯坦先生对他说，"正是自由、创意和理想，创造了麦迪逊普世的帝国。"他在回想中苦涩地笑起来了。

"张经理。"她说。

他抬起头，用他思索着的眼神说：

"嗯？"

"张经理，有一个人的下落，你为什么不问？"

"谁？"

"小文。"

"啊！小文，"他压低声音叫了起来，"文秀英！她怎么了，这丫头。"

"她那么尊敬你，你却把人家忘了。"

她说。婴儿一会儿去抓母亲的脸，又一会儿搓搓自己的眼睛和鼻子，把奶瓶推开。呀呀唔唔地叫着。她把婴儿一会儿抱在怀中，一会儿靠在肩上。

"让我来抱一会儿。"他说。

"小文偶尔写信来。她总是一个厂换过一个厂……宝宝要睡了噢，妈妈摇摇，摇摇啊——摇。”她说。把婴儿横抱着的她的上身，于是轻轻地摇曳了起来：“一个厂换过一个厂。一下子说她在做纺织，又一下子说是在电子工厂，一下子又说……有一次，我写信去，说这好像流浪的人一样。她回我信，她哭了，她说。”

他默然地想起那个皮肤黑了些、个子矮了点，一脸清纯的稚气的女孩。那年秋天吧，艾森斯坦先生派来台湾接总座不久，就说是为了增进公司内部的沟通，要办一份社内刊物。在中学教过国文的张维杰，被指定负责这份月刊的编务。他在这份叫作《麦台月报》的社内刊物上，开辟了一个取名为“麦园”的专页，鼓励麦迪逊台湾公司的员工投稿，硬性规定每个部门的员工要推选几个作者，定期投稿。装配线的女工，由当班长的赵公子连推带拉地把文秀英带到他的办公室来。

“张经理，我们线上的作家，就是她。”

赵公子说。被她紧抓着手腕的文秀英，低垂着头，死命地摇头。她的颈上、耳朵，泛着羞赧的红色。

“小文呀。”

他笑着说。他不曾料到这生性晴朗、畏怯、稚朴的女孩，竟是挤满了高中毕业生的生产线里推出来的作家。

“不行啦，真的不行啦……”

小文抬起头来，笑着说，一脸的绯红。她的著名的两个酒窝，使她的羞赧，更添一分羞意。他忘其所以地看着她。

听说过少女在羞耻时的美，但这却是他首次眼见了。

几天以后，他正在办公桌上忙着。猛一回头，才发现了不知什么时候伫候在他身后的小文。

“哦？”他说。

“交稿子来的。”

她低着头，含着几分喜悦、几分害羞，交给他几张写在活页练习本上的原稿。即使她把笑意紧紧地含在密闭的嘴上，在她圆圆的双颊上，依然浮现出浅浅的酒窝，使她的笑靥，仿佛清晨初绽的茶花，清新、怡人。

“哦哦。”

他说着，接过稿子。而她却一回身，就低着头，用急促而细碎的步子，走出办公室。

他一口气看完她的稿子。是一篇抒写她怀念远在西南部台湾的农村的家人的散文。出人意外地，讲普通话带着沉重的南部台湾口音的小文，父亲竟是个慈爱、勤劳的退伍士官。后来，他一点一滴地从人事资料、从小文同一个寝室的女工——例如赵公子，以及从小文一篇篇投来的、初涉写作的人难免总是写自己身边细事的稿件中，认识了她的家庭：二十多年前，小文的父亲从空军退下来，同带着两个男孩和老婆婆耕作着几分地的小文的妈妈结了婚。出身于中国大陆佃农之家的小文的父亲，付出他全部的心力，去爱那几分田地、那个家，建设了一个勤勉、相依、相爱的家。

“她有些东西放在我这边，”赵公子说，“说是我在北部，一定会打听到您。”

“干什么？”

她从旅行包取出一件小衣服，轻轻地盖住又复在她的双腿上睡着了的婴儿。

“这车子里，冷气好重。”她说。

他微笑地看着那沉睡着的、抽去了任何表情的、稚小的脸。现在，他可以比较清晰地看出：婴孩的眉宇和嘴唇，是来自这带着几分男子的刚俊的赵公子，但他却无由从婴儿的其余的脸，捉摸出婴儿的父亲的模样来。

“她要我把那些东西——她的一些日记，寄去给你。”她说，“我会写什么文章，小文说，全是张经理好意鼓励，我才一点一点写。那不是很好吗？我说，像我们，写个情书，都得央你，什么秘密话，全让你知道了。她说，好，是不错。不过，这些在麦迪逊上班的时候写的，我不带走。”

她说，这时车里突然播出一首据说是日本歌改成的流行曲子，吵着了沉睡着的婴儿。赵公子小心地、轻轻地拍着小孩。他则沉默地让那歌声流入他的耳朵。他听着那歌词，大意是说男儿为了前途，流浪他乡，希望在故乡的爱人能原谅他之类的。

“我问她，为什么？讨厌麦迪逊，也讨厌有麦迪逊的中坜，她说，希望你帮我把这些送给一个人……也请你告诉他，我会努力，看看将来能不能写出我们这种人的心情。她说的。”

他无语地在皮夹中找出一张自己的名片，划掉老住址，用钢笔在抖动的车中歪歪斜斜地写下新迁在市郊的地址，递给她。他以一种荒疏的心境，望着高速公路旁初秋的山峦和农家。离开了麦迪逊，自己搞着出口的这两年，除了从早到晚忙着、愁着自己的生意，他的心中，再没有余地容下别人的苦乐了。“我会努力，看看将来能不能写出我们这种人的心情。”这句小文郑重地叫人传给他的话，乍听之下，竟而有些陌生了，仿佛赵公子把话传错了人似的。他的心，在几乎要枯死的时候，却不料听到他当时傲慢地、施予般地对一个纯朴的女工的鼓励的回声，在心中泛起讽刺的、羞愧的涟漪，使他整个瘫软了起来。

“很发财吧？”

她看着名片上他自己的头衔说。他苦笑着，摇摇头。

“巧不巧？在车上碰到你。”她笑了起来，“我回去，就寄给你。了却我一件心事。”

“谢谢你喽。”

他说。

现在，他这里一行、那里一段地翻阅着小文的三本写在中学生用的练习簿上的日记，却遍找不着想象中应该有的、小文留下来给他的信。

“这儿有两封信。”

他蓦然抬头，看见不知什么时候出去了、又回来了的朱丽娟，送来两封信。一封是寄自新加坡的英国客户，一封是来自台南的一个傲慢的厂商。

“谢谢你啊，Lily。”

他看着她的瘦削的鼻尖上的，只那么几颗汗珠，笑了起来。他抬起手，看看表，才知道早已过了下班的时候了。他望着 Lily 摇摇头，亲切地说：

“时间一到，你就该走的。也不知跟你说过几次……”

朱丽娟回去了的办公室，在这初秋的傍晚中，使他感到无从言喻的寂寞。他默默地抽着烟，想着待会儿出去吃碗面，再回来看完小文的这些东西。

2 二哥

三月十二日

吃过了晚饭，在宿舍的大门口，碰见鱿鱼。她的手上拿着一个装满了酱烤过的鸡颈、尾椎和鸡爪子。她拉我到水池边的石凳子上坐。她道：“请你吃这些。”我道：“我牙齿坏了，不行吃，谢谢你。”鱿鱼就在我身边一个人吃，说了很多的话。她说心情不好的时候，就想拚命吃东西。

鱿鱼说她从小就长得不好看。她爸、妈、哥、姊，都不喜欢她，时常欺负她。她为什么说她不好看呢？她皮肤就比我白，头发也比我柔软和黑色。眼睛不大，却也不是很小的。她是有一点儿ㄅㄠˋ*牙，但是也只是有一些些ㄅㄠˋ而已。我问过别人："鱿鱼不好看吗？"她们说还不错啦。不过，大家似乎不喜欢她，说她读过省女中，很骄傲，在装配线上，喜欢读零件上的英文。

其实鱿鱼人还不错，不过她常说从小父母就不喜欢她，嫌她丑，在别人面前说她是从丐婆那里买来的。这个我真难于相信。大哥、二哥，都不是爸爸生的，可是爸爸对他们多么好。大哥、二哥又对我多么好。但是我也不相信鱿鱼骗人。人怎么会骗这种骗呢？

鱿鱼把爪子、尾椎、颈子，全吃光了，把骨头吐在塑料袋里，四下望了一望，就扔到石凳后面的草丛中。她同我要一张卫生纸，抹好嘴、揩好手，说道："人生实在没有意思。"而我在想：我实在很爱吃鸡爪什么的（尾椎却不敢去吃）。什么时候领到加班费，一定要买多一点来吃。

---

* 台湾拼音，意为龅牙。

三月二十二日

前天夜中，睡得不好。昨天夜里，却一直醒着，几乎一分钟也没睡。白天的工作，真是辛苦。为了怕吵醒别人，每次想翻个身，都要忍耐下来。可是，越是不能睡，越是过一下子就想翻身，弄得毫无办法。

因此，我想到：人只要夜里能睡，就是好大的幸福。

特别是昨夜中，一直想着家。

爸爸壮硕的身体，坐在他自己动手做的笨重的木头凳子上，对着菜畦抽烟。妈妈在傍晚看着本来要丢弃的猪仔，一路摇晃着走进庭子。妈妈一边笑，一边骂，一边流泪，一边说道："死猪仔，猪价在败，你知道回家，我可没有东西给你吃咧。"

还有大哥。啊，一直保持着儿童一般纯朴，不知道利欲心的大哥。成天默默地流汗、劳动的大哥。

我还想到屋后的一片竹林，在秋风的吹拂中，发出好像几百件衣裙相摩擦的声音。在夏天的清晨，叽叽喳喳的饶舌声把我叫醒的上百只麻雀，就是栖息在这丛竹林里。我的房间，开着一个窗口，流进来几乎带着绿色的晨光，也是太阳透过这丛竹子，照进来的。照着我的宽大的、因岁月而发亮的木榻。

我为什么要离开爸、妈和大哥，为什么要离开那竹丛和竹丛下的古井——长年涌出又冷又甜的水的古井，来到这里呢?

我一心地想多赚一点钱，寄回去。但是即使加了班，多领了钱，也被我花在买书、买衣服，而结果并多寄不了多少。

我恐怕是染上了虚荣的恶习了。我一定要努力地改，不要看到别人买了新衣，就热心地去看是什么料子、什么花色、多少钱，尽管我对自己说：问问罢了，又不想买。其实，这就是一种虚荣心。

在一本书上说：少女最美的衣裳，是心灵和德行的纯美。我一定要记住才好。

三月三十日

今天发薪水，连全勤奖和加班费，一共是八千六百九十四元。我曾粗略算了算，大约是七千七百多块。多出这么多，使我好高兴。

吃中饭的时候，进了大餐厅，觉得特别明亮、干净，菜也特别丰盛一点。金副厂长宣布说：今天总经理要来一起用饭，请大家坐好，待会儿开饭。

不久总经理、宋老板和张经理、林厂长一道，走进餐厅，金副厂长带领鼓掌。

总经理讲的话，由张经理翻译。总经理很高、很年轻，也很漂亮，好像美国电影里面的人。

总经理说，尊重员工的人权，企业民主，是美国麦迪逊仪器公司全球性的政策。因此，公司要员工出来筹组真正属于自己的工会，保障工人的权益。今后张经理将负责协助员工组织工会，等等。

大家好像都很高兴，报以热烈的掌声。我也热心鼓掌，但是工会的事，我不太懂。“我们不是已经有一个工会吗？”我问赵公子。赵公子骂我：“小孩子，什么都不懂。这个工会有了像没有一样。”我还是不懂。

不过，为什么我也很高兴地鼓掌呢？自己做了的事，却没有一个理由，一定是个傻瓜。

第一，总经理看起来叫人喜欢。在那一桌，只有总经理和张经理没有肚子。特别是总经理，高大的身材，平平的腰，穿一件白白的衬衫，打一条深蓝底子鹅黄斜条的领带。他的头发很长，很干净，蓬蓬的，鬈鬈的，好像唐尼玛丽节目里唐尼的头发。眼睛非常地双眼皮，留了两撇胡子，盖着上唇。

第二，张经理调回台北总公司才三个月，这次回来，看起来很有精神，笑眯眯的。他把《麦台月报》带去台北编，经常打电话到线上来，要我为“麦园”写稿子。原来我只乱写日记，哪里会写稿？都是张经理鼓励的。所以我要特别为他鼓掌。

大概就是这些理由。

我一直以为张经理吃过饭会来找我谈写稿。整个下午都很害怕、紧张。但是三点多钟，看见两部台北来的车子开走了，张经理他们走了，我却有点失望，并且为了自己以为人家会来找我而感到害羞得很。

四月七日

在桃园的台湾河野电子做的陈秀丽写信给我，说前天晚上（就是写信给我的晚上），被她喜欢的男生 kiss 了，回去住宿的地方，却不知道是欢喜还是悲伤地哭了。她写了两张纸，说的一些我很像全懂又不懂的话。可是我觉得信写得很好。我想过去我写给她的信，都比她写给我的好一点。但是这一封是她写得好。真好。却不知要怎样地回她。

秀丽是我们同庄的小学同学。那时候，有时她来我家做功课，晚上就睡在我那大大的、发亮的木榻上。两个人躺在榻上看窗外竹叶的影子，叽叽呱呱地说话到夜半才睡。

现在她有男友。敏子也有，是那个姓简的送货员。绮绮也有，可是我没见过，听说是姓陈的。

最近赵公子和敏子常常在谈工会的事。大概是一件好事吧，因为她们谈的时候，好像都有一点兴奋。她们说劳工的利益，要自己来保障。反正这是很大、很了不起的事，我又不会，所以我也没有去谈。

四月二十日

今天张经理来工厂，利用中午休息的时间找了敏子、素菊和机房男工老曹、柯郁财他们开会。晚上我们宿舍聚了很多人，鱿鱼、敏子、素菊和何大姊都挤到房间里。赵公子问问题，敏子和素菊回答。我忙着为她们烧茶水。据素菊和敏子说，有几个要点：

一、原则上不找老工会的干部。理事长萧振坤、监事张清海、李贵……都没有请。为了这事，厂长很不高兴。可是张经理说是总经理的意思，没办法。下班的时候，老工会的人都垂头丧气。

二、一切依照政府的劳工法令办事，以全体工厂员工的权益为主要，实行真正的民主选举，产生新工会。

三、现任美国总经理很开明，全力支持员工应有的利益，确实有诚意办好工会，请大家不要犹豫，热烈出来办自己的事。

大家七嘴八舌地讲，尤其是敏子最热心。最后大家问一直没讲话的何大姊。何大姊说：

“没有那么好的事。公司鼓动员工组工会，给自己找麻烦。我看得太多了。”

敏子说道：

“这回不一样。这是美国总公司的政策……”

何大姊摇摇头。

“我无法相信。这几天，我也一直在想，哪有这么好的事。”何大姊说道，“美国仔？一样啦！美国公司，我不知做过几家了……”

一向大家都很听何春燕的话。这回大家却不很服气。特别是敏子。“人家张经理说得很有诚意，很实在。”敏子委屈地说。

讲到张经理，我就感到很寂寞。因为他没有找我开会。其实，也不能怪他。工会的事，那么困难，我也不会。专心努力锻炼写作，才是我的本分。

这恐怕也是张经理的本意吧……

四月二十三日

再过一个礼拜就是五一劳动节了。我打算在三十日下班就回去。现在有长途游览车可以坐，方便之至。

想到要回家，就会有一些心跳。鱿鱼两个月前向我借了二百元，还没有还我。如果她能还我，我的车钱就有了，不必动用到我的薪水。可是我怎么也不好意思开口。她几乎只有我这个朋友，怕跟她要钱，伤了感情，她以后连个说话的人都没有，那多么不好。

好多人在背后说她的长短。敏子说，鱿鱼只知道有自己，别的人，与她无关的事，都令她讨厌。可是最近工会的事，她也要来凑一脚，大概是知道了总经理支持新工会，有什么好处。我默默地听着，心里为鱿鱼难过。我又觉得别人说她好像说得过分了一点，想想又觉得别人说的也不是没道理。我希望自己永远不要让人这样说才好。

四月二十五日

一直到今天，利用夜班前的时间，才写信回秀丽。

这几天中，我参考了几本有关爱情的书，想抄写或者变造一两句有关爱情的忠言、名言给她。但是看来看去，总没有妥当的句子。后来，我索性抛开那些我不懂的爱情，想到她已有许心的人，也许很快就要嫁了。我们从小学一直到现在的友情，将会因她的成家而有变化。想着这些，心中忽然觉得十分悲伤。在这种悲伤中，不知不觉地写满了三张信纸。

啊，秀丽。你该也还记得：你在我那间“闺房”中，一起做功课，一起睡，第二天清早，我妈特地用才摘的青葱，打两个鸭蛋煮汤做我们的早餐的那些日子。小学毕了业，忽然说你要给你的一个无嗣的姑妈做女儿，离开了故乡。我们恢复了联系，是我在新竹的一家纺织工厂工作的时候，知道你适巧在我进了工厂的前不过数日，离开了这家工厂。这以后，我从你的同事，得到你的住所。

像你我的母亲，一生、一心向着你我的父亲和儿女一样，你也将一生、一心向着他吧。以他的家为家，以他的故里为故里，以你们的儿女为一生的世界。

我虽然没有机会见过他，但是，秀丽，我相信你的选择是一个明智而且幸福的选择。

四月二十九日

《麦台月报》的五一特刊，赶早在今天出刊，在午饭时间发出来。我一接过手，就翻到“麦园”，赫然看见我投去的《二哥》登出来了。我高兴得整个心猛烈地在跳，当着还没有翻阅到“麦园”的同事们面前，我又不敢说出来。若无其事地挑敏子那一桌去吃饭，心里却老惦着发表出来的文章，真是“食不知味”。饭吃了一半，隔了几桌的赵公子，突然用还含着饭菜的声音叫了起来：

“哎呀呀，小文，你的文章又中了！”

一时间，半个饭厅里的人，都在用眼睛找我，让我窘得满脸通红了。也不知道为什么这等没用。有些事，自己都觉得没什么，而脸却那样红呀红地红起来。

上夜班之前，我把文章剪贴起来。我一个字一个字地读了好几遍。也不知道为什么，自己写的文章，怎么读，也读不累。真好笑。不过我真的很高兴。

二哥

装配线 · 文秀英

今年除夕，在年夜饭的桌上，老爸爸提了两件事，征求家人的同意。

头一件事，把原来翻修房子的计划，更改为拆建现在大哥一家住的厢房，新盖一间两层楼，给大哥一家人住。

第二件事，是要求大哥大嫂同意，把才生下来满六个月的孩子，在名分上过继给二哥。

对于头一件事，大哥大嫂力让了一阵。老爸爸说：“你们不必让了。对老屋子，你妈有一份情感。翻建成新式房子，想来她也住不惯。我，喜欢老屋子。老屋子使我想起我自己在大陆上的家啊。年纪越大，这就对我越是重要。”

大哥说，目前家里的经济情形，也不容许大兴土木。“反正不急，有一点儿，盖一点儿。”老爸爸说。

至于第二件事，大哥大嫂很快就同意了。

老爸爸很高兴，伸手从大嫂怀里抱过小辉。“这是二房的孙子了。”他笑着说。

只有母亲红着眼眶。她站了起来，端走一盆汤，走进厨房里，过了一会，再端到桌子上。

“热一热好吃。”母亲说道。老爸爸说：“好，好。”任谁都知道母亲哭过，可任谁也没说破。

老爸爸，照以往除夕的例，往一个空了的座位上的空碗里，默默地夹菜。

那是已经不在人世的二哥的座位。

我生下的那一年，二哥才八岁。但生性善感的二哥，对于母亲两年前的再嫁，比较当时已经十岁的、朴直的大哥，怀着更深的感伤。为了二哥的稚小的忧悒，妈妈曾几次想要和爸爸离异。一直到我的降生，妈妈才打消此意。

由于爸妈都在田间工作。照顾做小宝宝的我，成了大哥，特别是才上小学而功课较松的二哥的责任。虽然是不情愿的责任，由于被二哥带过，小二哥对我，便发生了深深的友爱。而我，据母亲说，从我几个月大，就十分善于亲爱小二哥。“就不知道怎么那么小的娃娃，到三五岁、到大了，都那么听他的话、讨好他、体贴他……”母亲说道。

中学毕业后的二哥，在母亲跟前吵着要离家去当学徒。二哥要我当他的密探，向他报告母亲和爸爸怎么商量他想辍学学艺的事。那时候，我看见老爸爸为二哥的事，和母亲细声争吵。

“你怎么这么没责任，”爸爸嘀咕道，“孩子小，不会想，你应该坚持他考中学呀！”

“这孩子，从小闷闷不乐，我对他的心，老觉得缺了一角，”母亲哭着说，“这么好的话，为什么你不会去向他说。”

老爸爸闷声不响地只抽烟。等发觉二哥虽然勉强报了名，却没去参加高中联考，老爸爸才急了。他骑着他的机车，花了几天工夫，到城里找老长官请托，铁青着脸，押二哥去考试。二哥终于考上一家县立高农，老爸爸才照常下田里去做活。

怀着反抗心，离家到邻县去上学的二哥，从高二起，就不断地让学校寄来抱怨的通知：旷课、打架、抽烟、犯上……高三，终于不能毕业，他写给我一封这样的信：

“……反正我无颜回去了。

“我糟蹋了妈妈许多辛苦的钱。我现在去找事做，将来一个钱也不少，还给妈妈……”

其实，大部分的钱，都是老爸爸交给我，用妈妈的名义，由十岁的我抄信、寄钱。

二哥的出走，给终日劳碌，却也一向平稳的家，带来一层忧愁。老爸爸开始喝较多的酒，也是从那年开始的。这样一去就是两年，一点音讯没有。第三年，二哥忽然开始寄钱回家，初时是几千，后来一寄就是上万。

“这是什么来路的钱，也不知道。”母亲忧愁地说。

“不会吧，”老爸爸说，“老二不应该是那种孩子。”

但老爸终于还是叫大哥同我照信封上的住址寻去一趟。

那年，我十三岁。跟着紧紧地抓着我的手的大哥，我头一次到了人、车子和大楼都很多的台北。走出台北火车站，大哥走几步就找人问路，也终于搭了市内车到延平北路，找到二哥住着的公寓。

虽然将近中午，出来应门的二哥，还穿着睡衣。

“大兄！”

二哥叫着说道。房子里，地毯、冷气、吊灯、沙发、电视、冰箱，顶着天花板那么高，装满了各式各样的酒的橱子，一应俱全。一只绒布做成的雄狮，躺在茶几旁。

大哥坐在沙发上。二哥敬了一支烟，两人对着面，但都不互相看对方，缄默地抽着烟。

当时十九岁，原本就高大的二哥，留着长长的头发，看来很是漂亮。

“坐几点的车来？”二哥问。

“透早，六点就出来了。”大哥望了望我，再望了望天花板，说道。

二哥这才慢慢地抬起头，望着我。我眼看着他薄薄的、紧闭的嘴角，泛起了笑意，仿佛在说：

“长大了啊。这一向都好吗？”

这时卧室里走出来一个女子。穿着丝瓜花那种黄色的、柔软的长袍。白白的皮肤，长长的、蓬着的头发。

二哥安静地站起来，伸出右手，从她的嘴角摘掉她叼着的香烟，丢到墙角的痰盂里。

“这我大兄。这是我妹妹。”二哥说。

“噢！”那女子忽然惊慌地用手提着自己的衣领，把敞开的颈部裹了起来。“真失礼，真失礼！”

说着她匆忙跑进房子里。

二哥又敬了一支烟。兄弟俩又复默默地抽着。二哥看着窗外，大哥盯着地面。

“你，这样的生活，也不是办法。”大哥温和地说。

两兄弟慢慢地、低声地交谈着。大约一个小时后，门铃响了。二哥卧室中的女子，显然已经梳洗过了，换了一身素净的衣裳，匆忙地出来开门。

是菜馆里送来的饭菜。

“都过午了，我打电话去叫一点便菜饭，请大兄吃饭。”那女子怯怯地对二哥说。

二哥望着大哥。大哥站了起来，说道：“让你们破费，怎么好哩？”

“大兄怎么这样说话。”

那女子说着，高高兴兴地把饭菜从木匣子端上桌子，数了钱给送饭的人。

回家的路上，大哥要我共同隐瞒二哥的生活。“他会回头的。”大哥说。

次年，二哥去当了三年兵。退伍以后，二哥笔直地回家。人结实了，头发短了，皮肤黑了。

回家以后的二哥，忙着在附近打零工，骑着老爸爸为他新买的机车，早出晚归。后来大哥二哥商议，借了一点钱，凑着买了一部中古的“铁牛车”，做运输生意。

每天早上，二哥歪戴着鸭舌帽，叼着烟，穿着牛仔裤，戴着棉手套，跳上他的铁牛出工，顺便带我上镇里搭车上学。一路上，二哥告诉我许多他当“流浪的顽童”时的许多悲苦的、有趣的事。但我始终开不了口问他那女子的事。当时十六岁的我，对于那女子，怀着害羞、同情、妒忌和亲切的感觉。

然而，才九个多月，二哥在尖山脚下急弯的地方，让卡车撞了，身体翻倒在水沟里，死了。

母亲因为极度悲伤，生了一场重病。老爸爸也突然老了一截，几乎让田里的工作，一下子荒废了。大哥便是在这时娶了大嫂，多了一副人手，田里的事，才逐渐恢复正常了。

从那年除夕，老爸爸总是在年夜饭桌上，为二哥空着一个位置，亲手为他夹一大碗菜，摆着。

现在，二哥一个人躺在牛埔头相思树林后面的墓地里。时常，想起他来的时候，对于二哥才廿三岁的生涯，感到迷惑。二哥的一生，有什么目的？有什么意义？二哥自小对我的友爱……这一切，毕竟有什么意义？我感到譬如读一本残破不全的，似乎应该很有趣的书一样，觉得迷惘而不满足。

花开，花落。草长，草枯。二哥的生与死，或者就与大自然的生杀一样吧。然而，我、老爸爸、母亲……这几年来对二哥刻骨的怀思、铭心的悼惜，又岂是自然可以安慰的吗？

3 AMERICAN DREAM

他还记得，文秀英的这篇稿子，原名是“老爸爸和二哥”，是他把“老爸爸”这几个字删去的。文章里删改的不多。这是她投来的最长的一篇。他犹还记得，初时写来的稿，难免有过多、过大地使用形容词的毛病。有一次，她送来一篇寄给友人的信，读来真挚而温暖。他把她叫到办公室，夸奖了她，并且随机叫她用真正是自己的话，说真有所感的事。而这以后不久，他就被调到台北总办公室，这篇稿，是他在台北著名的华盛顿大楼里的麦迪逊台湾公司办公以后，由厂里负责《麦台月报》联络事务的人事室寄来的。

他当时被文秀英的这篇稿子吓了一跳。如果他还在厂里，他一定会把她从线上找来，热心地同她谈谈这篇文章。可是他已经调到台北了。总经理艾森斯坦先生发表他当行政主任。他正面对一个新的工作岗位，一个新的展望。用英文写计划和报告，占据了英文还不是顶老到的他大部分的时间。他原想以编辑部名义写一封鼓励的信，终于也忘了。

——那时候，我终于也忘了啊……

他抽着烟，落入沉思里了。他想起还没有上师大，在荒陬的大武乡教小学的时候，自愿接下“看牛班”，为他们垫钱买珠算练习本子的那些日子来。“不要认为学校不要你们、社会不要你们、父母不关心你们，”他对那一班学生说，“至少至少，老师要你们……一毕业，你们就要去面对充满了各种风浪的社会。所以你们要好好地学。多学一分，多一分保护自己的力量……”他猛地回过头，把黑板一遍、一遍，慢慢地、精细地擦干净，好偷得一点时间，让自己滚烫的眼泪流呀流地，洒了一脸。等他流完了，用手帕揩好，回过头来，他看见几十张小脸，紧咬着小小的嘴唇，红着几十双眼眶，也是眼泪流呀流地，挂满了小小的脸，却没有一人失声。“好啦！别哭。有什么好哭的！”他训斥似的说，“珠算练习本，习题六。”孩子们匆匆地用自己的衣袖抹了脸，乒当乒当地打开桌子，拿出练习本和算盘来。一时细细碎碎的算盘声，像淙淙的小溪，流过这荒陋的山城的寂寞的教室。

师大毕业以后，他到一个矿区教中学。在一个学生的作文中，发现这学生有一个善于绘画的哑巴妹妹。第二天，他陪着这学生走了一段长长的山路，去看那年幼的哑女的画。然后他费尽了唇舌，说服那尴尬的父母，由他把女孩子带到台北上盲哑学校。

这样的一个他，在他读过了文秀英的稿子之后，终于竟也忘了写一封鼓励的信给她。

——曾经为了别人的苦乐、别人的轻重而生活的自己，变成了只顾着自己的、生活的奴隶，大约就在那时开始，也说不定。

他对自己沉吟地说。

他自分是个并无大志的人。他虽也考取过留学考试，但那只是为了消磨服役中被派到教育单位而多出来的时间，在部队里读了几个月的书考得的。在那个多雨的矿区教了几个学期的书之后，他的父亲忽然病倒，失掉了工作，也失去了半边身子自由行动的能力。在日政时代的农校毕业，光复后调到这个、那个农政单位，工作了三十几年，虽然没有什么升调，却一贯认真、勤奋工作着的他的父亲，这时，忽然对于生，表现了异乎凡常的焦虑。

“如果，这就是我一生的下场，就太不值了。”老人独语一般地说，“蜷曲在这样的乡下，一辈子像傻子一般地工作……你也一样啊，阿杰。趁着我还没死，弄一栋房子住罢。”

他原不曾把他的话当真。因此，也就不去推敲是他父亲自己要弄一栋房子呢，抑或者要他去弄一栋房子。不料等退休金一下来，他的父亲即刻凑上一点私蓄，订下了一栋看起来毫无生气、既没前院，后院又窄小的贩仔厝。

“尾款是你的事啦。”他的父亲说。苍白的脸上，洋溢着一种近乎呆痴的喜悦。

那年夏天，他在报纸上找到麦迪逊台湾公司征求厂长文书助理的广告，条件是“流畅的中英文书写能力”。中文，他是本行。为了天生语学上的兴味而自修的英文，他却没有把握。然而，他毕竟考取了。他辞掉教员的工作，离开了那多雨的矿山区，来到麦迪逊设在中坜的工厂。直觉地感到他的父亲必不久于人世，他把全部的心智投入新的工作，确保这个多出教员的薪水将近五分之二的新工作，以便缴清购屋的余款。

第二年春天，老总经理豪瑟赫姆，一个飘着满头银白乱发，戴着金丝眼镜的瑞典老人，调回美国退休。总公司派来年轻的、魁伟的美国人艾森斯坦取代了他的地位。

那一期的《麦台月报》，刊登了由他翻译的几篇发自美国康州总公司的人事资料。索恩 · J · 艾森斯坦，四十二岁。美国佛琴尼亚州人。佛州州立大学农学系毕业，获农学学士学位。一九六六年在越南服役一年七个月，回国后在纽约哲尔新工程大学修工程，获工程硕士学位。毕业后，分别在欧文环境工程公司、美国通用、德州仪器等公司负责远东地区销售、技术和产品方面的管理工作后，在一九七四年加入美国麦迪逊仪器公司远东部门，负责技术与服务方面的工作。这次奉派来台湾，是他第一次负责经营方面的管理工作。总公司的人事消息稿这样写道：

“艾森斯坦先生表现出技术和管理相互配置的长才。为了特定技术的发展而调整管理结构，并且使这个新的管理结构，在古老、富于传统、对于现代化趋向产生各种阻力的东方，做了成功而有效的实践……”

艾森斯坦接事以后不久，在宋老板陪同下，驱车到中坜的厂里来。艾森斯坦看起来比原先资料上所刊的照片还要老些。他有一头近于暗褐的颜色的鬈而浓密的头发，虽然蓬松，却梳理得自然、干净。他有一对大而好看的眼睛，闪烁着一种发源于强烈的自信的自在、谦和、快乐的光芒。他高大，平板、坚实的腰杆，让人觉得他是一个正蒙受青春、智慧、财富和权力宠幸的人，却不引人妒忌。

在简报会议中，张维杰默默地坐在厂长的一旁，依照秩序把文件、资料传给正在做报告的厂长。会议结束，艾森斯坦先生握着一杯冰橘子汁，和张维杰寒暄起来。

"喜欢你的工作吗？"艾森斯坦先生说。

"喜欢。"他说。

"你的背景是……"

他简略地述说着他的家世。艾森斯坦先生微笑地听着，并且微笑着说：

"当我们说'背景'，意思是学历……"

"噢，对不起。"

他约略地脸红了。他于是告诉艾森斯坦先生一些他的求学经历。"我的哥哥也在中学教书哩，Victor。"艾森斯坦先生说，"你的英文挺不错——可别告诉我你从来没有到国外念过书。""没有。"他说。"噢，我在亚洲待了好几年。大部分能说写英文的人——我是说说、写都比较好一点的，大部分都到过外国。”艾森斯坦先生说。“谢谢你。”他说。

那时，他感到有一点受宠若惊了。但他也感觉得到：艾森斯坦先生那些友善、亲切、善意和热情的外表的里侧，有一股隐约，却也确实的淡漠。当艾森斯坦先生说：“你的英文挺不错——可别告诉我你从来不曾到外国念书”时，显然地夸大了自己的好奇心。然而那样隐约却又实在的冷漠，掺和着语言上、态度上的自在和亲切，这个年轻的美国上司，在他的中国下属之前，塑造了一种无由言宣的威仪。

约莫两个礼拜以后，他被调到台北。

那是一个初冬的清早。他打从新租在士林的住所，搭了两趟车，到台北的指定的地点后下了车。细雨从较之街道两边的大楼尤高的、阴暗的、清早的天空，绵绵地下着。街上依然穿梭着各式各样的车子。轮胎疾驶过水渍的地面，发出一种潮湿的、寂寞的声音。他几个急步从站牌窜到一栋高楼的走廊里，用手挥去身上的雨珠，他点起一根烟，慢慢地走在大半都还没开门的这一条麇集着台北市最为壮丽而豪华的大楼的大街的走廊上。他不知道命运要怎样把一个乡下的孩子，一个偏陬的中学教员，带进这他只来过几趟，对它的全貌仍然陌生的首善的城市。然而，他的心是欣快的，充满着对于不可知的未来所怀抱的希望。

“请问，华盛顿大楼在哪？”

他对一个扶着机车，寂静地望着细小但却下得十分绵密的雨的少年问。

少年向他的斜对面指了指，然后用同一只手伸进走廊外的细雨，拈了拈下雨的情况，又沉默地望着沥沥地浇着这首善的大街的雨。

他抬头望去，一栋赭黄大理石板砌成的，壮硕、稳重、踏实的大楼上，镶着一排厚实而典雅的英文字：

WASHINGTON BUILDING

“谢谢。”

他望着那大楼独语也似的说。

他一边望着雨中的华盛顿大楼，一边走着。走到华盛顿大楼的正对面，他看见这分成四栋的十二层楼建筑，像一座巨大的轮船，笃定、雄厚地停泊在他的对面。走廊的柱子，是黑色的大理石片砌成的。在细雨的浇洗之下，整栋大楼的大理石显得干净而明亮。无数的窗子，整齐、划一地开向大街。有少数几扇窗子已经点着日光灯，透过轻薄的纱帐，向大街透露出青色的灯光来。楼下的几个大门，都用不同花式的铁栅锁着。铁栅上写着各行号商店的名字，有餐厅、银行、轮船公司、建筑公司，还有一家西服店。他抬起手，看了看腕表：才七时过三十分，整个大楼都还在沉睡之中。

麦迪逊台湾公司就在这大楼的五楼上。张维杰终于从零乱的、经常飘着高压电机房里发散出来的淡淡的臭味的中坜工厂，调升到华盛顿大楼总办公室。他有了自己的房间，地上铺着地毯，夏天输送冷气，冬天飘着暖气，长而宽大的桌子，黑色假皮高背椅子。桌子上一块桧木三角牌，镶着两排铜质的英文字：ADMINISTRATION MANAGER, VICTOR CHANG——行政主任，张维杰。

最初的若干个星期中，艾森斯坦先生有系统地交给他一些职业训练上的材料，全是厚厚的一叠影印的英文本。艾森斯坦先生要他仔细地读完，定期在下班后的时间，在总经理办公室讨论。

离开大学生活已经好几年的张维杰，对于公司以这样严肃的、学问的方式，训练一个年纪尚轻、出身平凡的东方人，并且畀以重任，感到责任重大；并且对艾森斯坦先生、艾森斯坦先生所代表的美国麦迪逊公司，以及使美国麦迪逊公司的这一切成为可能的美国自身，发生了深切的敬畏和崇拜的心。

因此，每天每天，他在下班以后，勤奋地研读着艾森斯坦先生所写的*MULTINATIONAL FREEDOM*。他查字典，他做笔记，他沉思。虽然他毕竟还只似懂非懂，但对于一个企业经营者的艾森斯坦，能建立这样一个器宇不凡、充满着由深刻的理论所烘托起来的理想，满怀着敬意。

《跨国性的自由》的第一章，写几年前甚嚣尘世上的对于跨国性企业的批评。“这种批评，来自不负责任的（美国）国会，和一小撮半吊子知识分子。”艾森斯坦先生写道，“但是，截至目前为止，对于这些批评，跨国企业——它们对于人类文明和进步的贡献，无疑地远超过它们的历史所带来的缺失——却沉默不语。随着巨大企业的精致化，今日的企业管理者已经不是过去的资本家阶级——勤勉、干练、自然的聪明有余，而于文化、知识则粗陋无文。今日的管理者各有专精的学养，敏锐的分析和判断的能力，更有全世界性的胸襟。”因此，艾森斯坦先生以为，对跨国性企业的历史和功能作一科学的评估，并创造性地发展跨国企业体制对于发展人类福祉的巨大潜能，已经刻不容缓了。“与其让对世界经济事务一知半解、不负责任的国会议员，和古老的费边社会主义遗留下来的半吊子知识分子们，聒噪不休地议论跨国公司，”艾森斯坦先生写道，“莫若由今日精致的管理者自己，来分析、检讨跨国结构，并且指出一条富于革命性的、创造性的道路。”

在第二章里头，艾森斯坦先生对于企业的跨国性发展，作了一番历史的回顾。“早在东印度公司的时代，资本主义便带着显著的跨国性的体质。”艾森斯坦一开始就写着。就企业的国际性发展，对于世界技术、科学、开发、文化、教育、医学和管理科学的贡献，艾森斯坦先生作了扼要而渊博的说明。

在第三章，作者艾森斯坦检讨了美国在海外投资企业对于当地国家的经济、政治、文化的干涉问题。“无可否认，美国对各地独裁军事政权的支持，对于各当地除了共产主义势力以外的民主力量之杯葛，以美国强大政治力量支持美国海外投资企业对当地民族主义感情的残暴践踏，对当地社会的腐败和经济贫困的完全冷漠……这些指责，在今日看来，尤其将百年来海外私人投资的各种正面的、肯定的功劳抛去不论时，仍有极为真切的现实性。”作者认为，跨国性企业的成长，和古典资本主义的成长，自有其功与过。“没有初期资本主义的黑暗与悲剧，现代化、合理化的资本主义就无从想象。同样，跨国企业的初期历史，难免有一些严重的弊病。”艾森斯坦先生写道，“但是，时至今日，跨国企业优秀的经营者，已经有充足的想象力、智能和管理知识，来改变它的形象与角色。”

怎样重建新时代的跨国企业的形象与角色呢？艾森斯坦先生在第四章“麦迪逊：复兴美国式的理想”（MERDISON: RESTORING AMERICAN DREAM）中写道：正如进步的资本主义从进步的科技和管理科学——而不是原始的、赤裸的剥削——去创造它的利润，新时代的国际企业也必须认识到对资源国家和民族的“残酷榨取”激发无法制压的反抗，而结果只有玉石俱焚。企业的理想和全人类的繁荣和进步将同为灰烬。因此，新时代的跨国企业，不再依靠专制的军事独裁政权、干涉内政；不践踏资源国民族追求民主、正义、独立的愿望；不以资源国家的悲惨的贫困、不幸来换取企业的利益。“正好相反，现代的跨国结构应该以理解资源民族共同的愿望——公平的社会、民主的政治、独立的国家、受尊重的文化、基本上充裕的生活——作为市场调查和经营目标中的一个重要部门。”艾森斯坦雄辩地写道：“今天的国际性资本，应该提高而不是降低当地人民的生活，促进而不是阻碍当地政治的民主化；应该尊重而不是干涉当地的政治、经济、文化等各方面的生活；应该高举而不是压抑资源国家工人的人格、权利……从而获致企业的成长。”而且，据艾森斯坦先生说：只有这样的角色转换，即从压迫者、掠夺者变成朋友、协助者，才能调动资源国家中一切积极的条件，博得资源国家政治、文化、员工的忠诚、谅解、友谊和勤奋的工作，使国际性企业，重新获致富于生命和创意的远景。“五十年代的美国式的理想——American Dream，在完成它创造一时代的繁荣之后，逐渐褪色。”艾森斯坦先生继续写道：“今天，麦迪逊将创造一个全新的意象（vision），并且在它的光芒下，彻底改造跨国资本的经营体制。一切人的幸福！一切人的自由！一切人的正义！这已不是少数政治的激进主义者们所专有的口号。建立在世界和人类的自由之上的跨国企业，使跨国企业获致从未有过的自由！”

对于在台湾接受比较平面的教育而长大的张维杰，艾森斯坦先生的讲义中许许多多的观念，全是他前此从未曾有过的。整整花了将近两个月的时间，张维杰惊异地，一点一滴地认识到美国公司的罪恶，同时又一点一滴地建立起艾森斯坦先生新的、开明的“跨国性的自由论”。张维杰仿佛重新体验了一场生与死，以至对于生命有了一个全新的认识一样，对艾森斯坦先生建立了无法取代的尊敬和忠诚。

“艾森斯坦先生，我学到太多了，真的非常谢谢你。”

在讲义接近了尾声时，他由衷地说。

艾森斯坦把背靠在他的高高的皮椅背上，把一双长脚高高地搁在他巨大的办公桌上，微笑地点起一支烟。

“这两个月里，我知道我又挑对了人。”艾森斯坦先生笑着说。

在韩国、在土耳其、在菲律宾、在泰国，艾森斯坦先生所到之处，总是在各该国的麦迪逊公司，找到一个人，然后以这个人为酵母、为杠杆的支点，“使整个古老的结构开始发酵、使沉重的老制度松动起来，”艾森斯坦先生说，“虽然我过去负责的是技术部门，但过去的这些成绩，已足够引起董事会的注意。台湾地区麦迪逊的成功，将会把我送回康州总公司，主持全球麦迪逊的构造改革。那时候，你和其他一些我拣选、试炼过的人，将是我复兴美国理想于全球的骨干！”

过了圣诞节，艾森斯坦先生对他下达了第一项行动的命令：重组工会。

“来台湾之前，我已经读过一些一般的和这个公司的工会资料。”艾森斯坦先生说，“品管经理杨和物料课经理王都是工会的领导人。女工占全生产部门总人数的五分之四，却没有一个女工被推选为工会的干部。这些都不对。”艾森斯坦先生笑了起来，“大同小异呀！他们在韩国、菲律宾的情况，在某些方面，甚至更坏！”艾森斯坦先生不要一个橡皮图章似的工会。“那样的工会，对公司是方便得多：言听计从的。”艾森斯坦先生说，“可是，这种工会的代价，是怨恨、不忠、生产效率低下。”

过完元宵，公司配给他一部1600C. C.、福特“跑天下”的车，供他三天两头跑中坜，便是在那个时候。工作怎么进行？艾森斯坦先生没有答案给他。“你自己想办法，”艾森斯坦笑着说，“那是你自己的问题。有了问题，再来找我！”

他决心全力以赴。首先，他读《工会法》。其次，他到厂里去找人了解。就在那时候，他找到敏子和赵公子、素菊她们。

小文的《二哥》，在这样的日子里转到台北，送到他的桌子上来的。

——那时候，写一封热心鼓励的信的心情——一个乡村的小学老师的心情，早已萎缩了吧。代之而起的，是一股子自以为非常重要的工作责任。

他兀自想着，苦涩地、孤单地笑了起来。

——而终于忘了，在读过《二哥》之后，忘了写一封信给她，也毋宁该是一种必然的结果吧。

他无声地，对着自己说。

4　第一只蝴蝶

五月六日

四月三十日刚好是星期天，所以廿九日加完小夜班，就搭游览车回家。回到家，已经是凌晨两点了。出来应门的，不料竟是大嫂。原来，大哥住的那一厢，已经准备要拆，所以大哥大嫂全住到爸妈这一厢来。

“我听见小黑叫个不停，猜着是你了。晚饭的时候，我们正说也许你晚上就赶到。”

大嫂笑着说。

上次回家才一个胳臂长的小黑，如今竟长得又高又壮。刚才对我猛吠不停的小黑，现在却也不断地对我猛摇着卷起的尾巴。它的眉目间，发散着一股聪明、敏捷的样子，讨人喜爱。

老爸爸和妈妈跟着也起来了。妈妈的脸，笑出好几道新的皱纹。老爸爸只在我叫他的时候，若无其事地“嗯”了一声，摸起一包压扁的烟，递了一支给大哥。两个生性不爱讲话的父子,便在一旁默默地抽烟,听着我和大嫂、妈妈讲城里、家里的和邻近的事。

第二天,大嫂一大早托人去请半天假,在家陪我。最近半个月，邻近的石盘厝那儿在盖房子，她就在工地里打零工。大嫂只长我几个月，是石盘厝那边詹家的长女。虽说她只小学毕业，人情世事，知道得比我多得多，使我很敬重她。什么时候，才能有大嫂那种从生活和勤劳而来的智慧呢?

小侄儿又长大了许多。大哥、大嫂的头发都不鬈曲,就不知道这“小棒棒儿”(老爸爸给取的小名),怎地长了一头自然曲鬈的头发。小棒棒儿的眼睛不算顶大,可是眼珠子却又黑、又大。抱在大嫂的怀里,眼睛却碌碌地望着我，然后出人意外地，张开还不长牙的嘴，笑了起来。

吃过早饭，我和大嫂沿着圳沟散步。小黑跟在我们的前后奔跑。整天也没人拴着它，就不知道为什么它会那么兴高采烈。我和大嫂轮流抱着小棒棒儿，捡着有竹荫的路走。五月初的天，明亮、透明，照着两边的蔗田里随着风舞动着的蔗叶。每次回到家，看着这些，就不想要回到工厂去。或者，至少也希望能多几天假，待在家里。

小黑忽然在几步子远的前头，对着圳沟，又跳又吠。不经意间，发现圳沟里漂着几片银白色的鱼的尸体。其中有一条约有四指宽的，漂浮了一阵，又奋力地挣扎，在一小片水波中，潜入水中，然后又翻着苍白的肚皮，无助地浮了上来。小黑便是对着这苦痛地挣扎的一条，汪汪地吠着。

“一定是哪一个夭寿的，毒了鱼，又不捡干净。”大嫂说。

午后，大哥骑着机车回来。一进门，就说下嵌溪的下游，漂起了几百上千的死鱼。好些都被蛇笼截住，飘散着腥臭。

“这半年，上游两边盖了不少工厂。人都说工厂流出来毒水毒死的。”大哥说。

我想起了上午在圳沟里的死鱼。这里每条大大小小的圳沟，全是分的下嵌溪的水。我仿佛看见几百、上千的死鱼，翻着苍白的肚皮，漂浮在水面上，忽然地想到，中坜那么多工厂，流出去的水，都到哪里了？然而，也从来没听说过中坜附近的哪一条溪水，一下浮起那么多的死鱼。

“几年来，我总以为下嵌溪早已经没了鱼了……”大哥说道。

使得隐秘地、友爱地、安静地生活在下嵌溪中的那么多的鱼，一下子窒息死去的人类，多么令人讨厌！

五月十一日

中午回到宿舍要拿胃散给赵公子，在我的桌上放着一封没有贴邮票的信。打开来，是一封没有署名的男子的信。他说我的《二哥》写得很好，他很钦佩。他还说想要和我做一个朋友，“不知道你肯不肯答应？”此外，他还写了大概是去抄来的一些很不应该说的话。

我想过把信带在身上、放在抽屉、藏在衣柜……都觉得不好，终于把信撕碎，丢到秽纸桶里去。不过我还是十分骇怕。是谁呢？一定是工厂里的不知哪一个男工人。但是到底是谁呢？还有，是谁把信放在我的桌上？女工宿舍，男工是绝不可以进来的。也许是他托了谁带来的。同房的安庆、敏子、绍玉都不会。赵公子更不会。为了猜测这些，我在空空的宿舍里，觉得好像什么地方有两只眼睛在盯住我似的，怕得想哭出来，两脚都软了。最后我终于拚着命跑出房间，看见宿监奥巴桑在倒开水，才安心地走出宿舍。

到底他是谁呢？虽然信没有给我什么特别的恶

感，却觉得他是一个不正经的人。整个下午，线上的工作一松，我就在猜着那个写信的人。

五月十三日

上午十时许，会客室通知有客人接见。看接见单子，知道是松岗来的陈伯伯。这真是意外。我高兴地跑到会客室。

"丫头——"

陈伯伯用沙哑，带着浓重安徽口音叫我。我的脸红了起来，但不觉得困窘。我看着陈伯伯又白了三分的平头，健壮的身体，说：

"你怎么寻来的，陈伯伯！"

陈伯伯呵呵地笑。从小，我就记得他那宽宽的黑脸，说两句话，就咧着大嘴巴笑。"笑什么呀，陈伯，没笑过呀！"小时候，仗着他的宠，常常放肆地这样子骂他。

"怎么寻来的？小时候，跟别家小孩玩丢了，还不是陈伯寻来找到的。"

他又呵呵、呵呵地笑。他说的，是我已全不记得，偏他又百说不厌的小时的事。他说我的地方，是杨伯伯告诉他的。杨伯伯是老爸爸的旧日袍泽，二十多年前一块儿从空军退下来。陈伯伯是杨伯伯的朋友，也是退伍的老士官。后来反倒是陈伯伯和老爸爸走得最近，陈伯伯刚下来，住过我们家一段时间。直到三四年前，他在埔里上去松岗那儿租了地，种夏季蔬菜，人变得黑了，身体却结实了。

陈伯伯仔仔细细地问他的老友——我的老爸爸——和家中的近况。

“他就是爱种地，丫头。这年头，平地上种那几分地，能赚什么？”陈伯说，“可是他只是爱种地，赚呀，赔呀，他全不在意。你知道为什么？”

“不知道。”

“他常跟我说，种地，就像回了家一样。他常爱夸，他十来岁就下田。附近一样佃农家的小伙子，没有一个做活做得过他。”

陈伯伯说着，就沉默起来。

“山上好吗？”我问。

他别着嘴笑。

“好。好，做什么用？我这把年纪，不像你老爸爸，有个家，有个宝贝丫头。我图个什么？”

他又呵呵、呵呵地笑起来。这十多年来，妈看他把一点钱借这个同乡做生意，调那个朋友成亲，自己缺用，别人两千、三千地还，生气地说：“人家现在家也有了，生意也有了底子，就你还一个人，什么也没有。”爸妈每年三番几次催他成家，他总要摇头："自己的媳妇，成亲也不到一年，把人家一个人撂在那儿，走了……”他说到这，妈妈就不说话了。背地里，妈老是跟爸爸说："老陈这个人，情意很重。”爸只是叹息："老陈外面看是整天呵呵哈哈的人。其实呀，他的心，比玉米穗子还细……”

陈伯伯带了小包、大包的瓜子、酸梅、蜜饯、花生、牛肉干。临走，还要塞钱给我。我怎么推辞，他都不肯。他看我收下了，便飞快地走出会客室，笑开他宽宽的黑脸，朝我摆了摆手，孤独地走出大门。

五月十六日

最近我觉得我有一点骄傲了。我时常把自己读着的书乱摆在桌子上，仿佛要别人知道我与众不同，是一个平时爱读书的人。我想这样别人会讨厌我吧，以后一定要改正。

今天大哥帮我寄来一本《汪洋中的一条船》。

五月十七日

今天下午上工不久，总务处在广播中找了我去。

“领稿费——要自己请客，还是我先扣起来买糖大家吃？”

出纳的周小姐说。

“也请客、也扣钱好了。”我笑着说。

周小姐把装着四百二十元的纸袋给了我。我说了“谢谢”，转身要走的时候，总务主任室吴主任叫住我。

“领稿费呀？”吴主任问。

“是。”

我说着，又不争气地脸红了。

“你很有才华。”吴主任说，“工作之余，多用心一点，别的事，不要去管。”

“是。”

“他们谈工会的事，有没有找你？”

“没有。”

“哦，为什么？”

“我不知道。其实，像工会那么难的事，找我，我也不懂。”

吴主任笑了起来。

“我们好好工作，有兴趣就练习写文章，别的闲事不要管。”

我拿着稿费回来。对于吴主任的话，我懂，也不懂。一直到现在，心里还是觉得有一点奇怪。

这个世界上，我不懂得的事还太多了。

五月二十日

今天收到陈秀丽的信，说她早已收到了我的信，也说她读我的信很感动，甚至于哭了。

最重要的是，她说下个礼拜天，她要带那位李先生来中坜，希望能见到我。

中午，赵公子和鱿鱼吵架。鱿鱼在她那一组。赵公子是小组长。赵公子说鱿鱼最近老是心神恍惚，使线上装配的错误率增加很多。赵公子千方百计找理由掮，不让班长把错误归到鱿鱼身上。鱿鱼回说，她不是故意的。

“故意？他 × 的，还容许你故意呀？”赵公子火暴脾气，扯着嗓门儿大声叫了起来，“你知不知道为你背了多少黑锅！”

这回，鱿鱼出乎意外地说：

“赵公子，我对不起，我最近身体不大好。”

说着说着的鱿鱼，就低着头，流起眼泪。

鱿鱼一向是有理、没理，都要抬到底的人。听着鱿鱼这么说，赵公子错愕住了。她抓抓头皮，低着头走了过去，拍了拍鱿鱼的肩膀。

“不是啦，我也是为你想，”赵公子说，“我想掩盖，也掩盖不久，终究你吃亏。”

鱿鱼不说话，只摇头。

在一边看着的我，不知怎样地，也偷偷地流泪了。

五月二十六日

今天张经理来厂开会。一整个早晨，大会议室都关着门。被派去侍候茶水的素兰，只在送水的进出中，听到一点点。“他们在谈工会的事。张经理说，工会要代表工人的利益，才能团结工人。张经理说，目前，公司福利、环境，都在台湾一般水平以上，公司不应有什么顾虑。”素兰说。

“厂长怎么说？”敏子问。

“我不知道。”素兰说，“反正是，厂长、吴主任，似乎问题很多。什么这个不妥当，那个要是什么什么，怎么办。只张经理在那儿苦口婆心。”

“机房、仓库、维护组的男工，没有一个热心要组织一个自己的工会的。”赵公子说，“有好些老工会的人，和同他们一伙的人，还笑骂我们。× 你娘，做查埔人那么无用。我骂他们。”

在一旁静静地听着的何大姊问：

“有没有去找运输组的阿钦、阿祥？”

“找过了。”敏子忙着说，大伙慢慢地围住了何大姊。

“他们怎么说？”何大姊问。

“他们说，事情不简单，叫我们再看看，压力很大。”

“哦哦。”何大姊沉思地说。

上工的铃声响了起来。都准备加夜班去了。

五月二十八日

今天是礼拜日，我在早晨九时就跑到中坜市，和陈秀丽约好的坜宫芋冰城，冰果室却尚未开门。我只好在中正路、文化路那一带逛，到坜文书局买了五本：杨青矗的《工厂女儿圈》、黄春明的《鱼》和《锣》，芝兰的《智能的语言》和茱萸的《给少女的二十四封信》。

九点四十分回到芋冰城，门开了，秀丽他们却还没来。我在那儿一个人看报纸副刊。一直到十时过一点，他们才来。

他的个子不高，头发很长。他的眼睛显得有些浮肿，像是常常不曾睡好的样子。独独他的嘴，轮廓很明白，看起来像是由于他长着那样的嘴唇，所以很会说笑，常常说些令我实在忍不住要笑的话。

他抽烟抽得很多，而且看得出他的心思常常忽然不在这个冰果室里了。坐在我的对面的他们，时常由他若无其事地对她做亲昵的动作。秀丽只是温顺地低着头，仿佛说："你看，他就是这样，我真没办法。"

秀丽提议一道去看早场电影，我正要不加思索地说好的时候，他也说：

"去吧，就一起去吧。"

他的明显的不热心，一下子使我脸红起来。

"不，对不起，最近不知怎的，一进电影院，我就会头痛。"我说。

"哦，这样吗？"秀丽担心地问，"怎么会这样的呢？"

"怎么会这样啊。"他说。

"真是对不起。"我笑着说。

就这样地和他们分了手。秀丽用眼睛看着我，仿佛又在说："你看，他就是这样，我真没办法。"

那天中午，我找到一家粽子担，吃了两个大粽子、一碗肉羹，吃得饱饱的，才回到工厂。

宿舍里出去玩的人都还没回来。

不知怎样的，我觉得他不是一个可靠的人。也不知怎样的，直觉地觉得，秀丽要是跟了他，也许要吃苦吧。

整个下午，想起来就为秀丽难受。

六月一日

利用上午休息的时间，跑回宿舍换 ×× 棉，在走廊上听见呻吟的声音，一探头，看见鱿鱼躺在床上。

鱿鱼的脸灰白，满头、满脸都是汗，头发、枕头全是湿的。我惊慌地叫："鱿鱼！游碧玉！"她还是紧闭着眼睛。我觉得脚底湿滑，低头一看，是她吐出来的饭水。地上掉了一封信，信封上写着"父母亲大人，不孝女碧玉"。

——自杀呀！

这样想着，人整个都僵硬起来。我咬着牙，飞快地跑到焊烙组找何大姊。

"不要声张，我马上就去宿舍，"何大姊没停下手上的工作，"你去卫生室叫阿郑来。"

我和阿郑到了宿舍，看见何大姊打了一杯生蛋，用铁汤匙往鱿鱼的嘴灌。

"阿郑，你打个电话到守卫室，说她有急病，放行送医，等我们走了，再跟经理讲。这件事不可以声张。"何大姊头都不抬地说，"鱿鱼吃了亏。有了孩子，对方不认账。小文收着这封信。"

在中坜市上的古内科，整整折腾了三个小时，鱿鱼才醒来。她张开眼睛，看看何大姊，看看我，看看灰暗的病房，然后把头偏过去，向着窗外，涟涟地流泪。

“小文你没事就回去。”何大姊说，“这儿的事，对谁也不能提。”

我看见何大姊的脸上，头一次展开了笑容。她的脸粗糙，却有一口整洁的白牙齿。

“鱿鱼怎么了？”

赵公子和许多人在问。

“没怎么。”我若无其事地说，“没什么，上吐下泻而已。”

她们笑了起来。

“看她平日多嘴馋，活该。”素菊说。

鱿鱼确实是个没有人缘的人。她用一种傲慢、冷漠与人隔绝。然而我很知道她一直都有一颗渴望着友情、爱和关怀的，很寂寞的心。

她该怎么办？这种事，我偶然也听说过，在报纸上读到过，却不料让我碰到活生生的真人真事。

她该怎么办啊。我实在为她忧虑。

六月二日

鱿鱼住到何大姊家。

何大姊住在兴安路。晚上和赵公子去看过。这是我第一次上何大姊家。二十坪左右的老公寓。月租二千元。何大姊有一个上小学三年级的男孩，对动物有极端的喜好。房子里有他饲养的一只兔子、三条金鱼，一对不住地在鸟笼里飞扑着的“乌嘴笔仔”。家里没有男主人——在两年前因车祸丧生。

何大姊和赵公子、鱿鱼商议，决定替鱿鱼请十天假。

“孩子要不要？”

何大姊把头凑近躺着的鱿鱼问。

“要他干什么！”

赵公子生气似的说。何大姊抬起她的脸，对赵公子摇摇头：“不能这样说。你没有做过母亲，你不知道。这一定要问她自己。”何大姊又说：

“要生，就要下决心把孩子带大、带好。这不难。我们做工人，只要你肯做，两条胳臂照样带出好子孙。”

鱿鱼拉着何大姊的手，沉思着。然后她忽然放声哭了。她舍不得孩子，却不要孩子。何大姊轻轻地拍着鱿鱼的肩，一边为她拭去眼泪。

“没有准备好，就不要生，也是对的。”

何大姊喃喃地说。我却躲在一边跟着鱿鱼掉眼泪。这没出息的眼泪。真气人！

六月五日

小夜班下班，走出工厂，外面是晴朗的夜空，满天都是细细的星。快走到宿舍，忽而看见有颗流星拖着亮蓝色的尾巴，消失在水塔那一边的天空。

小时候，在竹丛下的古井边乘凉，每次看见流星总要对一边燃烧着、一边流逝的星星，不知为了什么地合十，惹得母亲爱笑。

今夜，我已离开家乡的古井和竹丛好远了。当时拿着竹篾扇子，躺在冰凉的椅条上的我，如今却要工作到午夜，带着疲乏不堪的身体，走出厂房，才看见那向着自己的终点疾驰的星火。

啊，多么叫人怀念的故乡。多么叫人怀念的童年的那一颗流星……

六月十一日

今天鱿鱼提早来上班销假。晚上，她把东西搬出宿舍，住到何大姊家。

最稀奇的是公司突然宣布要发一笔奖金。

中午，在餐厅里，原有工会的理事长萧振坤，站在厂长的旁边，笑嘻嘻地说，有些人认为工会几年来没作为，其实是一种误会。“一方面，我们是美国公司，环境、福利，可以说是‘一等一’的。薪资大体上也不错，”萧振坤说，“工会可以做的，不太多。”说着，他自己却先笑了起来。他说，工会这次为大家争取一笔奖金，酬谢大家长时间对公司的忠诚和贡献。张清海、李贵他们带头鼓掌。鼓掌的人确实很多。有钱领，谁不高兴？

六月十五日

今天是星期六。一大早，各班交代各组收图章，到总务组去领奖金，并且宣布下午停止加班。整个早上，就像在度假一样，工作照常，可是空气中弥漫着一层喜悦。

奖金在装配线上，装配员二千五，组长三千，班长三千五。中午在饭厅里，看见工会贴了几张海报。这倒是新鲜。海报上说“协商、团结，努力生产”“提高警觉、保密防谍”“信赖工会的领导，服从公司纪律”。另外有一张海报，征求同人对公司福利的意见。如果人数够，工会将建议公司开插花班，组织乒乓球队、土风舞社，等等。

吃过饭，我利用饭厅的冷气在那儿写一封信给大哥，写好信到福利社门口的邮筒投递的时候，碰见鱿鱼。

“看见赵公子没？”她说。

"没，"我说，"找她呀？"

"何大姊找。她们都在你房间。"鱿鱼说，"我买点儿东西。"

房间里果然是敏子、素菊、何大姊，还有品管部的刘苑里，和办公室的赵淑华。

大家在讨论工厂最近的一些变化。

一个多月来，素菊、敏子、赵公子受到过直接、间接的警告。"闲事莫要管那么多，他讲：张经理，凭他一个人，就能呼风唤雨？到时候说不定连他自己也不保，何况你们？他讲的。"敏子说。她指的是锅炉房的李贵。"上回张经理来，说他在台北压力也很大，宋老板一伙人暗中反对他。"素菊说，"这几天，我常听见李贵那没出息的人冷言冷语，我看厂长、吴主任，全不赞成我们搞新工会。"

这时鱿鱼和赵公子进来了。鱿鱼抱了一包糖果，摆在小脸盆里，放在大家围成的圈子的中心。

"奖金我不想领，"赵公子说，"这明明是公司花钱给萧仔振坤做面皮，× 伊娘。"

"钱他要发，我们就拿。"一直沉默着的何大姊开口了，"不过你的下半句话说对了。公司花钱支持老工会。为什么？他们怕另外搞出个工会，没有萧仔振坤、李仔贵那么听话。"

“何大姊！”赵公子说。

何大姊抬头望着窗外，好似在细想着什么。这时鱿鱼抱了六七只洗好的杯子。“我在烧点水泡茶。”鱿鱼说。“不好意思，真歹势。”素菊腼腆地说，“你坐下来，我去烧水。”“不，你们谈，我去。”我说。

“烧水烧好了你就来，”何大姊笑着对鱿鱼说，“小文你坐过来。”

何大姊原坐在我的床上，她移动一下位子，拍着空下来的地方，看着我说。我不知不觉地走过去坐在她身边。

“我做女孩的时候，就出来做工，头尾也做了十七八年了，工会的事，我看过、搞过，也不知几回了。”何大姊说，“吃亏、受骗，更不知几回。因此，张经理找你们谈，我打定主意不信。他们办事的要吃我们做工的，花样多、办法巧，嘿，你想都想不到。你不信他、不理他，就一定没事。”

大家沉默地听着，一边剥糖吃。

“这是我的经验。不过，这一回我看糊涂了。一直看到今天，我想：就相信一次吧。经验我是有一点。可是，我们要有一个会写字、做文章的人做书记。”何大姊扳着我的肩膀，拍了拍，说道：“请我们小文帮忙，怎样？”

全室的人都在鼓掌。我看着何大姊那方方的脸，点了点头。说也奇怪，好像忘了似的，这一回，我没有脸红。

但是，在写日记的现在，我却骇怕了。对工会的事，我什么也不懂，怎么负起这责任呢？虽然何大姊一再说，“遛几回，就会了。工会，是使公司变得大家相处得更合理、更温暖的工作。只要你有热心帮忙的心肠，就可以了。”我还是很怕有负大家的期望。

想使公司变得大家相处更温暖、更合理的何大姊她们，想起来真令人尊敬。

六月二十日

昨天传说吴主任要辞职，今天果然不见吴主任了。“被总经理免职啦，”同房的安庆说。“为什么？”赵公子问。安庆说不知道。敏子一溜烟跑出卧室。过了一会，敏子回来。

“拚上了！”敏子小声说，“总经理说吴主任用公司的钱打击工人的工会活动。钱没事先批准，又企图用别的名义瞒过去报销。”

“奖金会不会收回去？”绍玉说，“真没意思。”

厂长下班时脸色凝重。萧振坤那一伙人忙着拆除餐厅里的海报。

这几天，我每天晚上都要到何大姊那儿办事。从何大姊的口里，才知道好多“为了使公司里的生活更合理、更温暖”的人们，遭受许多苦难。以调职的方式被迫自动辞职，利用自私心较重的工人去破坏，阻挠工会的正常工作。“有一位在成衣厂做的朋友，为了组织工会，立刻被辞职。”何大姊平淡地说，“我的朋友并不屈服，一状告到县政府，公司让她复工，一个月以后，因不堪种种精神上的凌辱，只能自动请辞。”

我终于也知道，法律一般的是保护工人的。只是那些自私而有钱有力的人，百般阻挠我们工人去享受法定的、应有的自由而已。因此，我就觉得不能不努力用功。何大姊借了我一本《六法全书》，我必须把“劳工法”看熟了。

“有总经理主持公道，这次你们应该再不会吃亏了。”

何大姊虽然这么安慰我们，我还是觉得紧张。萧振坤那一伙人是不会轻易罢手吧。

六月二十五日

这几天，工会的筹备工作显得比较顺利。吴主任免了职，厂长终日躲在他的冷气办公室，萧振坤那一班人也藏头露尾地。更多的女工敢公然在生产线上谈工会的事了。这几天以前还以“我没兴趣”“我不懂事”来推辞加入新工会的要求的人，现在都说：“参加了也好。”赵公子、素菊她们也很卖力。每天回到卧室就是谈工会。我在麦迪逊快四年，一向过得开朗，可没见过什么时候，生活这么有意义。

陈秀丽来信。说她的他“为了在外地节省开支，要求先一起生活”。而不料住到一起了，他却失去了工作。她信上说：“现在我也必须辞掉工作，因为他说我到餐厅去做服务生,收入会好一点。”可怜的秀丽。

她的信使我想到鱿鱼。但鱿鱼完全变成另一个人了。住在何大姊家的鱿鱼，成了何大姊的好帮手。帮着照顾孩子，整理起居，使何大姊把整个心思放在工会上。

六月二十九日

今天张经理来了。他看起来消瘦了许多。

何大姊、敏子、赵公子、素菊、鱿鱼、绍玉和我，在物料课会议室开会。

张经理看见了我，笑着跟我点头。

“工会成立以后,《麦台月报》要辟专页记载会务和动态，就由你来编写。”

张经理说。接着他大略地谈了一下台北的情形。“台北的压力也很大，”他疲倦地说，“我和你们大多数人一样，对工会一窍不通。但是我越是做，就越是觉得这是值得花费心血的工作。”

接着他说他看见我们这几个人，在何大姊的领导下，工作有了很大进步。他说总经理对这个工会期待很大，因为这是实现他自己的理论和理想的重大情事。“美国实在是个伟大而进步的国家。”张经理说，“这两个多月，我深深地感到，我们中国的管理者，在观念上落后了很多。”

何大姊在报告工会筹备工作之前，说了这样一句话：“工会不能靠一两个特殊的英雄来做，那是不可能的。何况我也是个普通工人而已。工会要成功，要靠工人有自觉、有觉醒，要靠工人相互间的团结。以前我从来不梦想公司会帮忙。今天我看到公司的确有诚意，我们都很感动。今后工会不只要为工人福利着想，也要为这样子有诚意的公司着想，使我们工厂成为一个很温暖的家庭。”

张经理问到男工人方面有没有代表。何大姊说：

“男工薪资远比女工好些。再说，他们人少，容易控制。有几个人等工会正式成立，才要出头参加。”

何大姊说的人是运输部的阿钦和阿祥。阿钦是个小个子，不爱说话的司机，是何大姊过去一个工人姊妹的丈夫，也是一块儿搞工会，弄得“颠沛失所”，到处换工厂做的人，同何大姊，简直是一兄一妹。

张经理把目前女工方面的普遍要求，仔细笔记起来。“工会一成立，我们先解决这些问题。”他说。

会上决定尽快申请成立新工会，选举工会骨干。时间，暂时预定在七月中旬之前。

七月三日

这半个月以来，我改变了很多。

我知道了在芸芸众多的工人间，有何大姊和阿钦这样，以木讷的正直和并不喧嚷的正义心及勇气，自己吃亏、受辱，却永远勤勉而积极地生活着的人。

我越是认识到他们，越觉得自己过去是多么无知、多么虚荣，也多么肤浅。

我虽然自以为不是一个骄傲的人；但比起他们，我真觉得羞愧。自以为会写一点文章，多认识了几个字，稍微喜欢读一点书，就不知不觉地自以为比别的工人同事高明。想来也真惭愧。

坚决相信人应该互相友好、诚实地生活，吃了许多苦头而不后悔的何大姊她们，是多么地了不起。我幸而偶然间认识了这些少见的人，并且和她们共同工作，使我改变了我的人生。为他人而生活的人，才是真正为着自己而生活的人吧。

清晨，在工厂水池边的花圃上，看到今年夏天的第一只蝴蝶。荧光蓝色的底子，墨黑的纹路，像一朵飞舞着的花朵，在花间，在池边穿梭。当心中充满着认真生活的决心，自然所带来的喜悦，也变成了那么教人欣悦的鼓舞。

5　蝉声

他犹记得：在那一次会议中，何春燕提出了几个问题：

一、麦迪逊的工资制度，只有女工的工资是公开的，而且是最低的。公开，因为公司征求“女作业员”的小广告上就说得很清楚。最低，是因为公司认为女工的薪资，一般不必养家活口，是一个家庭的补充性收入。另一方面，女工们也以为到了及婚年龄，终须一嫁，结束工人生活，因此很少积极争取较合理的工资。

二、公司固然有退休制度，但现行制度以服务二十年以上，年满五十五岁的人为对象。女工十四岁出来工作，在一个厂一待二十年的，并不少。她们贡献了整个青春时代的体力和脑力，温顺、勤勉地工作，却永远得不到退休金。

三、公司依据市场的情况，随意增减女工。景气好、市场畅旺，就大量汲取女工。一旦市场迟钝，公司就不愿意负担多出来的女工，于是就找些鸡毛蒜皮的小事，逼人辞职。驯服的女工，经常没有工作上和生活上的保障。

张维杰把这些意见写成一份报告，在第三天早上，送到艾森斯坦先生的办公室。

艾森斯坦先生静静地看完报告，说：

“很好，Victor，你的工作，似乎直到现在才有一个比较清楚的眉目。”

“但愿如此。”张维杰说。

“现在，你先看这个。”

艾森斯坦先生说着，随手从桌子上找到他的顶头上司麦伯里（Round D. Mayburry）先生——麦迪逊远东区部的总裁——寄来的信。

信上说，关于中坜工厂吴主任免职的事，照准。但艾森斯坦先生拟议的厂长的免职，不予考虑。“在我看来，你的一切报告，均未显示我们在台湾的工厂确因缺乏社会正义而表现出急迫的不安。工会的改革，并没有获得意想中工人方面热烈的支持。”麦伯里先生写道，“我不以为在没有明白而普遍的不安与不满的情况中，推翻目前的秩序——这秩序，特别从‘跨国性自由’的价值加以衡量时，无疑是落后、愚蠢，甚至是残酷的——对于企业结构，将带来重大的损失……”

而尤关重要的是，麦伯里总裁花了三个段落，简单地叙述了宋老板与总公司位高权重的董事长派特内（V.D. Partney）的私人关系。一九三〇年代，流落在中国上海的年轻的派特内受到当时盛丰洋行的小开宋弼的资助，开起船公司。大陆变色，派特内以中国式的江湖义气，带着宋弼一家回美国。后来，宋弼住不惯美国，派特内便用过去船运界的关系，把宋先生安插在一家英国货轮在台北的办事处。嗣后，当时在美国麦迪逊远东部任中级干部的派特内，因为在朝鲜战争期间成功地开展了麦迪逊在日本、菲律宾和泰国的事业，被步步擢升。六〇年代末期，当麦迪逊来台投资，还能记得大半上海话的老派特内到台湾来找到宋先生，由宋先生出面，以合作投资的名义，顺利地设立了台湾麦迪逊仪器公司。“亲爱的艾迪，”麦伯里写道，“我应该早告诉你——在你赴台履任之前，充分地告诉你这些。如果你要整厂长，意味着你和宋之间的决裂。这个道理，在西方也许不易理解，但，在那奇怪的东方，你知道，这却是少数极明显的，活生生的道理之一！”

“可是，麦伯里先生是西方人啊……”

张维杰说着，把信还给了艾森斯坦先生。

艾森斯坦先生无可如何地笑了起来。

“你不认识麦伯里，Victor。他惯常对我们说：东方像是个深情而又保守的寡妇。各位先生，只要你懂得讨她的欢心，她会献出她的一切——但是即使在最轻狂的时刻，也要顾到她的面子，以及一切东方人的禁忌。”艾森斯坦先生学着用沙哑的声音说，“这就是那个年老、却精力充沛的老麦伯里，Victor。而他就用他的这种深得东方神髓的哲学，在几年内扩张了麦迪逊在东亚的地图。”

张维杰笑了起来。他曾在某一瞬之间，隐约地感觉到不知在什么地方让人羞辱了一下。但那也只不过是一瞬间的感觉罢了。他坐在艾森斯坦极为宽敞、豪华的办公室中，让这年轻、英伟而经纶满腹的上司当作贴心的人，听他倾诉。

“整个远东区的高层管理部，长年来暗地里流传着一个笑话，Victor，”艾森斯坦先生说着，一边轻轻地抚弄自己鬈曲在鼻端和单薄的上唇之间的胡髭，说，“他们说，老麦伯里当年沦落上海，便曾为一个‘深情而保守的寡妇’收留过。”

艾森斯坦先生于是拍着桌子，哗哗、哗哗地笑了起来。

“可是，艾森斯坦先生，”张维杰说，“如果他授权让你在台湾地区开展‘跨国的自由’这个新的管理哲学……”

年轻的艾森斯坦先生沉默地注视着窗外。窗外，是灰蓝色的初夏的天空，在左边，远远地矗立着美国加州联合银行的看板，正中是泰国航空公司的广告牌。从这华盛顿大楼的第十楼，透过双层铝窗紧紧锁住的办公室望出去，甚至杂沓的车声，也显得异常地遥远了。只留下几座大楼，孤单的身影，在污浊的夏的天空中，死一般安静地站立着。

“企业，只懂得成长，只懂得扩张，Victor，”艾森斯坦先生缓缓地说，“企业唯一缺少的东西，就是心肝。”

艾森斯坦按了按桌角上的铃子，他的秘书周小姐开了办公室的门，倚在门边。

“Yes, sir？”

“请你给我一杯咖啡，sweet，”艾森斯坦先生说。然后他转向张维杰：“我想 Victor 也需要一杯。”

“谢谢。”张维杰说。

艾森斯坦先生从抽屉摸出一包烟，抽着。他说：

“问题不在于麦伯里和宋的友情。问题在于：我能不能成功地改造台湾麦迪逊的体制，使它更有活力——更有生产性。”他呼着灰色的烟，把烟灰弹进一只菲律宾乌木做成的烟灰碟，说：“在韩国、泰国、菲律宾、印尼，我碰到过多少类似宋这样的人。他们不愿意改变。但在最后，他们不得不顺服。每次看到这些东方的、年长的权威，终于不得不放弃他们最后的骄傲，Victor，我感到企业的巨大、不可抵制的力量。”

艾森斯坦先生惋惜似的、轻轻地摇着头。这时，在艾森斯坦先生那巨大的桌子旁边的电话呜、呜地响了。

“Yep，”艾森斯坦先生用他细白而巨大的手，一把抓起那奶油色的电话。

那是宋老板的电话。艾森斯坦先生对着电话说：“我和 Victor 谈一点事，再五分钟就结束了，噢，也许我到你的办公室。”

周小姐用日本漆盘端进两杯咖啡。从她把杯子端到艾森斯坦先生的桌子上，一直到她佻佻达达地走出办公室，艾森斯坦先生毫不掩饰地、安静地注视着她轻微地随着步伐跳动着的、她的浑圆的乳房。然后他无言地、恶戏地向张维杰眨眨眼。

“总之，你的报告来得正是时候。”艾森斯坦先生端起咖啡，细心地喝了两口。“你必须再工作一些时候，我就要以正式的文件，用公司最高的权力，支持新工会的产生。”

张维杰留下大半杯没喝完的咖啡，离开了艾森斯坦的办公室。一出门口，他碰见了就要走进自己办公室的宋老板。

“宋老板。”他说，微微地点了点头。

宋老板微笑着，回礼似的点了头，就走了进去。

坐在自己小小的办公室里，他想起了艾森斯坦先生的话。

“……他们不愿意改变，但在最后不得不顺服……”

然而，宋老板似乎不是那么容易“顺服”的人。这一个月来，中坜工厂管理部门对新工会的抵抗，骤然加强了起来。何春燕的工会活动受到警告，说她在上班时间擅离职守，并且到其他部门扰乱工作秩序。小文、素菊都受到领班的刁难。赵公子有一次问他：“到底洋总经理当不当家？”老工会的活动也在稳定地增强。除了发放福利金，老工会的干部，据说也开始笑脸迎人。

"张先生，你得当心着点儿，"收发的老赵有一次在仅有张维杰同乘的电梯里说，"我在这儿待久了，看的也多。这儿有一伙人，全跟宋老板是一路的。"

老赵一头白发，在大办公室靠门的地方摆一张小桌子，上午、下午两趟上邮局取信、发信。平时没事，安安静静地在他的桌子上临帖写字。

"我看过几个洋老板儿来了，去了。"老赵用沉重的北方口音说，"可不管人家是方的、圆的、刚的、柔的、直的、弯的，一碰到宋老板儿，全像喝了酒似的，耳也不聪，目也不明了。"

起初，他不明白：台湾麦迪逊不是他开的，何以竟叫作宋"老板"？后来，他陆陆续续地找到了一些理由。

宋老板，虽然是地地道道的上海人，却因从中学时代，一直生活在北平，所以说得一口漂亮极了的北平话，沾着一身北平人的味道：待人客气、有礼，笑脸迎人，即使心中怀着深仇大恨，也不轻易形于颜色。而"老板"，正是北平人最受用的尊称。另外，他雅好京戏，据说唱得一腔好青衣。他在麦迪逊腾达以后，一干票友，也便尊他一声"宋老板"。最后，他在公司的职位是 Managing Director，名片上叫的还是经理，但实际上，权位介乎总经理与各部经理之间，因而叫他一声"宋老板"，他总是笑盈盈地说："哎，好、好。"于是在公司里，上上下下都称他"宋老板"，而他也一直以那悦耳的北平腔说："好、好。"

宋老板才过了七十岁的生日。虽然头发、眉毛都掉得稀稀落落的，却没有多少白发。他的体型精瘦，一年四季，穿着质料和剪裁都十分入时的西装。他有一张宽宽、大大的脸，肥厚、却显得结实的嘴唇。

有一次，宋老板的秘书 Kelly 请张维杰到宋老板的办公室。他轻轻敲了敲原已开着的门。宋老板抬起头，笑开了脸，说：

“请进来，Victor。”他指着桌子前头的椅子，“这儿坐。”

患了风湿的宋老板的办公室，把冷气开得很低，比艾森斯坦先生的办公室小了一点的宋老板的办公室，一派中国式的装潢：檀木雕花的壁橱、书架和柜子，他自己的办公桌，略窄而长，两头微微地飞起，看起来仿佛是古装片上县太爷问案的桌子。三面墙上，挂满了字画，和整个房间的装潢，相映成一种幽远的古趣。

“坐吧，Victor。”宋老板说。

注意到他那肥厚而结实，泛着暗紫色的唇，便在这一次。

“也没什么事儿，”宋老板说，随手拿起当期的《麦台月报》。“我每期看。看得很仔细哟，”他笑了起来，“编得很好。”

“谢谢您。”张维杰说。

“真的。不过，我想跟你随便儿聊，你就不要误会我在干涉编务……”宋老板笑着说。

“哪里的话，宋老板有什么指示，请尽管说。”

“指示？”他又呵呵地，张着他那肥厚而结实的嘴唇，笑了起来，“不要客气了。是这样，关于你阐释‘跨国自由’那篇文章。”

“是的。”

“写得很好。深入、浅出。”

“谢谢。”

“问题是，我们的情况跟人家的不一样。我们麦迪逊有这个政策，但实行这个政策，有好几个途径。”

“……”

“台湾很安定，很繁荣，”宋老板缓缓地说，眼睛徐徐越过了对面的张维杰，注视着窗外婆娑的大楼的影子，“我三十八岁才到台湾，Victor，这种安全，要珍惜啊，这个道理，我们这样的人，最懂啊。”

“……”

“Victor，我一辈子对政治没兴趣，”宋老板说，“我不是在为政府说话。”

“我也没这么想。”

“Okay, now，美国人很天真。”宋老板说，“阮文绍不是说过吗？……他说什么？反正是，做美国人的朋友难，听他们的话，吃亏的是自己，与他无干。”

张维杰问：他拿的是公司薪水，总经理怎么交代，他怎样才能不怎么做。宋老板叹了口气。“Victor，谁也怪不了你。我只建议，遇着什么让你为难的事，把我当作同事，大家商量一下，也许会好些，”宋老板说，“你说，是不是？”

然而张维杰终于没有机会凡事先和宋老板“商量一下”。因为这之后不久，爆发了中坜厂事务主任“任意”移用公款，以老工会的名义，滥发福利金的事件。艾森斯坦先生签出免吴主任职的信发出去的那个上午，宋老板关在艾森斯坦先生的紧闭的办公室里，两人发生了一场双方都尽量压着声音的争吵。

这以后，宋老板总以不失起码礼节，而又无从误解的冷漠对着他。“您早，宋老板，”在晨间遇着宋老板，张维杰总是热心地招呼。“早啊，Victor。”宋老板会说。有时宋老板还会停住脚步，“你住的地方，搬定了没？”“啊……”“听说你想找个比较宽的地方租。”“啊，是是。可是，房子要合适的，也真不好找。”“为什么？”“合意的，贵，房租呀；不合意的，不想要。”他说。“哦哦，”宋老板说，“慢慢儿找罢。”说着，便优雅、体面地走开了。

等张维杰走进自己小小的办公室，坐在椅子上，查自己行事历上今天该办的事，却不由得想着：

——怪。怎么我要搬房子的事他也知道。

“这有什么稀奇？”

中午吃过饭，在华盛顿大楼的地下室里的摊子上挑几件外销打回来的便宜衬衫，碰到老赵，谈起来的时候，老赵说。

“这有什么稀奇？”老赵一边把衣服贴在自己的前胸比

着，一边说，“公司里头，自然有人喜欢给宋老板当腿子、当眼线儿的。”

“哦哦。”

“哎，多的是呢，这种人。”老赵说，“我看，他八成儿跟你对上了。”

“对上？”他说，“为什么？”

“这我不清楚。你自己捉摸，应该明白。”老赵说。

“嗯。”

“我说一件事儿你听，就明白了。”老赵挑了两件素色的衬衫，叫人包起来，一边说，“从前——那时你还没来呢，营业部有一个我们本家，小赵工程师，能干哪，穷人家的孩子，做起事来，勤奋得很。”

“嗯。”他说。

“可这孩子有个脾气——你们台湾人说的：‘外交不好’，”老赵说，“平时没有事，跟人没言没语的。偏是这样，也出岔子。”

老赵说：“一向喜欢人家‘宋老板’长、‘宋老板’短的宋老板，看着这木头似的小赵工程师，就不称心。于是乎呀，他的那班子爪牙全出动了。打探、调查……什么卑鄙事全做完了。”老赵说：“小赵工程师有没拿人家回扣？查，没有。有没有浮报差旅费？查，没有。有没有只报出差日记，没上工？查，也没有。这样一个小伙子啊，我们这小本家。呃，事情来了。”宋老板布置的人，终于找到了一个把柄。说是这位小赵工程师他父亲，在一九五几年上，去日本营商，一直没回来。“也不知什么缘故，有人常会到他家去问那抛家弃子、在日本的负心汉下落。”老赵说。宋老板说小赵工程师“家世不清白”，终于糊里糊涂地被撵走了。

“很好的一个小伙子，”老赵摇摇头，说，“竹山来的孩子，我这小本家，很好。”

这以后约略十天左右，临下班，张维杰桌上的电话响了起来。他反射似的抓起话筒。

——Victor.

是艾森斯坦先生。

——Yes.

——Victor，下班以后可不可以在你的办公室等我一会儿？我想谈一点事。

——当然。

——谢谢你，Victor。

——不要客气。

张维杰说。他挂了电话，立即拨了电话给一个约好吃饭的朋友，说是临时有急公，不克赴约。下午五时三十分下班，张维杰在办公室里，从窗口瞭望着对面一幢大楼的窗子里也在忙着下班的人群。五时四十五分，清洁工带着抹布和吸尘器来打扫。电话铃再度响起，已是六点十分了。

——HeIlo, Victor.

——Yes.

——听着 Victor，现在你拨出去一个电话，找人聊聊。

——你的意思是……

——我的意思最明白不过。随便拨个电话出去，找人讲几句话。

——Ehh...Yes.

他满腹狐疑地开始拨一个电话给房东。照例还是能干的房东太太把房东的电话接了过去。“你搬也不搬，最好早些打算，”房东太太说，“我这房子，等着要租房子的，不瞒你说，不下五六个人哩。”房东太太在电话里嘻嘻、嘻嘻地笑着。猛一抬头，看见艾森斯坦赫然出现在门口，一看见张维杰抬起头，艾森斯坦先生用他的脖子做了一个邀请的姿势，就走进他自己的办公室了。

张维杰放下电话，走进艾森斯坦先生的办公室。

“Victor，你有没有注意到，”艾森斯坦先生苦笑着，轻轻地摇头，“有没有注意到，当你在讲电话，偶尔会从电话中传来一点声音：Click！有没有？轻轻的声音：Click！”

“我没注意……”

他脱口说。其实，在那一瞬间，他记起来：的确常常有谨慎的“咔嚓”声，从通话中的电话机中传来。

“你没注意，Okay，”艾森斯坦先生说，“现在我要你到每一支分机去，打个电话出去。”

他和艾森斯坦先生走出来。艾森斯坦走进宋老板的办公室，他则走到每一个分机，找一个号码，找一个理由，打电话。最后，他走到宋老板的办公室，看见艾森斯坦先生坐在办公椅子上，两条长腿，老高地翘在宋老板的办公桌上。

“他窃听每一支电话，Victor，”艾森斯坦先生望着窗外傍晚的大楼的影子，“God damn it !”

张维杰站着，一时觉得自己像一个傻瓜。

“Victor，叫电工来，把电话线路改过来，”艾森斯坦先生怒声说，一面在记事本上找一个号码，拨着电话。张维杰正想返身走出去叫电工，却被艾森斯坦先生手势叫住了。

——Hello，我是索恩 · 艾森斯坦。

艾森斯坦先生的脸，面对着墙上的一幅隶书，造作地笑着。他对着那一幅说：

——啊哈，宋太太。Henry 在吗？……是有事要找他。请他打电话到我家好吗？……

“亨利 · 宋是个傻瓜。这一次他吃亏定了。”艾森斯坦先生说，“你的工会，什么时候可以选出来？”

“那就要看——”他困惑地说。

“不要看了。我是说，可能最快的时间。”艾森斯坦先生说，眼中发散着战斗的亢奋的光芒。

"七月二十上下。"

"七月二十上下。"艾森斯坦先生喃喃地说，"Okay, Victor，就是七月二十五日吧。"

那天晚上，艾森斯坦和宋老板在电话里一顿狠吵。第二天，宋老板就没来上班。他的办公室深深地锁着。平时工作量本就不多的宋老板的秘书 Kelly，这时比往时尤其地空闲，却反而没像往时那样到总办公室的这儿、那儿"串门子"。她静静地、忧愁地坐在宋老板办公室门外的位置上，翻翻书、弄弄档案，或者坐在那儿偷偷地吃零食。

然而，退居在天母家中的宋老板真正的威力，却反而在这时候无遗地显露了出来。采购部经理刘幸雄、营业部第一工程师王台容、海关事务部的王汉泉，都显露了对于张维杰的沉默而毫不遮掩的敌意。他们事无巨细，白天通过电话，下班后直接聚在宋宅，请示、商议、密谋。

在工厂，旧工会在厂的支持下，公开地活跃起来。"工会经合法选举产生，没有废弃的理由。公司要强化工会职能，再好不过，原工会已足胜任。"他们到处在工人间散布这样的说法："其实，工会不工会，一样啦。工人要紧的是实利。多一点工作奖金，年节奖金，工会的事，谁来掌，全一样。"

"我是厂长，只知道把厂的生产秩序和实效看好。工会问题，我服从公司的政策。可是细节上，我们也必须服从国家的法律。工会的解散和组成，有一定的程序，也有一定的主管机关来指导。”

在冷气机马达嗡嗡地响着的办公室，厂长一边把玩着手上的原子笔，一边对特地来询问对新工会态度的张维杰说。

这是数月来张维杰所遇到的正面的抵抗。坚定、傲慢的抵抗。

“可是总经理的意思……”

“我说得够明白了。总经理的指示，我们服从。”厂长说，眼睛望着窗外一排齐整的尤加利树，“国家的法律更要服从。原工会没重大过失，从改良原工会来执行公司的工会政策。”

这时有蝉声由嘹弱而渐强，由渐强而聒噪，突破了仲夏的闷滞，自远处传来。

“谢谢您，厂长。”

被闷重的什么激怒了的张维杰站了起来，走了出去。他决定立即翻掉老工会。

6　感谢的心

七月十日

利用星期日的今天，何大姊带我和赵公子到三重，找到一个姓林的老工人，和他讨论逐渐要进入实际业务的工会工作。“这位林仔钦，十年前我们全在华夏电线缆做工，他是工会运动的老将了。”何大姊说，“为了工会，他也被到处整得凄惨落魄啊，哪像你们这么好命，一开始弄工会，就碰上这么好的公司，主动支持工会的。”

林伯伯——我这么称呼他——六十好多了，手上戴着一颗金印戒指。手掌因为长年的劳勤，指节变成一坨一坨的，正像家后院的竹根。他满脸坎坎坷坷的皱纹，却反而叫人觉得那么亲切。我忽然想：为什么女孩子都那么怕生皱纹？像林伯伯这样的皱纹——像爸、妈脸上的皱纹，不都很美丽吗？

我要讨教的，是厂里已有一个登记好了的工会。现在怎么解散它？

“嘿，够奇咧，”林伯伯沉思地说，“活这大把年纪，也没听说公司支持工会的。”

林伯伯一再问何大姊，事情究竟是怎么回事。“阿燕，你大大小小的事也见了不少，听这小女娃儿讲话，我不懂。”林伯伯说，“总不能说你也看不懂这出戏码。”

何大姊微笑着，轻轻地摇头。

“奇却也真奇，不错，”何大姊说道，“你可问问她们，起先我也只是不信。可是我看了又再看，美国仔做事，料不准啊。”

“美国仔？”林伯伯瞪着何大姊说，“美国仔的工作，你以前又不是没做过。做头家的人，通世界都一样！”

林伯伯花了许多时间嘀咕：为什么公司会干这种事。“也不是写小说,哪来这么好的事？”他不住地说。

以前那个登记过的工会还摆着，怎么办?

“怎么办？嘿！”林伯伯仿佛生气似的大声说，“奇就奇在这里。公司要真支持你们，解散一个装在他们口袋里的工会，还不容易？”

找三十个签名，向县府办登记，然后招募新会员，办工会职员选举……这都记在“工会法”上面。可是在这一切之先，要解散原有的工会。根据“工会法”,解散工会,要工会破产了,或者会员人数不足,再或者工会的合并或分立。这三个原因,目前都没有。最糟的是，原工会的人坚持不肯解散。

林伯伯一根接一根抽着烟。

“我看，你们还是去找那个姓张的经理。”他说。

何大姊也说，除此以外，似乎没有别的法子。

七月十五日

收到我们的信以后立即赶来的张经理说：

“你们觉得，工人拥护你们吗？”

何大姊沉思着。

“这要看公司支持工人的诚意，表示得坚定不坚定，明白不明白。”

这一回，张经理低着头，想了许久。

“这个，我来办。”他说，抬起他那疲倦的脸，“只要你们有把握，我们用投票方式决定改组工会，来解散原先的工会。”

“……”

“拜托你们，”张经理独语似的说，“为了艾森斯坦先生，请大家一定要努力，把新工会组织起来。”

“好的。”

我脱口而出地说。心情不知怎地激荡着想哭出来。

七月十六日

下午上工以后，工厂的铃声突然大作。没多久，各线、各班、各组传下话来，说是工会有事宣布，要大家到饭厅去。

赵公子走到我跟前。

“找何大姊去。”她说。

到何大姊的线上，素菊、鱿鱼已经在那儿了。

“一定是在玩把戏了。”何大姊说，“看来张经理、总经理真的很孤立。公司的确有一部分人在努力支持我们，也有更大一批人要打击我们。”

在餐厅，冷气早已开着，每个桌上都摆着四瓶可口可乐和八只杯子，一盘糖果。

侯厂长、金副厂长、品管部甘经理、仓库刘主任、机房李主任，早就坐在中央的桌子上，异乎寻常地亲切地和进餐厅的人们打招呼，连素来有“苦瓜面”之称的厂长，也挂着微笑。

人到齐了，瘦楞楞的萧振坤说话了。他恭恭敬敬地请厂长训话。

厂长说，公司决定把工会办好，厂长决心全力支持公司政策。“在过去，工会不是没办好，而是我们美国公司各方面的条件，凭良心说，论工作环境、待遇、宿舍、伙食，都比本地厂好。这一点，大家到外面去比较，都很清楚，”厂长说，“因此，啊，工会可以说没事可做，哈哈。现在，美国公司有政策，我们决定更积极来做好福利。”

厂长还说，最近有些人对工会有批评。“批评是好事，有批评才有进步嘛，”厂长笑着说，“可是我们是法治国家，一切依法规办事。现在，我个人以为呀，以目前我们依法产生的工会作基础，来加强它，发展它……”

李贵他们带头拼命鼓掌。

接着萧振坤笑嘻嘻地起来说话。他说，他和李贵、张清海，会同厂长开过几次会，经厂方初步同意，工会在下半年度要做到这几样工作：第一，从九月份起，酌量调薪。“调整比率、办法，目前还在研究。”他说；第二，由公司提出相对基金，搞一个互助基金，以备同人急用时使用；第三，由工会组织一个员工福利社，“使我们在厂内可以买到比市面上便宜的日常用品。”

李贵、张清海带着大家鼓掌，全场的人也高兴地鼓掌。笑吟吟的萧振坤，又恭恭敬敬地走到金副厂长身边，要请他讲话。

“慢着。”有一个女子的声音说。

大家寻声找人，不料是品管部刘苑里，一个在附近理工学院夜间部读书的化验员。

“今天开的是工会，是工人自己家里的事，多让我们工人说话。厂方经理、管理人员依法不列为工人。”

整个餐室突然凝固了似的安静下来。金副厂长在一瞬之间，堆出一个大大的笑脸。

“阿坤哪，我们只来列席，是不应该多讲。”他说，“对，对！让大家多说话！”

忽然有男工笑出声来，全场就嗡嗡地笑了起来。接着一阵掌声，像一阵快乐的骤雨，在餐室里的各处响了起来。这时，何大姊站了起来。

“谢谢副厂长，”何大姊说，“不经副厂长说明，我们还以为今天是公司要开会，萧仔振坤做司仪。副厂长一说明，我们就知道今天是工会的会议，我们工人可以说话。”

笑声、掌声，活泼地泛滥起来。整个会场，充满了快乐的气氛。

“说到工会，萧仔振坤、李仔贵、张仔清海，他们在劳资两方面是靠着哪一边，大家都很清楚。平时啊，他们一副高人一等的模样，大家都领教过了。他们凭什么？大家心里都很明白。”何大姊说，“我们现在需要的，是一个真正代表工人权益的工会。没有我们这几个人在这几个月来的活动，我们会有奖金？萧仔振坤会对你摆笑脸？会想到互助基金、福利社？”

一阵阵激动的掌声好几次打断了何大姊的话。

“我们压力很大。但压力愈大，就表示公司里有人真正支持我们工人。”何大姊说，“工会不要像办选举，一到要选举了，才出来铺路、造桥、竖电灯杆，喊我们这些没用的人：‘父老、兄弟、姊妹’。工会要说老实话，做老实事。我们工人就是没用的人。但是工人就是老实，讲老实话，做老实事。不说老实话、不做老实事，让人买收，在工厂里耀武扬威的，是工人吗？哪里是工人，是工仔虫！”

喧哗的笑声和掌声又扬了起来。可是我一直没有笑，也没有鼓掌。我只睁大眼睛，看着何大姊。她怎么那么棒，好棒哦，何大姊！

“讲到互助基金、福利社，都不错啦。可是，更重要的，工会要先办三样事。”何大姊说，“第一，我们女工薪水太低，比不上男工，和别的本地厂，不相上下。我们女工做的绝对不比别人少。但是人家以为‘查某团仔工’，只用来补贴家用，自己买衣服、买胭脂，看成粗贱的工，不值钱。我们女工也想，反正不是一辈子做女工，不想，也不敢计较。我们的工会第一要为本厂占绝大多数的女工讨个公道！”

全体女工们哇哇地叫好，拼命鼓掌。赵公子、素菊、鱿鱼她们，简直叫破了嗓子，鼓肿了手掌。何大姊接着又提到女工领不到退休金，和公司可以任意裁员的问题。“萧仔振坤，这才是我们工会要紧办的事，才是我们工人的根本需要。”何大姊大声说，“萧仔振坤，为什么你不提出这些问题？因为你不是工人啊，你是，工仔虫啦！”

好棒、好棒的何大姊。我激动得泪流满面。

接着刘苑里立刻要求把何大姊的话当作议案，付诸表决。可是正好这时候，铃声又响起来。

“不要冲动，大家慢慢商量，现在工作时间到了，大家回去工作，”副厂长说，“以后再去讨论，走啊，走！”

这个会，就在议论纷纷中散开了。“这样讲一次，赢过我们私下去找人谈，”赵公子两颊上亢奋的红晕未退，说，“真崭！简直在办选举。”

平时默默工作的何大姊，忽然成了全厂女工们的英雄。啊，我好佩服她。我要是有何大姊那种力量，就好了。

七月十八日

今天张经理来，带了总经理的一封信和中文翻译，贴在告示栏上。

总经理宣布七月二十五日经由民主选举，决定工会职员是否应该改选。“工业民主和工业自由，是美国麦迪逊值得骄傲的精神，是美国麦迪逊结构中管理、生产部门密切团结、发挥高度创意和效能，为人类文明品质提出贡献的根本依据……”总经理写道，“因此，本人重申：在投票活动期间，公司、工厂一切管理人员，一律不得干预，对进行活动的各方面工人，不得威胁、收买，或施加任何压力。凡有任何上开情事，可直接向张维杰先生告发，由公司进行翔实调查后处置。”

为了这张告示，我们的朋友突然多了起来。差不多所有的女工都说要投票赞成改组。萧振坤一直到过了午，才出来表示要“坚决维护合法的工会”。傍晚，在集成电路部贴出几张标语：“维护工会自主，总经理不得干涉！”“提高警觉，防止敌人破坏团结与和谐。”

“没有用的查埔人！”赵公子对着标语骂。

到了晚上，生产线上贴了我们的标语，是素菊和刘苑里写的：

“保卫工会的纯洁！”

“坚决拥护公司的工业民主、自由政策！”

“反对工虫蚕食工会！”

“保卫工人合法的权益！”

七月二十二日

投票运动，已经进入白热化的阶段了。

上午十时多，门房守卫通知见客。一到会客室，赫然竟是大哥！

“你的面色很好嘛！”

大哥端详着我，温和地说。

“家里爸、妈都很好。和陈伯伯合伙，由陈伯伯在山上种的夏蔬，八月上旬就可以收了，应该能赚十来万元。”大哥笑着说，“只是猪一直在败，半大不小的猪，都宰了，用盐腌了好几个水缸。”

“大嫂好吗？”

“好。”

“棒棒好吗？”

“好。”大哥说，“你呢？”

“很好呀，”我笑了起来，“你不是说，我面色很好吗？”

大哥微笑着，把肉松、肉干、饼干都堆到我面前。

“好，就好了。”大哥说，“有人问起你，说你在工厂里，爱管一些闲事。”

“闲事？”我茫然地说。

这时，隔着一个窗子的守卫员，忽然插了嘴。

“是啊，女孩子，又不一辈子当女工，将来嫁了人，享福去才是真的。”他说，“工会什么的，不要去管。有什么好处？弄不好，工作都不保！”

“大哥，妹妹不是爱管闲事的人。”我说，“谁老远去跟你说了闲话？”

“我这个妹妹呀，就是马上辞去工作，家里还有几分薄田，愁不到她，也饿不坏她哩。”

大哥笑着、温和地对守卫员说。

“我来看看，看着你好好的，我也放心了。”

送大哥出大门，几次问他，是谁说我不安分，大哥只是笑："问它干什么？"

七月二十四日

明天就是投票的日子了。

鱿鱼、素菊、敏子、苑里、淑华已经把人组织起来，分别监督投票和开票。我和敏子是一组，等电算机部的人在凌晨二时下班，还要去拉票。

现在，我不知道为什么，心中有一股想向谁说"谢谢"的心。

使我能认真地为了关心别人而生活的人和事，我要说：谢谢。

对于那些为了使公司、工厂里的人和生活，变得更温暖、更友爱而忘我地生活的人，我要说：谢谢。

对于那些关心着工人、扶持他们、帮助他们为了自己的权利起来说话的公司，我想说：谢谢。

对于能够使这么好的公司、这么好的工人，一起生活和工作的自己的国家和社会，别人的国家和外国的人，我要说：谢谢。

能有对他人怀着感谢的心，是多么幸福啊！

7　摇曳在空中的花

七月二十四日以后，日记就中断了。张维杰翻着那以后约占一本学生用笔记本四分之一的空白页，发现除了有一页潦草地写了几行不易辨识的字，其他的地方，只偶尔有一些类似账目、地址、电话号码之类，在急忙中涂写下来的痕迹。

张维杰放下读完了的日记本，看看腕表，已是将近午夜的时分了。窗外一片黑暗，偶尔有机车的声音，打破这僻巷中的夜的沉寂。他茫然地点着一根烟，想着：小文的日记让他记起来有心或无意遗忘了的很多事。但唯独她不曾记载的七月二十五日，于他却是毕生中难以遗忘的一日。

——我不会忘的。不会忘的。

他喃喃地，无声地对自己说。

孤独地并立在品管部旁边一大块青翠的草坪上的库房，一共有两栋。它们互相间隔，大约有五公尺。那天的投票所，就设在离品管部约莫十五公尺的，较小的那一栋。

库房的后面，是两排女工宿舍。宿舍和草坪、品管室之间，有一个喷水池。池边还围着几条水泥做的凳子。品管室前面，是两层楼的总办公室。品管室和总办公室的右边，并立着两排雄厚的生产部大楼。一栋是装配线，另一栋是电脑部。最前面是一个圆环，环中种着朝鲜草、杜鹃和玫瑰。圆环的中央是一根很高的旗杆，终年不见挂上任何旗帜。圆环的左前方，是停车棚，停着工厂里几个经理、工程师的车。车棚的右边，是一长条低矮的机车棚，排列着不在厂里住宿的员工的机车。圆环的正前方，就是台湾麦迪逊仪器公司中坜工厂的正门，门上有一排典雅的不锈钢英文字：MERDISON TAIWAN INSTRUMENT, LTD.。大门边，就是那间方方正正的守卫室。

七月二十五日早晨，当张维杰开车到工厂，还没进门，就觉得那天工厂门口似乎多了一些路人不似路人、而又绝不似工厂员工模样的人，四处站着。当他一个转弯开进通向大门的小斜坡，发现大门的铁栅关闭着，而紧急地煞住了车。守卫员老王从守卫室跑出来把铁栅移开的时候，张维杰茫然地感觉到空气中飘浮着一股稀薄的紧张。

他在车棚停下车，抬起左腕，表上是八点四十五分。离开正式投票的时间，还有十五分钟。

一下车，他看见女工宿舍和品管大楼之间，站着萧振坤、副厂长，和两个老工程师；从品管部经过总办公室，一直到圆环这边，也站着李贵、张清海、机器房的老曹，和一些锅炉房的男工人，形成一道人的栏杆。

对于陆陆续续从大门、从女工宿舍走出来的员工，这些人咧开嘴，微笑、点头、招手，说："投票延期了，从那边走，准备上班吧。""不要往这边走，那边走，那边走。"

在库房门口，写着“投票处”几个大字的红纸条，被撕去了一半。他看见素菊、小文、敏子和几个女工，站在库房门口发呆。

“怎么回事！啊！怎么回事！”

愤怒堵塞了他的胸口，他高声地呼喊起来。

平时已有几分流气的张清海，一个箭步欺过身来，用他厚重的身体挡住他。

“张经理，这个形势你还看不懂吗？”张清海方方的脸，离他只有十几公分。他望着张清海那一边嚼着槟榔、一边说话的嘴，听他谄笑地说：“我们也没那么大的胆。厂长叫的，我们吃人头路，没办法。”

他奋力想推开张清海，无奈那身体就像一堵肉做的墙。他听见小文尖锐地叫：“张经理！张经理！他们破坏投票。”

“张经理，失礼，”张清海低声说，“这形势，你该看得懂。”

他听见小文她们在哭着。

“张清海，你要干什么！”他大声叫喊，“你给我走远些！”

他推开张清海阻拦的手，快步穿过圆环，直奔总办公室。“厂长呢，厂长呢！”他喊着，“他 × 的，厂长呢？”几个早到的女职员畏缩地站着，望着他疾步奔上二楼。

他用脚踢开二楼上厂长的办公室。室内空无一人，只有一室初放冷气的、淡淡的异味。

他走近窗子。他现在能很清楚地看见敏子把两个胳臂环抱在胸前，无助地向前张望。小文和素菊，满脸的泪痕。靠宿舍的一方，几百个穿着蓝色、白色和黄色工作服的女工，静静地隔着矮墙，望着库房。在圆环这边，相继进来上工的人，都被那些哈腰、招手、微笑的人，赶到装配线和电脑部去。再放眼望去，树下、屋角、围墙边，多出了不少陌生而态度沉着的、高大的男人。

他伸手想打开窗子。为了防止冷气外泄而设计的铝窗，却不是他的膂力所能打开的。他随手抡起一张椅子，打破了窗子。

所有的眼睛都望着他。站在屋角、树下的人影，也向前迈了两步，抬头看他。

“不要灰心，坚持下去！”他向小文她们喊着，“总经理九点多来。他说好要来看投票的！”

这时候才从库房走出来的赵公子，向着他喊：

“何大姊？怎么还不来？”

他立即返身跑下楼。现在圆环边，通向生产部的路上，都是伫立着的工人。他在人群中穿梭。

“何春燕，何春燕呢？”他喊着，“何春燕，我带你到库房！”

他向品管室奔跑，冷不防一个身体挡了他的去路。

又是张清海。伸出强壮的胳臂，抓住他的两肩，张清海说：

“张经理，听我劝，读书、拿笔的人，怎么这形势都看不识！”

他挥出右手，被张清海石头般的手臂挡去。接着一个踉跄，他不知何以竟倒在水泥地上。

“清海！你要差不多一点！”

从人群中窜出来的阿钦，扶起了张维杰，一边说。

这时，他才感觉到右胸一阵灼痛。看着慢慢走远的张清海，他感到异常地沮丧。阿钦默默地递给他一支烟，为他点上。

“我们已经有人四处去找阿燕姊了，”阿钦说，“听鱿鱼说，早晨一大早，有人来报她母亲重病，她便匆匆赶回去了。”

“今天，她不来了吗？”他说。

“来。阿燕姊交代过鱿鱼，九点钟以前，她一定赶回来。”阿钦看看腕表：“九点早过了。”

他也抬起手看表，九点十分。

就在这时，一辆红色的计程车戛然地停在铁栅前。何春燕跳下车，死命地向总办公室这边跑，却被李贵挡住。

“李仔贵，你还是男人吗？”何春燕大声叫着说，“你给我站开一点！”她转首向着伫立在圆环边的几个男工开骂：“枉为你们是男人咧，还不把李仔贵撵开一点！”

李贵竟也悻悻地让开了。何春燕扯开喉咙，大声叫嚷：“一大早，四点多钟，不知道哪一个夭寿、短命的，来说我妈重病，一定要我回去。”何春燕喘着大气说：“一趟计程车赶到清水，没天良的，我妈好好的咧，中计啦！”

她从总办公室向左转的时候，张清海一把拉住她的手。

"清海，你不做人，你的子子孙孙，也未必像你这么落衰，干这种事。你放手！"何春燕咬着牙说。

"阿燕姊，算了，"张清海低声说，"阿燕姊……"

李贵和几个机房的男工，急步围了上去。

"没用的男人，你们只会站着看吗？"

在草坪的那边，赵公子叫着说。素菊、敏子和小文都向总办公室这边跑来。

"别过来！"何春燕叫着说，"你们回到库房去。"

原先布置在宿舍与品管室、品管室与圆环间的人手，一大部分集中在何春燕身边，排成一道墙，把何春燕和草坪分开来。

"你们放开她！"

不知从什么地方冲出来的鱿鱼，一张口，咬住张清海的胳臂，却被一手甩倒在地上。鱿鱼顽强地、踉跄地爬了起来，李贵和另一个男工，却把她推开。"管这闲事做什么，鱿鱼？"李贵厌烦似的说。

突然间，鱿鱼迅速地扯开自己的衣服。只一瞬间，她在七月的阳光中，裸露着上身。她的一对丰实的乳房，随着她不易抑遏的怒气，悲愤地起伏着。

"你们再碰我，再碰我吧！"

鱿鱼含着泪说。

人、阳光和空气，在那一瞬之间，仿佛都凝冻起来了。

没有人说话，没有人动弹。鱿鱼用她瘦长的胳臂，抱着何春燕，推开呆立着的张清海，走向草坪。草坪前的人墙，仿佛自动门似的开了一个缺口。这时李贵忽然抢了两步上去，伸手想抓何春燕，却听见愤怒的叱喝声说："李仔贵，× 你娘咧，你去碰碰看！"

运输部的工人阿钦和阿祥，瞪着怒目，抄了过来。他们说：

"人家一个妇道人家，身上脱得白白的，你敢去碰？打成肉酱再说！你去呀，碰碰看，× 你娘！"

为愤怒曲扭了的几张男工的脸，从走道上围拢了来。李贵悻悻地走开了。

她们一踏上草坪，敏子、小文和苑里迅速地奔跑上来，把鱿鱼和何春燕围在中心，互相紧紧地拥抱起来。她们开始嘤嘤地哭泣了。只有何春燕，无言地拭泪，并且很快地脱下敏子的工作服，为鱿鱼披上。在混乱中，约有八名、十名女工，向着库房奔去。守在库房的赵公子向前走了几步，迎接了她们。

当库房那边的女孩子们，围着何春燕、忧愁地交谈着什么的时候，一辆深蓝色的别克轿车，静静地滑进工厂的大门。车门打开，首先下来的是厂长，第二个下来的竟然是宋老板。张维杰看了看表，九点四十分。"艾森斯坦先生呢？"他狐疑地想。

宋老板还是一身浅黄色的，裁剪妥帖的西装。下了车，他自若地望着库房那边的人影，缓缓地走进总办公室。侯厂长身边，立刻聚拢了副厂长和萧振坤一班人。从宿舍到圆环的人的栏杆，这时逐渐周密起来。宋老板和厂长的出现，仿佛使一个鼓胀的气球，刺破了一个细小的穿孔，全厂的气氛，开始缓慢地、却也持续地消降。

“请大家上工吧，”侯厂长笑着说，“投票的问题，改天再谈。上工，上工，哈哈、哈哈……”

在厂长视野内的工人，随着他恳求地挥动着的手臂，移动几步。

“冲过来吧，不要怕他们！”

何春燕那边开始呼喊。库房的墙上，不知什么时候用沥青写着“保护工人合法的权益”几个斗大的字。

“男人没有用，我们女工要支持啊！”“过来啦，过来啦！”在逐渐炎热起来了的空气中，她们的细弱的呼声，坚定地在空中回荡：“过来啦！不要怕呀！”人们开始走动，有些人无意地徘徊，有些人开始缓缓地、仿佛不情愿似的走向装配线的大楼。

这时候，小文搬出一只票柜，站了上去。

“大哥、大姊们。你们就这样撇下我们吗……”她奋力抑住哽咽，一字、一句地说：“你们不来，我们不能怪。但至少，请表示你们的内心，对我们的支持……”她终于呜咽了：“用什么方法都可以，请，表示，你们，没有撇下我们……”

于是小文脱下黄色的工作帽，高高地举了起来。左手迅速地拭泪，似乎急于不让泪水模糊了视线，免得看不见别人的反应。草坪上的女孩，都脱下帽子，高高地、安静地举在空中，低着头，吞咽自己的哽咽。

张维杰望着整个工厂。几百个工人都停住脚步。忽然间，在圆环这边，有两个男工摘去自己的帽子，高高地举起来了。

“阿钦、阿祥，感谢啦。”

何春燕叫着说。

忽然间，几百只蓝色、白色、黄色，分别标志着不同劳动部门的帽子，纷纷地、静静地举起，在厂房、在宿舍二楼、在装配部楼顶，在电脑部的骑楼上纷纷地举起，并且，在不知不觉间，轻轻地摇动着，仿佛一阵急雨之后，在荒芜不育的沙漠上，突然怒开了起来的瑰丽的花朵，在风中摇曳。

草坪上的女孩子们低着头，嘤嘤、嘤嘤地哭着。

小文跳下票柜，倚在何春燕的胸怀里。何春燕温柔地贴着她的脸，轻轻地拍着她的肩不住地抽噎着的。过了一会，揽着小文的何春燕，低声地和女孩们说了什么，于是她们静静、静静地离开了库房，离开了草坪。整个工厂的人潮，于是也逐渐在安静中散去了。

然而就是那一天，艾森斯坦先生终于没有露面。那一天近午的时候，何春燕和小文来找正要驾车离去的张维杰。

“对不起，”他低着头说，“对不起……”

“不要这么说，”何春燕说，“我想见见总经理。”

“我看，没有用的。”他灰心地说。

“不，我要离开工厂了，”何春燕微笑着说，“至少，总经理要负责不开革小文她们。这件事，他要负起全部责任。”

小文哭了。

“何大姊，我跟你走。”她说。

“那么……那么明天，不，后天吧，”他无气力地说，“明天我不去上班了，后天早上我来带你。”他转向小文：“你也去吗？”

小文点了点头。

第三天早上，张维杰一早从台北开车到中坜，在公路局站边把何春燕和小文带上车，调转车头，开向回台北的高速公路。

何春燕坐在驾驶座的旁边，小文坐在后座。一路上，张维杰断断续续地诉说着这次事件发展的诡谲变化，不住地叹息着。

车子一上高速公路，竟然罩着一层稀薄的雾，使整个周遭的景物，仿佛蒙上一袭轻薄的纱帐。车子过了桃园，雾就开始逐渐消失。一大片湛蓝的天空，也在急驰的车子的窗外，渐渐地清晰起来。三人都沉默地坐着。在变换车道的时候，张维杰不经意地从镜子中看见把脸贴着车窗，热心地注视着窗外的小文。

“在想什么呀，小文？”

他问。

他在镜中看见小文对着自己的背影，柔和地笑了起来。

“并没想什么。”她说。

他忽然悲伤起来。

“这次，我也是受害的一人——我的信心受了伤害。”沉默了一会，他说，“可是，你们也因相信我，连带地也受了害。”

他从镜中看见小文专注地倾听着，想起哭肿了眼睛、喊哑了嗓子的那天的小文。

“不过，只有一件事，要小文继续相信我，”他说，“在文学上，继续努力。我等着你写出真正的、人的心声。只这件事，请你相信我，好吗？”

小文移目于窗外，沉思着。

“实在说，我方才一直在看着那些白云。看着它们那么快乐、那么和平，那么友爱地，一起在天上慢慢地飘流、互相轻轻地挽着、抱着。想着如果它们俯视着地上的我们，多么难为情。”她说。

张维杰抬头看着窗外。一片难得的湛蓝的天空，在挨着地面的地方，有三五朵互相轻轻地缠绻着的、雪白的云，在极为缓慢地游移着。

“像这样的天、这样的云，和这样的心，如何去写呢？”她独语似的说，“不，我写不来的。”

这以后，一直到抵达台北，张维杰不发一语。三个人便一直沉默地飞驰在高速公路上。

张维杰把何春燕和小文请到会客室，去敲艾森斯坦先生的门。

“Yes,”艾森斯坦在门内说。

他走了进去，说明来意。

“Victor，带他们去见宋。我语言不通，再说，有一通东京的电话，马上要接过来。”

他返身就要走。

“等一等，Victor。”艾森斯坦先生说，“我明白你的心情。我等你来这儿谈谈。”

他把何春燕、小文带着，走进宋老板的门。

他冷眼看着宋老板的一言一行。他不能不对他熟练的虚伪，感到折服。把他们一直送下电梯，才回到艾森斯坦先生的房间。

“这是麦伯里打来的电报，”艾森斯坦先生把一张电报拿在手上扬了扬，“宋去告了一状，哈。”他冷笑起来：“二十五日那天，麦伯里把电报直接打到我家——不是打到公司，Victor，要我立即停止投票。”

他没有说话。

“我跟宋是没完的，Victor，这下流的老头。”艾森斯坦先生说，“麦伯里听他的话，打一封长电报数落我一顿。”

艾森斯坦先生走近窗子，瞭望窗外。白花花的阳光，直照着外面高高低低的大楼和巨厦，看来像是笔触明快的波普画。

“不过，麦伯里有一句话，说对了，我想，”艾森斯坦先生说，“对于企业经营者来说，企业的安全和利益，重于人权上的考虑。他说的。”

张维杰抬起头，看着艾森斯坦先生的背影。

“试着了解我的处境吧，Victor，”艾森斯坦先生转过身来，用那一对漂亮的大眼睛注视着他。

他笑笑，站了起来。

他回到自己的办公室，左摸摸、右弄弄，总觉得不对头。“企业的安全和利益，重于人权上的考虑。”——艾森斯坦先生的声音，像一口难以咀嚼和下咽的食物，在他的空疏的脑中，左摆、右摆、横放、竖放，都摆布不好。他突然觉得疲倦、眩晕了，他靠着倚背，想闭闭眼睛。

突然间，一阵翻胃，他冲到洗手间，哇、哇地吐了一地。

从洗手间回来，他抓起一张白纸，用铅笔写了一封短短的辞呈。他的辞职的理由是因为“病得厉害”，却料想着艾森斯坦先生应当看出 very sick 的另一个含意：“恶心至极”。

他把信留在书桌上，兀自走了。

他走下电梯，抢着穿过目中没有斑马线的、不断急驰着的车子的马路，无意间回身，看见那华盛顿大楼依然巍巍地、冷峻地、讪笑似的盘踞在那里。

他站着看了一会，便转身慢慢地渐走渐远了。

8　倘若你今晚有空

离开麦迪逊以后，张维杰回到那没落了的矿山区的老家。一贯不苟言笑、一贯摆着冷峻的脸的他的父亲，却颇不谅解。

“你爸说：在美国仔公司，好好的，为什么不做了。”母亲说。有着一张圆圆的脸的母亲，从他小时到大一直是他和父亲之间的传话人。她说：“你爸说，读书读多了，反而没路用。种田，会吗？在美国仔公司，好好的，也不做。你爸说了：都快三十了，也不娶个老婆，难道还回去教死书呀？这是你爸说的。”

原想回来休息一阵，让疲倦的心安静下来的，却不料并不如意。于是有一天，他从午睡的床爬起来，把回家以后一直不曾刮过的胡子，剃个干净，把他的母亲偷偷地拿出来的三万元私蓄，凑成八万，离开了家，跑到这里来搞起贸易，一晃，也竟两年了。

这八万元，虽然在极力俭省的开销中，仍然十分快速地融化下去。就在只剩八九千元的时候，从韩国来了一笔小小的生意。就这样，他的生活，成了无日无夜的奔波、焦虑，和“啊，要是这一笔能做成……”的苦痛的盼望的永无止息的轮回。麦迪逊、小文、何春燕、赵公子、素菊……这些，在商场中死命地求取生存、稍能生存之后又死命地求取发展，把一笔生意在小小的袖珍电算机上敲了又敲、算了又算的生活中，逐渐淡忘了。

如今，在读过这三本小文的日记之后，却无端地听见他那原已仿佛枯萎了的心的孱弱的呻吟了。

他突然觉得，自以为很辛苦地工作着的这两年来的生活，其实是懒惰的生活。只让这个迅速转动的逐利的世界捶打、撕裂、锉削，而懒于认真寻求自己的生活……

怀着这样的沮丧的心，他随手拿起福岛的信，不知不觉地一边抽着烟，一边重读了一次。看看表，是凌晨的二时。他想了一下，抓起铅笔，写下一封英文回信的草稿：

福岛定一

开发部部长

安藤商事株式会社

一〇一东京都千代田区一桥七一七一一，日本。

主旨：压克力板信用状……

……

他的信中严厉地指责对方屡次不守来台采购时口头上的

协议，每次有意利用强势商业地位，压低代理人应得利益之不当。他并且把信用状退回，要求一切按照对方来台时的口头协定重开，否则拒绝受理代理工作，以后并拒绝来往。

在信稿的末尾，他不明所以，却以安静的心情写着：

Lily：

我昨日晚睡，今早怕要来迟一点。麻烦你把这封信打好寄出去。谢谢。

倘若你今晚有空，我想请你到台北吃饭。

非常希望你答应。如果不放心把丫丫放在家里，也把她带来。

V. C.

他挑了一只红原子笔，把这一部分框了三个框框，对着自己温暖地微笑起来。

他锁上门，走了出去。天上是稀稀落落的星星，在夏夜中温柔地眨着眼睛。

“这两年来，为什么我只是把她当作效率很高的打字、打杂的机器……”

他对自己皱着眉，摇摇头，轻轻地喟叹起来。

初刊于一九八〇年八月《台湾文艺》第六十八期

万商帝君

华盛顿大楼之四

1　凡劳苦背重担的人……

“Meeting adjourned。谢谢大家。”

刘福金说，他用左手搓揉右手上的粉笔灰。财务部的小林和业务部北区主任小赵，走向讲台找刘福金问问题。大部分的人收拾笔记本和讲义，陆续离开了会议室。家电产品部的 Bobbie 卢，把眼前茶杯中剩下来的淡茶一口气喝完，摸起一支长寿，点上火。他用他的大手一把将讲义全揽在腰间，一边喷着烟，一边自言自语地说：

“香港的，很会盖啊。”

业务部的陈家齐经理，回过头来看了 Bobbie 一眼，沉默地走了。看着陈经理壮硕的身材消失在会议室的门口，Bobbie 一个人轻声笑了起来，露出两只银牙。“是会盖呀，人家。”他吃吃地笑着，忽然看见安静地坐在角落的林德旺。“他不服气？不服气的人可多了。可人家是有两把刷子咧。”

林德旺没说话，慢条斯理地把笔记本、讲义和练习簿拢在一块。Bobbie 卢吹着口哨走出去以后，整个会议室就剩下他一个人。他望着黑板，除了刘福金在上课前写的几个大字：M. B. O.：Management By Objective，其他的字都被黑板擦潦草地擦去一大半，会议室里全是凝聚不散的烟味，冷气兀自飒飒地吹着。

林德旺把鼻子轻轻地抵着自己合了十的双手，自言自语地说：

“香港的，会盖。”他抬起头来，默默地看着黑板，“M. B. O.……会盖，有什么用？”

他站了起来。

“有什么用？哼！全是纸上谈兵！”

他被他自己大声的独语吓了一跳。他用双手捂着嘴，两只眼睛慌忙地看着会议室门口。他若有所思似的，收起桌上的东西，匆匆走出会议室。

“没有用啦……全是纸上谈兵……”他在肚子里对自个儿说，“纸上谈兵啊。陈经理说的。M. B. O.……”

第一个为刘福金取“香港”这个外号的，是陈家齐。刘福金的英文名字是 King H. K. Lau。一切传阅于经理间的文件上，H. K. 就代表刘福金。陈经理说：

"刘福金，为什么英文拼起来是 H. K. Lau 呢？"

在美国波士顿的总公司，今年三月间下达了一个政策指示，说是往后各国分公司的人事品质应该加以管理。"尽量以受过各项专业教育的人为今后各分公司人事资格的首要考虑，"文件上写道，"尤其是企管硕士（MBA）的需要性，更为紧迫。"

刘福金便是这个新人事政策的产物，由于他具有土产企管硕士的学历，而且曾经在一家著名的美国药厂有过三年企划部副理的工作资历，终于透过公开征选，取得了台湾莫飞穆国际公司（Moffitt & Moore International, Taiwan, Inc.）企划部经理的职位。

不必等到刘福金考进来，光就刚刚出缺的 Marketing Manager 要通过向外征才——而不是名正言顺、水到渠成地把坐在业务经理室足有五年，而且为公司达成显著业务成长的陈家齐升上去，早就是对陈家齐一记意外而且沉闷的打击了。

可陈家齐是条汉子。林德旺看得真，陈经理依旧是那张脸：平头、黑脸、厚厚的嘴唇闭得老紧，每天早上依旧是准八点把车子开进华盛顿大楼的地下停车间，没等一楼的铁门儿打开，就直接从停车地下间坐电梯直上七楼。等到整个营业部的人全来了，陈家齐早已潜心工作了一个小时。下班就似乎素来与他无关似的，下午五点二十分左右，整个公司都在为下班悄悄地收拾着。独有陈家齐的大办公桌上，还是堆满了工作。

刘福金来报到那一天，总经理哈瑞·布契曼（Harry J. Buchmann）先生亲自带他来介绍给陈家齐。

“C. C., meet our new Marketing Manager, H. K. Lau.”

“C. C.，见过我们新来的行销经理 H. K.。”布契曼先生说。陈家齐笔直地望着刘福金，握住刘福金出奇地柔弱的手。布契曼先生一直述说着陈家齐怎样地是一个公司的珍宝，怎样地使公司的业务保持平均十五到二十个“波仙”的成长率，但陈家齐却全听不真切。那时，在他的心中，只反反复复地嘀咕着一句类似这样的话：“H. K.？ H. K. 不是香港吗？”他于焉笑了起来。他用英文礼貌地说：

“欢迎你参加我们的行列。”

哈瑞·布契曼先生看来兴致很高。在他优雅的金丝眼镜后面的一双灰色的大眼，闪烁着愉快的光芒。他们临走开时，布契曼先生对刘福金说：

“You’ll get to know him, H.K., He’s terrific.”

你就会认识他的，H. K.，他真行，布契曼先生说。陈家齐坐下来，摸出一支 KENT，点上火。他有些泄气，有些迷茫。瞧他一张嫩脸啊，他想，一副没下过市场，光会念书、考试的嫩模样。长头发盖着耳朵，那德性！单眼皮的眼睛，往左右上方微微地斜着开在他微黄的脸上。中等个子，黑玳瑁框眼镜，脸算是长的罢，衣服倒是穿得挺正的。都一样，他们这种料，除了会穿衣服——从衬衫、领带，一直到西装、鞋子……他们还会什么？

林德旺细心地看着陈经理，连一点点细节也不放过。他看见陈经理左手挟着烟，右手忙碌地在电算机上敲。他还是他啊，林德旺想，纹风不动，根本没有把这姓刘的放在眼里。可惜的是：陈经理没有看到我不甩他的样子，他想。当布契曼先生和刘福金从陈家齐的办公室出来，林德旺的眼角，就感觉到他俩往他这边走来的影子。他站起来，望着布契曼先生，堆出一个大约应该看来蛮和善的笑脸。

"This's John Lin, our Custom Coordinator..."

"这是John林，海关事务联系员……"他只随便握个手。那简直也不是握手呢，陈经理，他热切地在心里头说。我只是捏捏，这样子地捏捏……他对自己说，"您好！"他用手在空气中捏了捏，轻轻地上下摆了摆，然后独自捂着嘴，笑了起来。

就是可惜陈经理没有看见这，林德旺懊恼地想。我不会的，他跟自己说：我不会气浮心躁。你考验我好了，陈经理，我是你的人……

"John!"

"噢！"林德旺大梦初醒一般，猛地抬起头来。

他看见 Lingo 站在他的桌前，冷冷地看着他。

“方才海关打电话来，”Lingo 说，“说 IPW 77、79、82，还有 OTM 112、121……可以去结关了。”

“噢。”林德旺说。

进出口部的 Lingo 恁意在林德旺的桌上拿起一包长寿，抽出一根烟，叼上他那薄薄的嘴角，点上火。

“× 你娘哩，林仔德旺。”Lingo 说。叼着的一根烟，在他的嘴角一上一下地点头儿。人都说他像老早以前意大利出品的西部武打片里那个“林戈”，瘦削的脸，浓密的眉，一腮帮密麻麻的胡楂子。“你要死啰，”洋名儿 Lingo 的林启堂轻声说，“一个人比比画画，一个人嘟嘟嘟说话，哈！”

“哪有？”林德旺说。

“哈，× 你娘哩，你神经病啦你！”Lingo 说。

“哪有，我哪有！”林德旺说。

“就是明天早上，你去结关哦，把东西全领出来，知道吗？”Lingo 说，“待会儿，你就把那些 Cat. file 全拿来。”

“哦。”林德旺说，“IPW, IPW……”

“IPW 77、79、82……”

Lingo 用单调的声音说着，让林德旺抄在纸头上。香烟拖着灰白的烟灰，在他的嘴角一上一下地跳动，而后他走了。

林德旺看着林启堂走开。

——反正，总是要不断地出情况给我就是。

他怏怏地想着，站起来走到型录档案室，把 Lingo 要的，全找了出来。

——反正，他们就是要这样，慢慢整你，折磨你。

他独自说：

——考验我的忠诚嘛，陈经理……

在幽暗的档案室里，他流泪了。

然而，刘福金这“香港的”，接下企划部，竟而真是不颠不簸的。开过几次联系会议，机械部、纺织部、化工部，一般都还服气。连着说他“没什么”的人，固然不少。但一般地看来，大约还同意这刘福金说的、讨论的，还算是内行人的嘴里出来的话。

刘福金的名片印出来以后，在一次训练会中发给了大家。

“King H. K. Lau.”有人念着，觉得疑惑。

“用台湾话念，我的名字是：Lau Hokk Kim……”刘福金笑着说。

“啊！是台湾话啦。”

“是啊。”H. K. 笑了起来。

“我想咧，为什么刘变成 Lau，原是这样。”

“我们是台湾人嘛。”H. K. 笑着说，“用父母音读自己的名字……”

“哦哦。”

坐在对角的陈家齐，在人都不曾注意的时候，儆醒地抬起头来，吃惊地凝望着刘福金。奇哟，这是什么意思啊，他茫漠地想：台湾人……

他冷静地看着刘福金走向讲台。一个星期以来，每个星期三、五，台湾莫飞穆国际公司的各部经理，都得提早一个小时到公司上 H. K. 的课。这是哈瑞·布契曼先生规定下来的。公文一下来，一时怨声载道。

"光会吠声，有什么用？要能咬架，才是本事。"

"生意这么紧张，浪费时间上课做什么！"

大约就是这一类的埋怨。

然则，第一堂下来，埋怨的人少了一大截。哈瑞·布契曼先生做了三十分钟的开场讲话，头一次阐释了老是跟在各种文件上公司全名 Moffitt & Moore International 底下的一行英文字：The World Shopping Center 这一行英文当然好懂。但也在布契曼先生作了一番解释之后，大家才知道，原以为懂得的，却一直不曾明白过。"像莫飞穆国际公司这样一个多国籍企业，是人类有史以来，头一次有能力借着现代组织、科技、资金和理念，把这人类所居的地球，当作一个整体，加以管理、经营，并且卓然有成的机构。"布契曼先生说道。他接着说，由于生产技术的飞跃发展，而这生产技术因生产的多国籍化，使"增进人类福祉与世界和平"的现代科技及其结果，遍布到全球每一个角落，完成了经过缜密经营管理的全球性劳力的分工。此外，跨国企业，感谢杰出的世界银行团和各当地银行的支持，使货币资金的国际交流成为可能。“最后，我们也借重全球性现代传播科技的发展，使我们不但能够对新的顾客卖老产品——例如把过时、过样的车子和电化产品，卖给第三世界；也能对老顾客卖新东西，例如把最新研究发展的昂贵结晶，卖到第一世界。”布契曼先生激动地说，“先生们，我们卖的不只是各种产品。更重要的，我们卖的是一种理念、一种文化。进步的、合理的、舒适的、享受人生的理念和文化！”而莫飞穆国际公司，这个已有二十五年历史的国际性大贸易公司，便是在战后超国界、超种族的企业基盘上，“把世界当作我们经营管理的地理范围，把海洋当作湖泊，把各别陆洲当作市内的分区，把各民族人民当作零售顾客，把各世界大公司当作我们的中盘和零售商——这样一个‘采购中心’。先生们，我们是World Shopping Center！”

布契曼先生接着又说，每一个台湾莫飞穆国际公司的管理干部，从现在开始，应该成为一个世界的管理者（Global Manager），这就非讲究管理技术与知识不可了。由H. K.开始的这个比较简单的训练会，只是一个开始。“在波士顿的总公司，正在进行着一个整体的计划，要有计划地整训我们在全世界二十四个国家驻在的八十二个分支机构中的中级以上管理干部，”布契曼先生微笑着说，“更令我们兴奋的是，先生们，这个莫飞穆国际公司的全球性管理训练会议，已经决定在台湾举行！”在一片掌声中，布契曼先生微笑地环顾会议室。

剩下来的半个小时，便由刘福金从“管理和管理者”（Management and Manager）开始了第一课。下课以后，一般觉得条理固然清楚，资料也算丰富。但也有人以为所说“全是教科书上的东西”，或者说“他提到的 Peter Drucker 那本书，其实我老早也读过”。但归结起来，许多以自己有坚固的实务体验自诩的台湾莫飞穆国际公司各级经理们原先对这个“训练会”的敌意，以及对于竟然由乍来新到的“香港的”当讲师所引起的不满，在布契曼先生的一席话中，全部消解了。以“世界的管理者”自许的兴奋和严肃的责任感和自我期许，逐渐弥漫在台湾莫飞穆国际公司的每一个经理室中。

林德旺回到他的座位，一眼看见陈经理在他的办公室里和两个销售工程师在谈话。他坐了下来，漫不经心地翻开笔记。除今天上课的题目“M. B. O.：Management By Objective”之外，他一个字也没写上。

上管理训练课，林德旺当然并不曾被列入公司指定去上课的几个经理的名单之中，因为他只是个海关事务课的联系员，在职务上，还松懈地归林启堂—— Lingo 管的。第一天上课，他不知道。那天早上十点多钟，他从海关回来，听见几个小经理谈论着训练会，心里便已觉得又慌、又闷。他忙着整理从海关带回来的报表，但实际上，只要有谁在谈早上的训练会，他的耳朵就立刻向着谁竖立起来。他逐渐知道，几个大经理之外，连 Bobbie 卢、Lingo 林这些货，全参加了。他觉得很羞耻，很懊恼。他甚至觉得全公司的人都在嘲笑他，即使在电梯里和公司的小妹相遇，他也要花很大的气力才装得出一副满不在乎的样子。三专毕业以后，他去内坜服役。两个月后，连上派他去受训，三个月后回到部队，他升上士。陈经理应该圈他参加管理训练会的，他痛苦地想。经理。他多么想当一个经理。陈经理明明知道，我忠心、可靠，他躲在型录档案室里，摸着那些发霉的档案，苦苦地想：陈经理看得见我任劳任怨，对不对？我已经好几次暗示过他，我是他最忠诚的人，我是他派下唯一的秘密的干员啊。

——其实，他也好几次暗示过我：要升，要升。升，升！

他在阴暗的档案室里独自说。就是上一个月，他拟写了一份报告，建议陈经理改进海关业务，要特别设立一个海关事务部，专设一个经理，再请一个办事员、一个秘书。秘书呢，最好由办公室的 Rita 来担任……他花了好几天在家里用七张十行纸把报告抄好。他原想请 Rita 翻成英文，用她那一架漂亮的 IBM 打好。可是他就是鼓不起勇气。把报告压在抽屉里一个多月，才趁着陈经理到总经理室开会时，拿出来摆到陈经理的桌子上。他然后提着公事包，一溜烟到海关去办事。办完事，回到华盛顿大楼的楼下，逡巡犹豫了一番，始终鼓不起勇气回七楼的公司去。他终于向楼下的大楼管理员买了一包香烟，走了出去，绕过两栋大楼，找到一家“蜜蜂咖啡”打了半天的小蜜蜂。

回到办公室，陈经理即刻招他到他的办公室。

“你搞什么鬼呀？”陈经理说。

“没有哇。”他一脸的无辜，笑着说。

陈经理的眉头为怒意打着结，端详着他那一张尖削、苍黄的脸。

“生病了？”

林德旺差一点掉泪了。他努力地把一时涌上来的悲哀吞下他那瘦小的肚子。他低下头，拚命摇着头。

“有病就去看病！找 Rita 要劳保单不会吗？”陈经理皱着眉头说。

“我没有病。”他微笑着说，“谢谢您，陈经理。”

“没有病就好好工作！”陈经理怒声说，“不要整天像个游魂！”

林德旺望着他，心里想，他说什么呀，怎么我全听不懂。哦，是关于那个“香港的”吗？呔！“香港的”有什么，值得您陈经理这样生气。他想着。

“去年老金把你调到业务部来，说你人老实，卖力气，”陈经理匆匆地点上烟，“可是他说你有些糊涂……工作上，有困难吗？”

“没有。”他依然微笑着说，“并没有。”

工作上有什么难？海关的事，我用膝盖头去办就成了，林德旺想着。

“没有！”陈经理生气地把他花了好大心血写成的报告丢到字纸篓里，“以后，你给我省省，省省！”

他依旧微笑着，温和地看着陈经理的一张“国”字型的脸。他然后起身，鞠躬，走出陈经理的办公室。

“莫名其妙！”

他听见陈经理在背后嘟哝着。

“莫名其妙！写的些什么鬼名堂，全看不懂。”

他回到座位上。Rita 把打好的海关报表送来给他。

“怎么了？”

Rita 小声问他。

“没什么。”林德旺说。

他仿佛开始专心地检查 Rita 打好的报表。在五六张报表底下，Rita 又夹了一张福音单张。“凡劳苦背重担的人，到我这里来……”他把单张抽出来，收在右首第一个抽屉里。他把所有 Rita 送给他的福音单张都整齐地收在那儿。Rita 是业务部陈经理的秘书。但她和全公司的秘书不一样。她从来不打扮，从来不搔首弄姿、嗲声嗲气地说话。三十出头，人却都称她为“奥巴桑”。她为人谦和，工作努力，整天跟着几近于工作偏执狂的陈经理打转。可她再忙，总是不忘找机会把福音单张送给她觉得急切需要送的人。“凡劳苦背重担的人……”林德旺想着，就是孟子说的，“天将降大任于斯人也”的那种人罢。“必先劳其筋骨，苦其心志”啊。但是，方才陈经理的话，一直在他的机敏的脑袋里轰轰地响着。“你给我省省！省省！”

——省省，省省！

他把 Rita 打好的文件装进公事包里，想着：

——其实，“省”，就是“升”。升升。升！升！他的意思，就是要升我。升我做经理啊！

他感激得想哭。陈经理那么生气，其实，他想：其实是一种掩护。他确实相信，陈经理已经和财务部的老金，人称“财神”的，配合好了，要一举推翻“香港的”一派，林德旺出神地想：他对我生气，就暗示他已经把我算在他的一派。由于目前时机尚未成熟，故意用表面的敌意来保护我哩。林德旺严肃地想着。

他开始快乐起来。等到第二次管理训练会，他就按照他自己苦思后拟定的计划去做了。先是帮小妹把十几杯的茶端进会议室。每个人都诧异地向他连声道谢。他微笑着，看见总经理布契曼先生并不在，然后他就拿着自己的笔记本，找到一个角落，大模大样地坐下来。有几个人回头看他。他却满不在乎地望着黑板，细心地抄笔记。

现在他坐在位子上，看着刚上课回来的笔记本上几个斗大的英文字：M. B. O.。在三专的时代，他的笔记写得最好。每次临到考试，都被借去影印。他后来索性自己去印，装订成册，一本一百元地卖，也因此得了“出版社”的诨名。在许多整日花钱荒嬉的同学中，他的好成绩和他的“出版”一样受到某种尊重。三专毕业，当完兵，他就自己找工作，到几家小贸易公司当外务。他读破了几本类似《青年成功要诀》《青年创业十讲》之类的书。就在干外务的时候，知道有一家国际性大贸易公司“台湾莫飞穆”。他先是考到金先生的财务部当办事员。金先生说他憨厚老实。直到有一次，林德旺自动在星期天到公司加班，撞见老金和布契曼先生的大秘书 Lolita 躲在会客室，衣衫不整、狼狈不堪，才被金先生调到业务部。那时候，林德旺真怕，恨不得自己瞎掉眼睛，什么都不曾看见。他骇怕当时自己见了鬼一般掉头就跑的样子；担心被金先生革职，整夜都梦见 Lolita 把胸衣扯在一边，露出肥硕的乳房。待他醒来，发现自己流了一枕头的唾涎，满身的冷汗。打第二天起，林德旺的一双眼睛没来由地痛了好几天，天天骇怕金先生下条子请他走路。一直到月底发饷，他急忙拿着薪水袋躲到厕所，看看里面并没有停职的通知，才放下一颗忐忑的心。如果要他离开台湾莫飞穆，他宁愿一头从七楼栽下这宫殿一般巍峨的华盛顿大楼。冷气，地毯，漂亮的办公桌椅，漂亮的人们……这全是“成功”和“出世”

的象征啊。他躲在厕所里，一个人流泪，一个人安慰自己，一个人笑。他下定决心成功。离开台湾莫飞穆，他再也没有更好的机会和乡下的父母那种粗鄙、辛苦的生活一刀切个两断。

调到业务部以后，一切似乎都很好。林德旺卖力工作，把金先生那件事真真实实地忘个精光。碰见金先生，他会诚恳地说："金先生好。"碰见 Lolita，他也会堆着无邪的笑容说："赵小姐好。"反正，金先生，赵小姐，他逐渐明白，和陈经理是一伙的，他想。至于陈经理没有升到企划部，应该也没什么。考验嘛，他想，布契曼在考验陈经理，就好比陈经理考验我。刘福金，那个"香港的"，只不过是一道测验题，陈经理您可要答得好哦。等考过了，"香港的"还不是一脚被踢一边儿凉快去!

有了这新的领悟，他今早上课时就开始不记笔记。他可看得真切，全场都在记笔记，有的每个字都记，有的用英文记大纲大领，唯独陈经理，他不记。他只是望着会议室上一个菲律宾黑木雕刻，一边听，一边喷烟。"全是纸上谈兵！"业务部北区主任小赵，曾经学陈经理这样批评"香港的"。可是小赵不聪明，他把刘福金当作大教授，下课问问题，每次讲完一个段落做小测验，小赵总是成绩最好的一个，还给刘福金取了个外号："管理教授"，也不知道他是骂人还是捧人。

"其实呢，M. B. O. 这三个字母，就揭穿了'香港的'阴谋，"

林德旺喃喃地说，“O 是什么？ O，就是组织：Organization。‘香港的’在搞组织。Organization！这还不明白？哼！”

这一点，他可一定要告诉陈经理。他抬头望着陈经理的办公室。陈经理在他的大椅子上轻轻地左右旋转，一边跟电话叽叽呱呱地讲英语。国外电话！希望他不要太大意，把他反扑刘福金的秘密讲出去才好，林德旺想着：他知道的！他怎么不知道？那“香港的”搞什么把戏，能逃过陈经理的眼睛吗？他于是又高兴了起来，远远地对着陈经理迅速地做了某一个手势，表示他完全在情况里头。他拎起公事包，走到 Rita 的桌旁。

“Rita，”他说。

“嗯。”

她停下说不上来有多迅速地在打字机上驰骋的她的双手，抬头望着林德旺。她看见一张白里泛黄的、尖削的脸，和一双闪烁着莫名的快乐的眼睛。

“Rita，我去海关哦。”林德旺说。

“嗯。”

她说。她看见林德旺白色的衬衫领子，有些黑黄了。一条蓝条子领带，也有些肮脏。一年到头，John 总是白长袖衬衫，蓝的或者赭红的领带，铁灰色的长裤。夏天里，他把袖口卷起三分之一，冬天里，他规规矩矩地扣着长袖口，穿着一件也是铁灰的西装。

"Rita，"他说，"陈经理问起来，说我去办事。"

"嗯。"

"还有，Rita，"他说，"凡是劳苦背重担的人……我要得救了。"

"感谢主！"

Rita 的眼睛亮了起来。奇妙的救恩！她目送着林德旺像个乖顺的小孩般走出办公室。全办公室，大约只有 Rita 以她的基督徒的慈爱和一颗慈母的心肠，不明所以，却确然地感觉到林德旺内心深处隐藏着不可言说的悲伤、重压和伤害——奇妙的救恩……

她想着，继又嘀嘀嗒嗒地打起字来。那声音，就好像夏天的骤雨，猛烈地打在旧时木头的屋檐上一般……

2 ROLANTO

台湾莫飞穆内部的管理训练会议，从头到尾整整搞了一个多月，一共是十个钟头。在这段时间里，刘福金在台湾莫飞穆管理者同僚中，很快地建立了一定的威信。一般地说来，年轻的经理、主任，比较能够完全接受他。十个钟头中，列出来的管理课程，是十分动人的。例如管理计划的构成、组织和任用、管理中的领导、目标管理、时间管理、销售计划的构成，等等，对许多工科毕业的经理们来说，听起来很"科学”，很合乎科技的合理性。其实，对于他们，管理技术最令人陶醉的，还不全是它的合理主义，而是在于它像是一个新时代的宫殿中的礼仪。学习了这些仪节，年轻的经理，像新时代的贵族，可以进入这个新时代的宫殿，并且一级一级拾级而上，通往布契曼先生所说“世界管理者”的宝座。

对于壮年代的管理者，至少在公开的场合，对于“香港的”所介绍的课程，总是微妙地不赞一词。理由是，自己十多年来从销售实务实际上打着滚坐上管理者的位置，身经百战，什么情况都见过，什么问题都解决过，觉得管理工作，实在不是嘴皮说的那么轻松。有少数一些壮年经理，愿意承认刘福金把管理实务作了一番整理。“我的理解，是从实务体验来的。看他在市场上还嫩得很，不晓得他是不是真的懂得他所讲的那些话哩。”机械部的蔡工程师说着，就咯咯地笑个不停。但是，不论如何，刘福金有了另一个诨名儿：“管理教授”。人前人后，“管理教授”逐渐取代了他的另外一个雅号——“香港的”。当然，一样叫他“管理教授”，却表现着称呼者友善、尊敬，以至于揶揄甚至妒忌等各种不同的心理罢。

就这样，台湾莫飞穆国际公司的经理层，自然地、微妙地、隐约地分成了两派。一派是以“管理教授”为中心的少壮一派，年龄上多在卅五岁以下的年轻经理和主任。另外，则是以业务部陈家齐为中心的一派，以公司资深经理为中心。有人因为陈家齐的英文名字是 C. C. Chen，戏称“三 C 派”。

其实，仔细研究这两个“派系”，就知道它们都是十分松散——松散得叫人怀疑是否可以称得上那种严重到只能以耳语来谈论的那种“派系”。因为，虽说年龄是两派间最显著的差别，但，三十五岁以下的经理，未必全是拥护“管理教授”的一派，例如 Bobbie 卢就是个例子。“三 C”一派，基本上全是资深经理，大多是从基层“捋”出来的干部，虽然没有“理论”，但实践上累积了许多具体体验，对实务上火候不到的年轻经理，有自来的轻视。但即使这样，也有例外。财务部的老金，十多年前从美军军官俱乐部的会计部门退下来，就到台湾莫飞穆掌财政，不党不群，仔细把饭碗看得好好的，工作之外的事，就凭着他的本事，自求逍遥。

只有几个政治上敏感的经理，才知道“管理教授”刘福金和“三 C 派”教头陈家齐之间，在一个题目上，存在着十分紧张的对立。

起先，人觉得刘福金用闽南语语音把自己的名字拼成 Hokk Kim 而不是 Fu Chin，觉得新鲜。但不要太久，政治上敏感的人，就发觉刘福金新鲜的还不只这一端。因为上管理课的时候，刘福金真有那么点“教授”之风，因此有许多年轻的经理像学生问老师一样，喜欢在中午一块吃饭或者其他场合，找他谈问题。结果，话就传了出来，说“管理教授”认为台湾人不是中国人，而是山地人（更正确地引用他的话，是“马来·波里尼西亚”人）和荷兰人的混血人种；说台湾人，经过几百年社会的、文化的变迁，早已形成了一个新的民族；说是他认为台湾话就是台湾话，和中国的闽南话已有这样那样的不同；说他认为台湾有独特的文化和社会，已经使她完全和大陆中国断绝了关系；说是他认为党外运动就是“台湾人”寻求新的“自我认同”的运动，因此对于当时一个女性“台湾人”党外，和一个男性“中国人”党外候选人联合竞选公职，大大地不以为然。因为在他以为：那个“中国人”候选人，其实是一个“大汉沙文主义者”，是一个“并吞派”哩！

此外，“管理教授”对时事的见解，也有独到之处。例如说：美国保护台湾，主要是保护“台湾人”。美国对台军售拖拖拉拉，其实不是受到“共匪的牵制”，而是不让台湾人在武器的威胁下“人权受到蹂躏”，云云。总之，美国人特别疼“台湾人”。

“管理教授”为人倒是磊落。口无遮拦的结果，他的政治见解，早已不是什么秘密了。信服他的见解的人是有的。这又因为年龄而有不同的态度。年少气盛的人，喜欢一有机会就找他谈论。年纪大一些的，会说：“毕竟是嘴上无毛呢！像这种瓮声、好啼的，总是做不了什么事的；都注定要先死的，看着好了！”从而虽然想法相同，却反而不肯同他相与。

最早警觉到刘福金的“危险思想”的，是陈家齐。在本省人甚多于外省人的工作环境下，平时没什么，可一旦有人提起“中国人”“台湾人”的话题，上海籍的陈家齐，警觉的红灯立刻就会亮了起来，而何况他又在一个在台湾越来越少的传统式中国家庭长大的孩子。陈家齐的父亲，是一位退役的将军。七十好几了，身体、精神还好得很。他一贯以带兵的方法带两个儿子、一个女儿。严厉，打骂，要求绝对服从不说，不管一个家随着工作东南西北地调动，客厅中央，一定供着祖宗的牌位，要妻子儿女晨昏上香。到了过年，他老人家一定要戎装整齐，率领家小向牌位跪拜。家里有一本陈老先生亲手修订、抄写过的族谱，要孩子从小背熟几个重要祖宗的名字，例如庆恒公、侃徽公……之类的。陈家齐印象最深的是，小时做错事，挨打之余，还要向着据说是古代尧帝之后的祖宗长跪。

陈家齐长大了，在F大学化工系毕业，到美国去读三年书，就遵从老父的命令回来“报效国家”。在洋公司做事算不算“报效国家”呢？这个问题，却从来没听陈老先生发表过什么意见。

读的是科学，又到外头见这点儿世面，陈家齐当然不至于像陈老先生那样，在一些“原则”上头固执得一点儿弯也不能拐。但，不论如何，刘福金的“台湾人不是中国人”论，很深地激荡了他深在的宗族情感和爱国忠党的心怀。

但是，陈家齐毕竟是一个在沉重的实务工作上锻炼出来的人。他正确地认识到：他在公司里头的力量，是将近八年来业务上的实力。他和许多其他部门的经理——绝大多数是“管理教授”所说的“台湾人”——在一个接着一个工作挑战中，同心协力把台湾莫飞穆国际公司搞成今天每年营业额五亿八千万新台币的规模。洋老板来来去去，也调轮了两三个。可他们这些台湾莫飞穆的中坚础石，自成一个凝固的力量。他们吵过嘴，争执过——不是为了政治，而是为了工作的方针和政策。他们可也同心合力克服过困难，占领过一个又一个业务上的山头。如果陈家齐得罪过什么人，只有他手下遍布全省的三十几名业务代表。那是因为他要求勤奋、忘我、一丝不苟地工作，和沉重到几乎不可能达成的业绩成长要求。但是，仿佛要惩罚他自己对部属近于苛酷的工作要求似的，他自己是一个对工作具有近乎自虐狂的偏执的人——长年来几乎没有家庭和私人的生活，没有任何固定假日。这一切，为他带来了大部分的畏惧、少部分的敬佩，却没有为他带来怒恨的敌人。

陈家齐估计过这些。更何况在留美期间，他还是某一个“反共同盟”的中坚分子，所以在政治上，他比管理教授老到得多了。在他看，像刘福金那样的言论，在美国，他听得太多了。于是，他依旧沉静、劳苦地工作，依旧绝口不谈政治。他知道他的实力丝毫不曾松动。“这儿毕竟是台湾啊！”他冷冷地想，“刘福金这样喳呼，总有一天倒霉的。”是以他小心、谨慎，当心不使自己同可以预测的刘福金的破灭，扯上任何关系。这，对他来说，是极为重要的。对他，在台湾莫飞穆国际公司的工作，早已不只是金钱和地位的获得，而是对工作和成就——从台湾伸向以全球为舞台的工作和成就——的嗜狂。他是绝不让任何事物、任何人破坏他与台湾莫飞穆国际公司肉血相连的关系的。陈家齐笃笃定定地工作着。他在工作上不住地挺进，以具体的业务成绩向着“管理教授”的权威形成逼人的包围态势，直到有这样一天，两个阵垒就在一个行销业务会议上开了火。

九点半才过，布契曼先生和他的秘书赵小姐走进会议室。

“Good morning!”布契曼先生心情愉快地说。

会议桌的一边坐着刘福金、家电部经理 Bobbie 卢和两个广告公司的人。会议桌的另一边，坐着陈家齐一个人。每个人跟前早已泡好了一大杯茶。

“要不要咖啡？”Lolita 用她在台北美国学校训练出来的地道美国话问布契曼先生。

“好的，谢谢你。”布契曼先生说。

Yes, thank you! 陈家齐不知不觉地把这句英语写在拍纸上，并且在它的上下左右，漫不经心地画着花边。台湾莫飞穆国际公司，在台湾设立十六个年头里，从来只是把北美洲和其他国家需要的台湾产品卖出去；把台湾所需要的美国、西欧的产品办进来。但是这一次，台湾莫飞穆头一遭计划从意大利进口一种牌名叫 Rolanto 的小型铁板烤炉，准备在台湾开拓市场。台湾莫飞穆国际公司特别成立了行销部门、招考了刘福金，中心的目的，也在于从 Rolanto 的市场开拓开始，使台湾莫飞穆成为不仅是单纯的进口和出口商，而且要成为适当的国际性商品在台湾这个市场的经销企业。

这两天，陈家齐仔细地研究过刘福金为了今天的会议所预先发出来的资料。Rolanto 其实是一个大约长四十公分宽二十五公分的电热铁板炉，可以调整三种不同的热度。外国人用它来煎牛排、猪排，也可以用来煎些海鲜……刘福金雄心万丈，想把 Rolanto 销到台湾广泛的城市和乡村的每一个角落。

“先生们，”布契曼先生说，“我们都读过 H. K. 为我们预备的材料。今天是我们有关 Rolanto 的第二级会议。在这个 phase II meeting 里，我们将整个行销计划的初步概念，提出来听取营业部门的意见。”布契曼先生说，H. K. 将仔细报告整个有关 Rolanto 在台湾市场的行销计划，“从 H. K. 的整个行销构想，一直到计划的行动与策略，都应该经过业务部门的充分理解和检讨。”他说。

刘福金看起来紧张。这紧张却是一种兴奋的紧张，一种对于预期中的成就的紧张。他的单眼皮的，向着左右两边微微斜起的两眼，闪烁着抑不住的兴奋。他穿得格外整齐：浅蓝色的衬衫，一条宽大的、暗红色的领带，一身上下，仿佛几分钟前才浆烫过似的。

“Good morning, gentlemen...”

刘福金开始了。他的英文并不算流利。他在许多可以理解的情况下，犯些也是很可以理解的文法错误。但是，一般而言，他的发音却是准确的。特别是在台湾的英文教育系统下读“KK音标”出世的刘福金，有些地方，他的美腔美调，使得美国籍的布契曼先生也不禁莞尔。

“早安，先生们，”刘福金说。

他于是提起，早在“第一级”会议中，他就主张把Rolanto“向着广泛的台湾农村市场渗透”。“这个想法，连我自己也让它吓着了。”刘福金说。布契曼先生为这句话，朗声笑了起来。陈家齐这才抬起头来，附和地，却出奇地冷静地微笑着。

“然后，我想了一下，对着自己说：OK，这绝对不是一个馊主意，”刘福金说，“It's not a lousy idea at all.”

刘福金说，根据许多评估的标准，台湾的社会，已经是一个不折不扣的“大众消费社会”。

“虽然，在理论上，大众消费社会的登场，是和现代的大量生产相对应的。生产上还遥遥落后于西欧和日本这些富足社会的台湾，却在消费上，事实俱在地，进入了大众消费社会。”刘福金说，“是的，先生们。从耐久性消费财——例如汽车、冰箱、电视等等的绝对性增加；人民对商品欲望的不断增长；要更长期、更多量地拥有各种消费品这样一种有增无已的展望；瞬间主义代替了对永恒事物和价值的追求，快乐、纵情主义取代了过去的禁欲主义和节制的道德……先生们，这些，都显明可见地宣告了一个新时代——大众消费时代——的来临。”

以现代科技为基盘的大量生产，是大众消费社会的物质基础，刘福金说，如果台湾在现实上还没有充分先进的工业，台湾的大众消费社会又是怎么来的呢？对于这个问题，刘福金的理解是这样的：

“首先，是工业生产的国际化。”刘福金说，“在多国籍公司的经营下，工业生产具备了国际性格。”刘福金说，把面孔转向布契曼先生，“正如布契曼先生说，我们是在整个地球这样一个视野下经营的。先进国看来似乎是‘外国’的工业，在多国籍公司的中介下，成为落后，或者比较落后国家大众消费社会的基础。”

其次，据刘福金说，大众消费社会先行于一定的科技和生产方式而登场于台湾，是因为大众消费社会，是一个“观念革命”的产物。

“消费，先生们，并不是依着人们自然的需要自然生成和发展的。”刘福金说，“在一个 marketing 的时代，需要，是可以创造、可以操纵、可以管理（manage）的。”刘福金做了一个漂亮的手势，适当地表现了他的兴奋。他说：“对于现代企业、消费，即欲望的创造，是企业经由有计划的革新以适应市场的结果……”

把企业的产品迅速、广泛地普及于社会大众，必须通过企业有计划、有组织、有行动地“开发”人对商品的欲望——这就是刘福金花了四十多分钟时间神采飞扬地说明的一个着重点，他的美腔美调的英语，似乎越来越流利起来了。他说：

“这就是所谓‘创造欲望’，”刘福金用英语说，“如果以我们那位伟大的管理科学家 Peter Drucker 的话来说，‘创造顾客’，是企业活动的中心机能。而整个 marketing 思想的展开，便从这个起点开始的。”

刘福金以一种精巧阴谋的设计者那种快乐的声调说，要使每一个消费者成为今日的国王。要动员一切信息科学、心理学、行为科学和社会学……借着现代大众传播的各种技术知识，去开发人的七情六欲。“要解放人们的欲望，通过设计良好的企业行动，去开发人对于商品的无穷嗜欲。”刘福金说，“挑起欲望，驱使他们采取满足欲望的行动——购买我们的产品。而且要在满足了一个欲望的同时，又引起一个新的欲望……”

基于这样的企业哲学，刘福金开展了他那把 Rolanto 小铁板炉向“广大的台湾农村”推广的计划。据刘福金说，今天的台湾农民很富裕。凡是买得起电视、电锅、机车，甚至小货车和小轿车的农民，全都应该是 Rolanto 的市场。“在当前，台湾有一场乡土文学论战，”刘福金说，“乡土成了最流行的时髦语：文学家写乡土；画家画的是乡土；摄影家拍摄的，也是乡土。但是，so far，还没有人把商品和乡土联系起来。Rolanto 就是这个产品！”

刘福金几乎是兴高而采烈了。他说，他现在要看一看华蒙广告公司怎样具体实现了他对 Rolanto 的 marketing 思想。他坐了下来，喝着桌子上早已凉下来的咖啡。“Bravo, H. K.,”布契曼先生说，“看过毛片，我们再逐一讨论。”布契曼对陈家齐说，“Anyway，你确定他要放的不是小电影吗？我们有个女士在座哩！”陈家齐笑着对华蒙的人说，“Ask him，”他说，“问他好了。”

慢了好几秒钟才听懂布契曼先生的幽默的刘福金，这时突然很美国风地，哗、哗地笑了起来。华蒙广告的庄老板，也似懂非懂地陪着笑。两个华蒙的职员打开一个大黑匣，起出放映机，准备上片。

“I don't care, anyway，”Lolita 赵小姐说，“我不在乎。”

“She's a liberated woman，”布契曼先生对沉默不语的陈家齐说，“她是个很开放的女人哩。”

陈家齐严肃却不失随和地坐着，淡淡地笑了起来。他从 Lolita 想到老金。才个把星期前，老金来他的办公室坐。

“有人来问起 H. K.，”他不解地说，“那小子，会有问题吗？”

“哦，”陈家齐说。

他感到意外，却似乎也是意料中事。他沉吟着：

“我看，不值得你担心罢。”他终于说，“凭他那毛躁，碍不了事的。”

“说是各方面上去的报告，不太好。”老金说。

“我看，没什么。”他沉思着说。

会议室的灯光忽然暗了。一道强光从放映机射到会议室原有的银幕上。人们喷出来的香烟，在光柱中翻涌。银幕上先是跳出一些阿拉伯数字，而后忽然恒春调的小提琴响了起来。画面随之一亮，是个典型的台湾农村风光。

在茂密的竹林荫下，一座古井旁边，一对穿着对襟唐装的老夫妇坐在安乐藤椅上纳凉，手摇着蒲扇。俄顷，犬吠声作。老妇向前瞻望。恒春调小提琴淡出。镜头接着推出竹林荫下，向着农舍的院落挺进。一辆 3600C. C. 的轿车滑进庭院。“儿孙又回来了！”老妇人说着笑了起来，起身迎去。

漂漂亮亮的儿子、媳妇和孙儿下车，和老夫妇簇拥着进屋子。接着跳接到一个午餐的画面，菜肴丰盛。老人和蔼地劝小孙子吃菜。小孙子的特写：嘟着嘴，了无食欲，说：“我要吃铁板烧。”漂漂亮亮的妈妈嗔责：“这又不是台北。铁板烧，回台北再吃！”

老人的特写：笑呵呵的脸，望着孙儿，说，“有，有，铁板烧，这里也有。”儿、媳困惑不解的笑脸。老人对老妇人说，

“拿‘罗兰’小铁板来用。”

一台黑色的 Rolanto 在画面上以优美的角度，在银幕前慢慢旋转，让人们逐一看见它的全貌。老人的声音在场外说明 Rolanto 的特性、优点、使用方法。镜头又跳到餐桌上。这时餐桌中央多出了一台 Rolanto，上面煎着明虾、切块的猪排和牛排。小孙儿的特写：狼吞虎咽，一边抬头望老祖父：“哇！好好吃哦！”接着跳出 Rolanto 全貌。Rolanto 和“罗兰”的标准字体。原厂的商标。场外声：“意大利原装进口，美商台湾莫飞穆国际公司总经销……”

会议室内灯光亮起。礼貌性的掌声在布契曼先生领头下响了起来。陈家齐低头在大笔记本上迅速地写着些什么。在整个放映的过程中，他一直随时在他的笔记本上记东西。他把铅笔匆匆丢下，在别人的掌声就要终止的前一瞬间接下鼓掌的声音。

刘福金注视着陈家齐，微笑了起来。

“谢谢。呃，这还只不过是初稿。There are still rooms for improvement，”刘福金站起来，说，“还有许多地方要改进……”

刘福金接着说，这次整个广告影片的产生，应该是一个实例，用来说明如何使整套 marketing 计划，具体化为一种可以感染和传播的意念，达到“改变意识，创造欲求”的目的。

“先生们，是 C. F.（广告影片）为了 marketing 计划而存在，”刘福金用英语说，“不是 marketing plan 为了 C. F. 而存在。因此，先生们，对于这个初步剪接好的片子，需要从各种角度加以检讨，尤其是，业务部的意见，会受到更认真的考虑。”

仿佛要答谢陈家齐方才的掌声，刘福金以特别诚恳的表情，向坐在会议桌另一边的陈家齐状似诚挚地点着头。但是，在刘福金年轻的脸上，那涌自内里的喜悦，兀自从他故作矜持和老成的表情——他的微微上斜的、单眼皮的眼睛，他的瘦削的鼻子，和他的粉红色的、柔嫩的嘴唇里，满溢了出来。那喜悦，是对于成为台湾年轻的管理者族中的流行语“Marketing Management”（行销管理）的狂信和魅力的喜悦。在刘福金看来，只知道靠着对公司、对工作无限的忠诚，以不可置信的勤劳、对客户提供招待和回扣来拓展销售总额的所谓“销售取向”的促销方式，早已经过时了。陈家齐，就是那过去了的“销售取向”时代的最后的英雄，刘福金想着：新的，称为“行销取向”的促销时代，已经在特别成立了行销部的一刻，在台湾莫飞穆国际公司登场。从今以后，新的作战总指挥部已经成立。你，陈家齐，一名过时的悍将，将在我，刘福金的绵密的全盘行销计划的指挥之下，东征北伐，刘福金想着：今天这一场 C. F. 试映会，无疑要折服了悍猛、忠心，但脑筋过时的、公司爱将陈家齐吧……刘福金在手上机械地转动着一只黑色的原子笔，兴奋而又庄严地想着，不觉感动起来。

华蒙的两个职员开始把片子倒卷，放映机发出急促的切切声。华蒙广告的庄老板忙不迭地掏出长脚 KENT 请抽烟。他先是向 Lolita 敬烟，然后布契曼先生，然后是刘福金，却一边向着布契曼先生结结巴巴地说英语：

“I like the King-Size KENT.”庄老板说。

“Oh, Why？”布契曼先生说，一边俯身迎向庄老板的打火机。

庄老板又结结巴巴地说不出个道理的时候，布契曼先生却迅速地转向他的性感的女秘书，看着她用丰腴的右手夹着香烟的样子，恶戏地说：

“All I know is that Lolita cares for the King-Size most.”布契曼先生说，“我只知道 Lolita 最喜欢 King-Size。”

刘福金这次非常迅速地以高亢、夸张的朗笑回应了布契曼先生猥亵的谑语。几个英文不很灵光的业务部组长也纵声哗哗地笑了起来。那笑声的欢乐，与其说为了谑语的本身，其实是为了他们能很快地领会了一句老板的英文谑语的自豪和讨好的欣快感。只有庄老板不知所以然地陪着尴尬的笑脸。刘福金满脸春风。他侧身用闽南语对庄老板说：“King-Size，另外一个意思是大只啦。”庄老板张大了碌碌的眼睛，“噢，噢。”他说，仿佛受了重伤，于是也哼哼、哈哈地笑了起来。

“一群神经！”Lolita 扬了扬画过的、深咖啡色的眉毛说，

"一群神经。"

陈家齐始终忙着从头翻阅自己的笔记。当他推开自己的座椅站起来的时候，由于他一贯严肃的性格，全场立刻安静了下来。

他说他首先要对刘福金那予人深刻印象的解说祝贺。"一般地说来，我同意 H. K. 关于透过 marketing plan 为我们自己口袋中的产品创造需求的理论，"陈家齐说，"而且，为了达到这个目的——为了将我们的 Rolanto 打进每一个台湾农村中的每一个家庭，H. K. 把他所最珍贵的东西：例如'乡土文学'，例如他的台湾情感，也拿出来交换。"陈家齐于是向着刘福金极轻微地欠身，面带着冷冷的、几乎不着迹痕的微笑："一个优秀的 marketing man，应该学会不惜以任何东西，包括他自己的宗教，去换取消费者对产品的认识、意识、兴趣、需要，以及，先生们，最终掏出钱来，完成购买的行动。And H. K. is that marketing man."他说，"刘福金就是这样的企划人才。"

陈家齐的英文虽然缓和些，但程度却远比刘福金所想象的还要好些。在那瞬息之间，刘福金一时还把握不住：陈家齐这一番开场，是恭维呢，还是揶揄？"先生们……"他听见陈家齐又开始了。他说，作为一个业务部负责人，他的责任，是按照企划部的 marketing plan，做好销售计划：设定目标，组织人力，拟定行动计划，执行和控制每一个阶段的执行成果。

“但是，对于总计划的 marketing plan，我应布契曼先生和 H. K. 的邀请，代表业务部门，发表一点意见。”陈家齐说。

刘福金直到这时，才逐渐意识到陈家齐开场的话中，充满着针对着他的，精致的嘲笑与攻击。他先是紧张、愤怒，但随即感到不可抗拒的恐惧。他千万不曾想到，看起来糙粝不文，留着平头，身材壮硕，只知道像一只幼时故乡田野中的水牛那样，为了公司拖着笨重的犁耙，在满是恶石的田地上拖磨的陈家齐，竟能打出一招看似斯文，实则取人性命的手段。临到战场才知道自己对于对手作了过低的评估，使他的恐惧带着一种疼痛的感觉，从他身体之某一个地方，渗渗然地涌流了出来。他不住地喝着案前的开水。而他的应是清秀的脸，一点一滴地苍白起来了。

陈家齐继续以他那缓慢的英语说话。刘福金知道现在他必须全力理解显然是有备而来的陈家齐的意见。他把自己在会议中发出去的 Rolanto 行销企划案影印本翻过来，利用背面的空白，笔记陈家齐的意见。但是对于陈家齐猝发的攻击所引起的愤怒和恐惧，屡屡使他分心。他知道陈家齐正集中地对方才放映的广告片发表意见。“The film itself is, to my opinion, perfect.”陈家齐说，“我认为片子本身，是好的。”刘福金坐直了身，用忧悒的眼睛注视着陈家齐壮硕的身影。

“但是，恐怕 H. K. 在这片中所理解的那种田园时代的台湾和台湾人，在现实上，是不存在的。”陈家齐说。

——The absence of pastoral Taiwanese...

刘福金在纸下按着陈家齐的表达，潦草地写下这个片词。陈家齐说，依据他将近十年来，因为销售业务的工作关系，跑遍台湾南北每一个角落的经验，“像影片中身穿唐装，住传统一厅两厢的房子，在古井边、竹围下，坐破椅子的台湾农村已经不见了。”陈家齐说。他说整个台湾农村早已改变了“田园的”旧容，现代成衣老早取代了对襟唐装；牛仔裤更是年轻农夫的日常穿着。家具变了，大量的廉价家具取代了曾经沿用几代的桌椅。电视机、电冰箱、机车、铁牛车甚至小发财货车、小轿车逐渐流入农村。传统的老房子拆下来，新盖的农家虽然没有样子，却越来越接近乡镇和城市。农村中的语言变了，价值也变了。

“这一切的剧烈改变，来自一个新制度在台湾的成立，”陈家齐说，“我要说的，不是政治的制度——Okay，你可以说它最终是和政治有关的。我所说的，是消费的制度。”陈家齐接着说，作为制度的消费，可以改变一切。HONDA、MATSUDA 不仅仅在台湾乡间跑，“在我到菲律宾、泰国的时候，我也看见它们在那些地方的、贫穷的乡间小路上奔驰。”陈家齐说。外国厂牌的电视、冰箱、农药和饮料，不只在台湾的乡间流行，也在泰国、菲律宾、巴基斯坦、墨西哥、巴西的乡下泛滥。“这就是我为什么赞赏 H. K. 把 Rolanto 推向台湾农村的计划。”陈家齐依旧平稳地说。刘福金终于理解：

陈家齐的英文不只是平实，简直是流利的。

“但是，如果，”陈家齐停顿了一下，迅速地看一下那几乎无力招架，看来已经充分地理解了他的威力的刘福金，说：“如果我们的广告代理，能更具体、实在地理解台湾农村，先生们，理解完全变貌了的台湾农村，理解到台湾，在国际性的 marketing 计划长年的工作下，几十年来，使她发展出一种现代性，先生们，一种统一在国际性统一规格的物质和精神商品下的现代性，从而逐步丧失了它传统的特性——例如，”陈家齐又停顿了一下，说，“例如我们的广告代理所理解的，对襟唐装的台湾农村——那么，我们的广告代理商，就不会死死抓着早已不存在的印象不放，并把它和我们的 Rolanto 结合在一起。这种结合，先生们，可能是一场灾难哩！”

——Disaster!

刘福金机械地记下陈家齐讲话中一些关键性的单语和片词。凌厉的攻势，精致的战术。陈家齐在适当的时候，抓出“我们的广告代理商”当作刘福金来打。但是，尽管刘福金心中明亮，可也感受到敌人故意纵放的轻松。他不敢侧头去看那位“我们的广告代理”华蒙的庄老板。但他知道，几乎完全听不懂英语的庄老板，一定像没事人一样，满怀着搭上一个大外国客户的喜悦，轻松地在这豪华的会议室中，一支支抽他的 King-Size KENT。刘福金知道他被打败了。对手是个可畏的敌人，打倒了他，却留下他的面子，留下他的全尸。

——他们中国人，真厉害。真厉害……

他软弱地对自己说。

“作为一个跨国性企业的管理者，应当深刻地理解到我们跨国企业体正在全世界范围内，进行一项和平、无声的革命：相应于我们跨国企业商品在品质上的统一性，我们创造了一个没有文化、民族、政治、信仰、传统的差别性的，统一的市场！”陈家齐依然不改他那缓和、持重的语气。这种持重、缓和的语调，加强了他作为稳健、精明、忠诚的企业管理者这样一个既有的角色印象。他说：“我因为业务会议，走遍菲律宾、泰国、印尼、印度、巴基斯坦，以及，在一次非常特殊的机会中，我到过巴西。可口可乐在所到之处——不管那市场是如何贫瘠——都有人在喝。本田、丰田牌日本货车，在整个东南亚的乡村道上驰骋；牛仔裤、长头发、太阳眼镜、世界名牌农药和西药、化妆品、香皂和香水……在我所到的整个东南亚农村中，不断地普遍化。”因此，陈家齐认为，台湾农村，也不会是例外。全球性的商品，正在塑造一个与其他东南亚市场一样的新的台湾。“在这个新的台湾中，对襟唐装的台湾老人，个别地、少数地，是存在的。我曾在美浓，一个台湾最南部的小乡村，看到过。但整体地说，这样的台湾，早已消失。”陈家齐说，“我的父亲，是一个坚持在传统中国方式下生活的老人。他不但坚持非不得已，决不以西装来取代他所热爱的中国传统便服。他坚持他的儿女背诵族谱，记住大陆老家的详细住址；他坚持在现代家庭中充分维持他作为传统父家长家族体制中的支配性地位。但是，先生们，任何人都知道，这样的中国人，尽管个别地存在着，却一般地——在社会上、历史上，以及在统计上，完全消失了。”商品的国际性，创造了文化、思想和价值的国际性，陈家齐说，古老的亚洲世界，在跨国性企业的管理中，“和平而自然地”泯灭了传统的个性，而呈现出现代市场的同一性！

陈家齐的结论，是他支持刘福金把 Rolanto 在整个台湾市场中推进。但是，他认为在广告上，有两个可以考虑的思考。“第一，要使 Rolanto 具有西方先进国家直接进口的现代家庭生活厨具这种印象。”他说，因此，应该可以从原厂进口在欧洲推销时使用的广告片，配上“国语”发音，以便建立 Rolanto“高级”“西欧流行”“原装进口”的产品形象；其次，按照销售对象和区域，再依不同的时期，推出分别以城市民和农民为对象的广告片。“我希望，我们的广告代理商，在重新拍摄农村时，千万要放弃对襟唐装老人、竹丛、古井和老房子这一类印象，”陈家齐笑着说，包括刘福金在内，全场跟着轻松地笑了起来。“要使我们的台湾乡下人，看起来明智，有现代意识，绝不惮于使用任何优良的、现代的、进口的商品。”陈家齐说。

“这是一项十分重要的市场事实，先生们。今天的台湾农民学得快，对于新技术、新商品，接受力非常高。这是因为我们的农业已经直接或间接地组织到敏锐而不断变动中的岛内和岛外的市场。新的农民，早已登场。”陈家齐说，“除此而外，让我向刘福金先生致贺，为了他一个大体上成功的 marketing plan……”

陈家齐语声未落，自己便先在台上礼貌地、优雅地向着刘福金拍手。会议室里响起了掌声，这表示喝彩的掌声，虽然确定是向着刘福金，却也分润了陈家齐。

在掌声还没有停止的时候，布契曼先生，如今他满面笑容，侧身向刘福金耳语了一番，然后在掌声甫落的时候，站了起来。

“先生们，这是一个成功的会议——比我可以想象的还要好几倍。”布契曼先生说，“我和 H. K. 都同意，C. C. 的意见具有十分重要的参考价值。”但是，由于时间的关系，布契曼先生说，他宁可让继续的讨论，留给陈家齐和刘福金私下去进行，以便互相补充，做出最好的计划。布契曼先生说：

“现在，我想，各种条件已经成熟，使我郑重地向大家宣布：在十二月上旬，美国莫飞穆远东部，决定选择来台湾开一个为期四天的会议：行销管理会议。”他说，“在这个会议中，行销（marketing）将被当作一项严肃的管理科学来加以讨论。”

一阵热烈而持久的掌声停息之后，布契曼先生接着说，会议将召集远东区莫飞穆分公司行销部门和业务部门的主要干部来参加。会议主题是：“行销管理中的行销传播”。

“事实上，今天我们的讨论，便深刻地触及这个主题的重要部门，即如何评估东亚市场中的特点，并根据这项特点去建设一个实用、有效的行销计划，达成具体的企业目标。”布契曼先生说，“总公司挑选了台湾——尤其在台湾的对外交流情况有表面的不安定时——作为这次会议的会场，充分表现出美国莫飞穆对台湾莫飞穆连年来巨大成长的嘉许……”

另一次掌声热情地响起。布契曼先生宣布，整个会议筹划的负责人是业务部经理 C. C. 陈，H. K. 刘将成为筹备工作的“特别助理”，而每一个今天与会的人，都将分配到工作，共同办好台湾莫飞穆历史上头一次主办的国际性会议。

会议结束了。但每一个人似乎都成了不同的人。他们原只是来敬陪末座，观看刘福金和陈家齐唇枪舌剑，却不料像是真正地来上了一课。跟着刘福金成天把 management 挂在嘴上的年轻组长，对于“管理”一词，更生了敬畏；一向跟随着陈家齐在现实市场上东征北伐的业务部各主任，至今日才知道C. C. 干练的背后，有他平素从不挂在嘴上的管理深度。每一个与会的人都知道陈家齐已经结结实实地打倒了“管理教授”派的刘福金。但这胜败却被某一种兴奋、某一种对于未来的期许所冲淡：为了即将来到的“国际性会议”，每一个人都要负起一份责任。他们比往常任何时候都更强烈地感觉到：自己是一家著名的多国籍公司中，迈向国际性舞台的管理者。他们钦慕地回味着陈家齐流利的英语。当然，刘福金的英语也不错。每一个人都不约而同地感觉到，作为年轻的、有无限光明前途的国际性企业管理者，应该好好地弄好英文了……

3 花草若离了土

陈家齐依旧是一大早就到他的办公室；依旧是那样专注、严肃而不知疲倦地工作着。然而，和刘福金的行销部门开过会以后，陈家齐重新奠定了在公司内部的新而且稳固的地位。尽管他在会议后绝口不提，他在会议中怎样步步进逼，根本推翻了刘福金的行销计划案的事，却传遍了每一个部门。

布契曼先生要陈家齐和刘福金共同修订 Rolanto 小铁板炉的上市计划。因为预定在十二月间在台湾召开的远东区部行销管理会议中，远东地区各莫飞穆公司，都必须向大会提出各公司某种产品的行销计划的报告，并由与会的各国行销和业务管理者，加以评估。但是陈家齐适时在会议中推荐由刘福金重写 Rolanto 小铁板炉的行销计划，由业务部负责提供有关台湾市场的具体资料。刘福金终于深深体认到陈家齐

“乘胜而不追击”的手段，所内蕴的功夫。尽管刘福金几次有极为微弱的这样的冲动：提出辞呈，离开隔间、家具全新的台湾莫飞穆国际公司的行销经理室；舍弃一辆全新的，由公司配给的福特一千六“跑天下”,来保护他的自尊心。但是，他毕竟乐于无声地和自己妥协了。他于是怀着差不多是感激的心，接受了由陈家齐丢给他的面子，和借着工作去补偿错误的机会。然而，在某一个原则和荣辱下，刘福金是坚定而不妥协的。在他看来，在台湾的外贸企业环境，是“台湾人”和“中国人”可以最公平地在才能与机会上一较短长的地方。在上次会议中自己的失脚，他检讨的结果，是由于自己的轻敌，再加上缺乏对台湾市场现实条件的理解的缘故。他回想自己从小到大，随着公务员的父亲，东调西迁，每每在一个新学校中，都会遇到在功课成绩上跟他争一、二名的同学。他曾输过。但他总是要设法了解对手的实力——例如在一道做功课——然后击败对方。现在，整个台湾莫飞穆国际公司都沐浴在一种未曾有过的欣快的气氛中。为了公司将在十二月间主持一个远东莫飞穆的国际性会议，每一个部门，都分配了一部分工作：编列预算、编写议事文件、交涉会场和安排各国代表吃、住、交通、安排宴会、参观、会场布置、秘书工作，等等。这种“家有喜事”的集体的欣快，加上刘福金在陈家齐纵敌下被“推荐”改写 Rolanto 小铁板炉行销计划，以便届时代表台湾莫飞穆在大会中提出，刘福金的挫败，被大大地冲淡了下来。

在整个台湾莫飞穆欣快的氛围中，陈家齐依然是那么不轻易表情的“国”字脸，依旧是那样近乎病态地勤奋工作：早到、晚走，绝对自动地找问题解决，找事情做……他依旧或者更严厉地在业务检讨会中拍桌子骂人，他骂得那么痛心疾首、悔恨交加，看来每一个业务决策和行动上的过错、每一个交易机会的丧失，全是天地间至大而无可弥补的缺憾。但是，在他和刘福金著名的一役之后，他的严厉、不要命的勤劳、近乎非理性地寻求效率和业绩……全成了他的某种魅力。整个业务部比从前更忙碌了。在陈家齐时钟似永不停歇的号令下，以陈家齐的办公室为轴心，轰隆轰隆地转动着。

当然，无须多久，林德旺就明白：陈家齐的胜利和这胜利带给业务部的欣快感，是与他完全无份的。即使 Lingo 林也分配到一份任务：设法到海关有关单位，去收集有关近三年来外国进口家电用品的数字。Rita 的桌子上堆满了打好又经影印的，关于整个台湾莫飞穆要在十二月间迎接的大会议文件。每一份文件都注明要送给某单位的某人，却没有一份是必须送达林德旺的桌上。好几次，林德旺假装在桌前煞有介事地忙碌着，但眼角余光，专心注意着 Rita 一次又一次送发照会的公文、资料。每次把桌子上的文件送完了，林德旺依然没能分到一份。

他是多么渴望着得到一份啊！不必要厚厚一扎罢，哪怕是一封信、一张通知也好。他在 Lingo 桌子上就看到 Rita 用精美的 IBM 打字机打好的一份 memorandum，用橡皮圈束在一小叠文件上。

发文：C. C. 陈——业务部经理

受文：Lingo 林——海关事务组

主旨：市场调查：关于一九七五年六月至一九七八年六月间台湾家电产品进口资料

文件的本文打得错落有致。文末是陈家齐的英文署名。他睁大眼睛看最末副本受文的人名。整个海关事务组的人全有了，就没有一份给 J. L. (John Lin)，林德旺的英文名字缩写。

——就连才来公司三个月的小伙子赵宏明也有一份。

他悲伤地想着。霎时间，他的眼眶贮满了泪水。他缓缓地离开 Lingo 不在的桌子，走进那间幽暗的型录档案间。他躲在一落落档案架的阴影里，让那连自己都不甚理解的泪水，不断地流着。林德旺忽然觉得疲倦了，仿佛他一直千辛万苦地长途跋涉，从未曾有过片刻的休息。他疑心自己的心脏——或者肺脏有病。这个想法使他感到心悸和衰弱。他在那寂静的档案室里，倾听着仿佛在自己的喉头悸动着的心脏，感到骇怕。档案室外传来不断的电话声和打字机嘀嘀嗒嗒的声音。他用袖口擦干脸颊上的泪水，走了出去。

他到 Rita 的桌边站着。Rita 迅速地抬起头来，向他笑了一下，打字机上的手可一秒也不曾停下。

“什么事？” Rita 说。

“要一张劳保单。”

“生病了？”

Rita 突然停下工作，抬头望着他。她的一张坚持不施脂粉的脸，看起来有些灰黄。在她的疑问的、仰首的眼神中，迅速地凝聚着宗教徒对别人的苦痛特有的关切。“生病了吗？”她说。

林德旺感到恐惧。猝死的恐怖，忽而向他绝望地袭来。

“我怕要死了。”他轻声地说，仿佛耳语。

Rita 犹疑了片刻，便忽然笑了起来。

“有病就看病，怎么就胡说八道的。”

她于是低着头找劳保单，为林德旺填写、盖章。当她抬起头来，看见林德旺果然看来忧愁而且苍白。林德旺接过劳保单，默默地走了。

Rita 目送着他走回自己的位子，把劳保单放进皮手袋，呆立了片刻，走出办公室。“主啊！”她轻喟地、无声地说，把双手抬到打字机的键盘上。霎时间，她又聚精会神地打起字来了。

——嘀嗒、嘀嗒嗒、嘀嗒、嗒嘀嘀嘀……

林德旺恍惚地走出电梯，走出那巍巍的华盛顿大楼。他失神也似的、缓慢地走着。走过整栋华盛顿大楼的走廊，而后走上一条长长的红砖人行道。他跟四个人静静地等着对街亮起绿灯，踩着斑马线走到对街。十一月中旬的阳光，温和地照在街道上。他把皮手提袋夹在腋下，两手插在裤袋里，挑着有阳光的地方，彳亍地走着。摩托车切齿似的从他身边抢着往前冲刺。

就这样，他竟走完了长长的一截延吉街。他看见一条拖着肮脏的链子的，被人遗弃或者自己走失了的，形容悲哀而又邋遢的某一种外国狗，匆匆地窜向仁爱路右边。他忧愁地想了想，便举步走出延吉街，向着八德路的左首走去。他机械地走到通往他赁居的那条小街的公车站牌，荒芜地想着方才那只满脸长着肮脏的胡须的外国狗。

——那样子满脸满嘴的毛，连眼睛都盖住了，怎么认路，怎么走路？

他想着。他觉得所有的路，他全不认得了。他暗暗地感到心慌。他想起小时候在一个称作铜锣的故乡，一个燠热不堪的下午，跟了隔壁一个读县中的阿仓哥，翻过一个山头，走了好长的一条黄土坡。在黄土坡尽头下切的地方，有一流湛绿的溪水。他们在那儿游水，摸虾子。一直到傍晚，也不记得为了什么，两个孩子起了剧烈的争执。阿仓哥打了他，把他整个的脸按到水里，在几乎窒息的时候，他在水中睁开了眼睛，看见阿仓哥的两条灰色的腿，就在他的眼前定定地踩在河底的沙石上。那时候，他的心中充满着猝死的恐惧，狠狠地咬住左边的阿仓哥的腿，他的头于是才能弹出水面。他于是放声大哭。阿仓哥的拳头雨一般地打在他裸着的胸口和肩膀，但他只是那样在溪缘的水中凄惶地、大声地号哭着。

阿仓哥回到溪岸，把自己的衣裤顶在头上，用立泳一声不吭地游向溪心，游向对岸，径自找路回家去了。他一边抽搐，一边看着阿仓哥走远，消失在满是白石和菅芒的溪埔上。整个宽阔的溪埔于是立时落在无垠的寂静里了，只剩下淙淙潺潺的水声，还有在对岸的菅芒丛里不断跳跃、飞蹿，而绝不肯作片刻休息棕绿色的水鸟，“哔——叽，哔——叽！”的鸣啭的声音。他知道他无法游过据说深有一个半晒衣竹竿那么深的溪水，追向对岸，跟着阿仓哥后面回家。他在溪边的一块大石头上痴呆似的坐着，然后起身寻着和阿仓哥走来的，印在沙砾和石头上的足踪，离开溪埔。那时候，夕阳把整个埔上的菅芒，一概染成金黄的颜色。可一走上黄土坡地，天就逐渐地暗了下来。原来深绿色的，在风中婆娑着的相思树林，现在却变成了一幢幢黑色的、辽阔的树影。就在那时候，他曾觉得所有来过和将去的路，他全不认得了。在越来越暗的天色里，他的稚少的心中，充满着从未知道过的焦虑、恐惧和绝望。他在夜色中奔走，向着他所无法确定的方向。这时候全世界似乎只剩下了他惊恐的足音，和自己细小而急促的喘息声……

现在林德旺坐在开向圆环南京西路一带去的公车上。车子在路上不急不缓地走着，在一些有人上车或者下车的地方停车，机械地走弯路，有时开进一个小区，有时在繁华的通衢上跟别的各种车辆，一道奔驰着。他坐着这一线公车，每天奔驰在圆环的宁夏路口和华盛顿大楼之间，也快三年了。可没有一次像是今天那样，觉得来过的和将去的路，都变得那么生疏，仿佛他来到了一个完全陌生的城市似的。两边林立的大厦高楼，栉比鳞次的商店、餐厅、企业大楼、银行和超级市场，都像是童年的那夜色低垂的乡下夹路的相思树林：陌生、黑暗、幢幢独立，满怀着无可测度的恶意。他感到无比的疲倦，心中充满着无由分说的绝望、羞耻和惊恐的感觉。俄顷之际，他的眼泪簌簌地流了下来。从窗口望出去，整个城市看来模糊一片。车子在一次路口上的红灯前停着。也停在一旁的一个骑电单车的女子，忽然看见公车窗口上满脸泪痕的林德旺，诧异地睁大了眼睛。

——糟糕。

林德旺忧心地想着。车子又向前开动。这时候，他想起了一所大学医院。像这样不由自已地流泪，以及那以后可怖的发展，曾经使他在县中将上三年级的时代，住进那家大学医院的精神科。他毕生都无法遗忘当时那一截临住院前的日子：恐惧、焦虑和无可言说的绝望，仿佛巨大的浪潮，排山倒海，一波又一波地，向他席卷而至。

现在他已经在宁夏路口下了车。在他的心中，正切切地想着：无论如何，他应该乘着意识还清醒的时候，使尽全身的力气，躲开迫在眉睫的、少年时代被迫住院前那一段深渊似的黑暗的日子。他想到立刻雇车到那所大学医院去。但是，隔了七八年的今日，那时的陆医师还在吗？他苦苦地想着。他彷徨起来，泪水又任意地挂满了他苍黄的脸。他走进一家药局。

“我买六粒 Valum。”

他说。一个显然烫过头的中年男人，在那狭小的药局柜台后面，默默地看着他。

“我买 Valum……”他说。

“谁要吃的？”

“我。”他说。

鬈着黑而又粗的头发的中年人想了想，说：

“我们不卖。”

他茫然地站着，仿佛不曾听懂药局老板的话。

“这种药，可不能随便卖啊。”中年人说，端详着林德旺一脸的泪痕。

林德旺一声不响地走开了。现在他掏起一条并不干净的手帕，一边走，一边仔细地揩拭着自己脸上的泪污、鼻涕和汗水。老天爷，他想着：不论如何，不要让我再掉进那幽暗无边的日子里去哟……他笔直地逼视着另外一条街角上的看板："惠众药房"，匆匆地、认真地走过去。

他走了大半条延平北路，拖着疲倦的身体，回到他那一间廉价租来的房间。这是一所专门租给从外地来台北讨生活的人们的四层楼老房子。它一直神不知、鬼不觉地躲在鼎盛而又繁盛的天水路边一条窄小瘦长的巷子里。每一间五六坪大的房子，仅仅用薄薄的三夹板隔开。房间里配着一个占去房间面积约莫五分之三的双层卧铺。林德旺把一些面盆、书籍、旧皮箱放在上铺。一串用报纸包好的香蕉，因着过分的闷热，发散出浓烈香味，混合着他房里的霉味，尤其地刺鼻。他虚弱地坐在床头，愼愼地望着窗外打进屋里的天光，把一张靠窗的书桌照得惨白，使桌面上的灰尘，纤毫毕露了。桌子上摆着一本旧书，书皮上印着："如何在三十岁以前成功立业"。

也不知呆坐了多久，他把跑了几家药局、药房买到的几包镇静剂，分别打开，算算总计也有二十来粒。他小心翼翼地装进一个小塑料袋，然后又倒出四片白白的药锭，就仿佛吃豆子一般一粒粒送进嘴里，慢慢地咀嚼。热水瓶里早就没了水。公用的开水桶在公共浴室门口，他懒得走动。在房子里，他开始有些觉得寒冷。他脱去鞋袜，用手搓揉着酸痛的脚踝，觉得今天的他的手，虚弱而且无力。他把交握的双手放在腿上，竟而看见它们微微地颤动起来。他失神似的注视着他那不由自已地颤抖着的一双苍白的手，仿佛听见了他的姊姊素香的呻吟……

“呔……呔！”

姊姊素香紧紧地闭着双眼，脸色在日光灯下显得尤其地萎黄。交握在自己的怀里的她的双手，不住地颤动着。她身穿黄色的法衣，在萦绕的香烟中，盘着双腿，坐在地上。现在她整个身体一边颤动着，一边左右摇晃。她的紧闭着双眼的头，像是极力否定着一件亟于否认的事也似的摇着头。她的双眉苦痛地锁着，白色的口沫，流下她密闭的唇角。细小的汗珠，开始密密地凝聚在她萎黄的、宽阔的额头。

“呔！……呔！……”

她呻吟着说。

“帝君爷，请开金口。”一个声音沙哑的中年男子“桌头”一边高举着一面黄旗，一面喊着说，“请开金口哦，帝君爷。”

为了帮助家计，他的长姊素香做过推销员、女工和建筑工地上的零工。她也曾在隔壁镇上一家海产店里当过女侍应生。但维持得最久的，就莫过于在自己村子里当“三界宫”中兼差的女乩童。素香的身体瘦小。因此每次施过法，她都要拖着蹒跚的步子回家，把厨房的布帘拉起来，从水缸里掬水冲洗一身的汗，然后到她的房里放下蚊帐，一睡就是半天。

为了弟弟林德旺的少年时的那一场大病所要支付的沉重医药费，她接下更多扶乩的工作。直到他退院回到乡下，姊姊素香已经很少有几天脱下那一袭黄色的法衣。在医院住了一年回到县中那显得异常索漠的校园时，他的同级生全都已经毕业离校。他每天从姊姊素香的手中接过一个沉甸甸的厚大、温暖，透露着菜香的便当，搭公路局到邻镇去上课。那时候，他常常会在车上摊开书本的同时，想起挂在姊姊素香的床头的、那件黄颜色的法衣来。

——为了还清医药费呢，还是为了我的学费，姊姊素香才脱不下那件黄衫呢？

类似这样的疑问，会匆忙地在当时的他的心中闪过，既不求解答，也一直没有一个解答。就这样，他在别人异样的眼色中，寂寞地读完了中学。

直到他三专毕了业，他先到高雄换了几处工作，然后进入在台北的台湾莫飞穆国际公司。在这闻名全台北的国际性大贸易公司中，他第一次进入一个全然不同的世界：地毯，冷暖气，高级的办公家具，一切文书都是好几台漂亮的 IBM 打出来的英文。公司里的男男女女，全是大学毕业的，体面漂亮的男男女女。于不知不觉间，他开始向姊姊素香要钱，买新的衬衫、长裤、皮带、皮鞋。他去租下一间不错的套房，买了一套小小的音响。他不断地向姊姊素香伸手需索。然后，有一个深秋的下午，他接到姊姊素香这样的一封信——

……你姊姊这件黄衫，暝穿，日穿，也是望你早日成功，阿爸也好早日放下油汤担子，将阿公失败卖去的田地买一点回来。我们究竟是做田的人，要做田才会心安。

这数月来，你向我要了三五万块。我虽然不说话，心里渐渐知道。我在“龙宫”海鲜店做过几个月。什么人都看过。弟弟你变坏了。我知道。

姊姊素香要他立即辞去工作回家。那个星期六，他赶回家，工作却不曾辞去。

“你还是回来的好。”姊姊素香说。

他没说话。

“我们是做田人。”姊姊素香说，凝重地望着远处偎立在阳光下的几棵槟榔树，“做田人有做田人的去路。”

他告诉姊姊素香，他在一家外国公司工作。由于那是一些高等人在一起的高等的地方，起初，是难免要花一点钱，穿得好些。

“在外国公司，只要有能力，工作卖力，都会受重用。”他说，“我来努力做，将来把钱还了你。”

“外国人，就高等吗？”

沉默了一阵，姊姊素香说。现在她看见从那一丛槟榔树下，一个中年男人骑着一辆本田 50，慢慢地沿着小路向这边开过来。

“对外国人来讲，台湾就好比乡下。”姊姊素香独语般地说，“我不是在‘龙宫’做过吗？我看得可多了。几杯酒下肚，日本人，美国人，谁都一般丑！”

中年人的本田机车开进晒谷场里。

“哦，德旺咧，”他笑出一排洁白的牙齿，站在阳光下的机车旁边，说：“听说了：你在美国公司做。”

“进来坐。”他低声说，礼貌地笑着。

中年人走了进来。林德旺掏出烟，请客人抽。

“大赚钱啊，”中年人说着，给自己点上火。他转向姊姊素香，从裤袋里掏出一个厚厚的红包。“溪北那个姓魏的。他母亲病好了。这是给你的谢礼。”中年人说，“南部有人来问神。顺便带你过去一趟。”

姐姐素香无言地从古旧的藤椅中起立，接过红包，走进房里。

“外国人的公司，赚的钱大把些。”中年人说。

“也没有呢。”

林德旺说。他开始感觉到一种厌恶和羞耻混合起来的情绪。他知道，三界宫又翻盖了一层楼，香火鼎盛。比起台湾莫飞穆国际公司干净、高尚、富丽的人们，外面的世界，即使这个他的故乡，也显得那么愚昧、混乱、肮脏、落后。

“你开车回来的吗？”

“啊，”他吃惊似的说，“没有。哪里就买得起车子？”

“嘿，你客气咧，”中年桌头说，“詹火生，农会理事，认识吗？”

“不。”

“这詹火生他大儿子，”中年人说，“去台北才两年。现在人家他出门都开车。”

“哦。”

“德旺……”

姊姊素香在房里叫他。

“做生意吧？”林德旺说，“做生意，才发财。我咧，吃头路，死月给……”

“你姊叫你。”中年人说着，把烟屁股丢在晒谷场上。

林德旺走进姊姊素香的房间。她背对着他，对着梳妆台梳着她那长而森黑，却有些枯干的头发。夏日的天光，从那没有天花板的屋顶上开着的一小块玻璃口上照射下来。在床头边，姊姊素香供奉着一个面色黧黑的将军的木雕偶像。

“外国人，怎么体面，都是外庄人。”她说。

他在供桌边的椅子上坐下来。

“是外庄人，就休想给你留下什么好处。”现在她站起来，取下挂在墙上的黄色的法衣。

“那些外地来收水果、收菜的，那些来抓猪抓鸡的贩仔，‘阿叔、阿婶’，嘴呀，甜得像蜜哟，”她说，“那些日本人，街仔来的，对‘龙宫’的女孩，糖甘蜜甜，哼，到头来，比什么都枭心！”

他沉默地抽着烟，想着少年时的那一场大病。家里唯一坚决把他送台北精神科的，就是姊姊素香。他看见姊姊素香的长发，披在黄色的法衣的双肩。她的脸削瘦，不抹唇膏的嘴唇的颜色，显得幽暗。她注视着镜台中的自己，无意识地拢着头发。她想了一下，从妆台的抽屉中，抓出方才那个红包，放在供桌上。

“我看你还是回来的好。”她说。

他看见红包的底部破了一个洞。绿色的、不新的一叠百元钞，从红色的破绽中，裸露了出来。他没说话。

“如果回来，这钱你就不要带走。”姊姊素香说，“如果你还是要留在台北，就把钱带走。”她幽幽地叹气了。“可是再没有了，你要留在台北，就不要再回家来。”她说。

他惊慌地抬起头，看着姊姊素香。他看见姊姊素香了无愠意，却使他勃然地发怒了。他姊姊素香一仍平静的脸，在天窗透露的夏的天光中，轻轻地微笑着。她然后回过头去。穿着暖黄颜色的法衣的姊姊素香，披着黑而长的乌发，走出房间。

“花草若离了土……”他听见姊姊素香在大厅上诵唱似的说，“走吧。”

“你讲什么？”中年的桌头说。

“没有什么。花草若离了土，”姊姊素香说，笑了起来，“就要枯黄。”

他听见本田机车开动了，驶出晒谷场，渐去渐远。他在姊姊素香的房中静静地坐着。他感到羞耻、气愤、懊丧。天将晚的时刻，他抓了桌上的红包，走出晒谷场，沿着另一条圳沟边的小路，走到街上，搭车走了。

那以后，一直到现在，四年多了，一次也没有回去过。即使过年、过节，也不曾回去。一个人孤单地留在这个孤单的闹市。

一定要成功出世了才回乡。开一部裕隆仔回去。当初就是以这样的愿念，抓住桌子上露出钞票的红包，离了家的。

——然而现在呢？

他想着。他脱下衬衫，打开塑料衣橱，挂了上去。他看见衣领早已发黄。衣橱里挂着外衣、衬衫、领带，全是刚进台湾莫飞穆，伸手向姊姊素香要的钱买的。他一回台北，退掉套房，住进这家粗陋的公寓来。四年来，他就靠它们撑着整齐的衣着，每天回来用手搓洗白衬衫，第二天穿了上班。

现在，他穿着松宽而汗渍的汗衫，和一条发黄的内裤，走到桌边，拿起茶杯，打开盖子闻了闻。他于是犹豫了半晌，把杯子里记不得什么时候留下的水，一饮而尽。

他又坐到床上了。他拉起毯子，盖住下半身。

——然而如今呢？

他想。他索性躺下，抬起右胳臂盖着两眼。他的眼前一下子阴暗下来。他感觉到胳臂上沾到他流呀流地不知怎么办才好的眼泪。他想起陈家齐。把整个心都掏出来了，陈经理还是不要他。他弄不懂为什么。整个公司上、下、里、外，就没有他可以待的地方。为什么没有一个人肯开扇门，让条路，叫他进去。千不该万不该，他撞见金经理和Lolita。我不是故意的，这是第一，他想，第二呢，我从来没跟谁说过。但是老金和陈经理是一个死党，这就叫我死定了。他想。我就这样被他们踩死了。那样子折磨我，出各种各样的状况给我，考验我吧，我不是全过了关？但是，国际会议，就不让我参加！他感觉到他整个的心都要被一种无以分说的悲痛压碎。耗费了几年的时间，使尽了一切的力量，却仍敌不过那一股强大的阴谋，在暗处睥睨着他、折磨他、试炼他、玩弄他、欺骗他，最后还丝毫也不顾惜地，一脚踢开了他，宁愿把公司里所有的白痴、马屁精……全都请进公司的一场大拜拜：国际会议，却独独把他留在门外，使他受到最大的羞耻……他这样迷乱地、细声地对着这空虚而荒芜的空屋，诉说着在心中蜂拥着的思想，让泪水、鼻涕湿透他整个疲倦、苍黄的脸。

然后，镇静剂使他睡着了。他的右边的胳臂，还是弯曲着盖在他的眼睛，遮住从窗子射进来的天色。窗外是一堵灰色、陈旧的一家三层楼酒家的后壁。厨房的大抽风机，这时开始把白蒙蒙的油烟排出来，顺着这堵灰暗的水泥墙向上浮散而去。

4　荒芜的河床

林德旺醒来的时候，天还亮得很。他掀开那条陈旧的羊毛毯子，觉得睡梦中的盗汗把他的周身都弄湿了。他脱下汗衫，揉成一团，慢慢地揩拭着脖子和胸前和背后的汗水，并且不时地把汗衫凑到鼻尖去，深深地嗅着。他脱下内裤，看见了枯干了的、新梦遗的痕迹。他用褪下的内裤揩拭下体，然后用汗湿的汗衫杷内裤包好，丢到床下去。现在，十一月的天光，从不曾关闭的窗口，照着他削瘦、苍白的裸体。他嗒然地站着，面对着窗户，偶然用他那看来颓丧的瘦手，在身上的这处和那处抓痒。他的棕黑色的男性，看来悲戚而且丑拙，在荒乱的体毛中，累累地下垂着……

他走到墙角的塑料橱，屈身把拉链拉到底，以便在衣橱的底部找新鲜的内衣裤。就在这一屈身，他看见房门下安静地躺卧着雪白的一封信。他找到一件绿色的，从军队退伍的时候带回来的、宽松的内裤穿上，再套上一件陈旧的、深蓝色的运动衫，穿起那条已经肮脏了的、铁灰色的长裤。他然后捡起地上的信。信封是台湾莫飞穆国际公司的标准式：修长、雪白，印着鲜橘黄色的公司标志。他打开信：

林先生：

您已经两天没来上班了。Lingo 找您，很急。我怕陈经理问，已经帮您请了三天病假。

接信后，请快来销假。

不然的话，无论如何，打个电话给我。

但愿您

平安。

R.

NOV. 19. '78

林德旺不知道今天已经是十一月二十一日了。他一点儿也不知道，借着药力，他已经足足睡了一天半那么久。他把信纸装回封套，丢在他的枕头上。他不十分了解，所以也不在意这封信的意义。现在他觉得最重要的事，莫过于尽一切体力和心力，去避免因少年那一场大病入院前的那一段可怕的、混乱的地狱般的日子。他记得临睡前那种不能自主的绝望、失败和无颜面、无气力再活下去的那种心情。就是那个，他想。那就是阴险地，一步步包抄着过来的黑暗。他必须使最大的气力，哪怕是拚着一死，也要躲避那一回想起来就想要紧紧地抓住什么的恐怖和迷乱。现在他觉得好些了。他知道该怎么办。先出去吃饭，然后回来吃药，然后再睡一觉。做一点梦大概是免不了的。不过最好是没有梦的那种睡眠。医生说过的。

“有没有做梦？”秃头的医生说。

“有啦。”

少年的林德旺说。

“什么梦？”

“也没什么，”他想了想说，“反正是，很乱。”

秃头的医生笑了起来。

“梦见我们乡下，土地庙边的大榕树，倒下来了。”少年的、白皙的林德旺说，摸着自己的中学生的光头，笑着。

“还有没？”

“哦，”他想了想，说，“还梦到养父来找我回去。”

“固定的那几个梦，”秃子说，“没有了吗？例如光有窗子，却没有门的，蓝色的屋子……”

“没有了！”他说。

“哪天睡觉不做梦，就更好呀。”秃头扬了扬浓眉说。几天后，他就出院了。

林德旺坐在桌子边的一只藤椅上，他决定等一下出门时把搁在上铺的那一串烂熟的、皮都黑透了的香蕉拿出去丢弃。他记起方才睡时做梦，满鼻子都是酸掉的香蕉味。固定的梦，他想。被扯到一边去的胸衣，把一对硕壮的乳房辛苦地挤在一边。暗红色的乳晕，看来像是一种皮肤的肿炎一样，因着不知道是汗水或是老金的口涎，发着湿润的亮光。然后这裸的、局促的乳像一面高塔一样，向他倒塌下来。他恐慌地挣扎，而那乳房却一直缓慢地倒压下来。他的心因为恐惧而急速地悸动。他拚命地呼吸，却被浓郁的香蕉的气味所窒息……

这样的梦，算不算"固定"呢？他想。他于是又想起这样的梦：他愤怒地——也不知为了什么，总之，他便是那么样地、异常生气地在故乡铜锣的、干涸的河床上奔跑。河床上的石头坚硬、棘脚，被太阳晒得火烫。每次他的脚趾踢到石头，都使他痛彻心腑。"啊唷喂我 × 你娘咧！"他梦中骂着。但他还是那么生气而执念地跑着，一心要跑出这荒芜的、看似无边的故乡的河床。然而，整个河床却只像轮盘一般，慢慢地转动，使他耗尽力气，就是怎么也无法逃脱整个恶意而燠热的、荒乱，而又令他羞耻的河床。

这样的梦，在最近中，他是做了几次。但于今他记起：在方才醒来的沉睡里，两个梦仿佛车轮一般一直反复着。其实，他沉思着想，我的体质，从小，就是多梦的孩子。

"也没有见过这么多梦的孩子，"个子高大的养父，喝着温过的酒，对那个他不知道要怎样称呼的女人，说，"每夜，咿咿哦哦呀，说个不息。"

他坐在桌边，默默地只管一只又一只挟着醉红的虾子。

快升上小学三年级的那年，祖父和父母亲到一个叫作松岗的山地去种夏蔬。就偏偏那年高山苦旱，而山下整年都没有台风、水涝，使得山下的菜蔬又多、又便宜。山上苦旱虫多，投资的钱全亏损了还不够，欠给山地人的地租和工资，都无法偿还。祖父喝了农药死在山涧的草丛中，被两个山地人抬回来。父母和去时一样，挑着农具和厨具下山，回到家，在几个打街里来的债主们的恶声中，低声下气。

还没满十岁的当时的林德旺，便在那时成了一个债主的养子，抵了债务。

“好吧。到街上去住，吃的、用的，都比我们好哟。”母亲说。

就这样，幼年的林德旺，离开了家。

养父恰好也姓林。他身材魁伟。除了喝酒喝得酒酣的时候，他的声音一贯洪亮、慑人。他是个单身汉。不一样的女人，在养父家住过，又走了。他包娼，又包赌。家里电视、冰箱、洋酒、洋烟，没有一样缺少。钱是随时有的。不管在碗柜的抽屉，或床头的小盒子里，又或者是养父满屋子乱放的外衣裤口袋里，全是绿色、红色的钞票。

在养家，吃的、用的，果然比生家好了极多。心情恶躁的时候，醉酒的时候，养父会用日本人用来打剑道的竹剑打他。打在身上，“唰！唰！”地响。与其是因为痛，不如说是那“唰！唰！”的声音使他骇怕。但比较好的营养，一点也不顾他幼年的，自悲身世的忧悒，使他老实不客气地胖了，长高了。

养父没有女人的时候，就会叫幼年的林德旺去跟他睡。

第二天早上，一身白色卫生衣裤的养父便笑着说——

“× 你娘，团仔人，厚眠梦。咿咿哦哦，一暝讲到光。”

他躺在养父那张柔软、宽敞的床上，静静地想着在家里，从没听人说他每夜都说梦话啊……

林德旺在养家不断地长大。他对于生家的想望，也一年浓似一年。养父的管教，素来是无原则的。喝了酒以后，或者在女人的面前，或者和他独处的时候，有时教他做人要讲忠、孝、节、义，要正直、老实……有时候，养父又理直气壮地教他“马无夜草不肥，人无横财岂富”；教他人生在世，读死书，走直路，都是大傻子……但唯独不准他回去生家，不准他和生家的人接触的这一条，却是始终一样地严厉。

“你去了试试，嗯，试试，”养父阴鸷地沉下一副肃杀的脸来，说，“看我会不会把你杀了，一块、一块，挂在厨房里。”

养父于是便呼呼、呼呼地笑了起来。

在养父不在家的时候，他常会在空旷的屋子里，刻骨铭心地，想念着生家。早上上学的时候，看见从生家那边开来的客运汽车，他会聚精会神地张望车里的面孔。虽说几年都不曾相见，他一直深信，哪怕只匆匆地一瞥，他也认得出生家的任何一个人。有时候，他会在教室的窗外，看到一辆公路车子，在蓝色的天光中，蜿蜒地走在远处通往生家的公路上，慎慎地出神。但是他却从来不曾有一个瞬间，怨恨过把他送了人的生家。

到了他上中学的时候，他的养父，人称“乌狗添”的，突然被人用三尺来长的扫刀，削去一个肩膀，倒地死了。

他于是终于又回到生家来。

他的父母，依旧是童年记忆中那样，被太阳晒得老黑的脸。母亲老了许多，看来冷淡而愁苦。他的父亲依旧健壮，只是发脚白去了一片。这团聚绝不像渴想中那样热烈，反倒有些僵硬，有些悲哀，有些失望和叫人寂寞。

“中学，就让他读完吧。”爸爸想了很久，低声地说，便又默默地抽起烟来。

这以后不久，他才理解到，几个他的哥哥，有的在中学半途退学，有的根本就没上中学。贫穷啊。大哥是一个零工集团的副手，一年有半年多在外头转。二哥在油漆行里。三哥在农药行搞小外务。四哥到外地学修车。他们参差不齐地回到家来，又参差着走了。生家是贫穷的、冷漠的。只有姊姊素香一直在他的身边，以并不是极热切的眼看着他，不时地伸出手给他。

“不管怎样，德旺回来，可是带了一点钱咧。”姊姊素香，在院子里对母亲说。

“他的哥哥们，也没读那么高啊。”母亲说。

“如果是他们想读、能读，我们不给他们去读，就不对了。”姊姊素香说。

母亲沉默着。

“只要考得上，就让他上高中。”姊姊素香说。

这样地，他成了兄弟中唯一上县高中的孩子。

就是县高中二那年，他病倒了。偶尔到三界宫去上香学法的姊姊素香，正式闭了关学法，极力主张送他到台北的精神科去。

“即使这个阿姊，也不理解我。”林德旺低声说，感到孤单而且悲伤。“其实，阿姊要我回去，那时候我就应该警觉到了。‘我看，你还是回来的好。’她坐在那儿说，脸就是不朝着我这边看。”

他觉得懊恼了。不是因为他自己发现自己竟一个人在空屋子里说着话，而是因为他恼恨为什么没有及早发现老金和陈经理他们早去说动了姊姊素香，共同参加他们反对他的计谋。

“回去有什么好咧？”他谨慎地抬高他的声音，仿佛深怕吵醒一个在沉睡中的人，却又不能不高声说话那样，向着空中询问：“我回到亲父母家，有什么好呢？你们不是连中学都不想让我去读的吗？”

他忽然站了起来，走近床边，踮着脚尖，在上铺找到一个红色的塑料面盆，放在地上。他急忙站好一个适当的位置，解开裤纽扣，对着面盆小便起来。一醒来就觉得异常尿胀的林德旺，在解开裤纽的一刹那，就弄湿了裤裆。他松了一口气似的，让尿水不断地、久久地、顺畅地流出体外，一直到膀胱的压力显著减轻的时候，他对自己说：

“方才，说到哪呢？”他对空洞的房间问道。

他把大半盆的尿，小心翼翼地端到墙角。他觉得开心了一些。现在，林德旺开始穿袜子。他坐在床沿上，把他那瘦削而发黄的脚丫子，穿进一双铜色的棉袜里。他应该出去吃一点饭，他想。虽然他一点也不觉得饥饿，他已经拿定了主意，去吃一点饭，再补一点药片回来。他把穿好袜子的双脚穿进一双虽然皮质不好，却时常上过油的黑色的皮鞋。他从床上拿起 Rita 寄来的信，从头到尾读过一次，又工整地折回去，装进信封。他不知道他读了什么。他看来一点也不在意信中的消息。

“回去？回去有个什么好呢？你告诉我好了，有什么好呢？”他愁苦地、恳愿似的，望着灰色的窗外，一个人说，“阿姊你虽然对我好，其实，到头来，你还是赶我走了……”他沉默了。他想起姊姊素香说：“你要留在台北，就不要再回家里来”，感到锥心的苦痛，使他的眼眶盈溢着热泪。“安怎你会这样哩？”他用鼻塞、沙哑的声音说，仿佛姊姊素香就在他的跟前站着一般。

他站了起来。他慢慢地走到窗口。他看见了前面楼房的后壁，在二楼和三楼酒家，有洋铁皮做的中央系统空气调节机送风的管子，错落地盘在一起。穿着油污的白衣的、瘦小的厨子，在楼下后门口杀洗一整个木箱的鱼和乌贼。自来水哗啦、哗啦地流着。乌贼的内脏把下半截水流染成淡淡的墨色。

“其实呢，哼，”他对着窗外灰色的墙壁说，“其实呢，有谁知道，我是谁家生的吗？不要再骗人啦，唉！”他说，并且无奈地摇着头，“我当然不属于乡下那个落后、不识字的地方，哈。”他沉思了一会，说：“I am different!”他终于说了一句生硬的英语，“I am, I am...”他说。

他又去打开塑料布衣橱，把一件铁灰色的西装外衣穿起来。

——走吧。出去吃一点饭。再买几颗药回来。

他想。无论如何，要度过这一关。他漫漠地想起少年时的那一场大病。恐惧、愤怒、悲伤、羞耻、失败、沮丧、自己恨自己……这些又多、又强烈的感觉，像猛然从崩塌的鬼门关汹涌而出的恶鬼，向他喧哗着扑来。他天天同这恶毒、阴狠的黑暗，力竭声嘶地挣扎。直到有一天，一切都倏然静止了。仿佛什么都在忽然间过去了。他觉得什么都再也伤害不了他。他像风、像空气一样地生活。醒来之后，他才知道自己到台北住院，已经超过五个多月。

林德旺推门出去，走了一截幽暗的走廊，格登、格登地快步走下楼梯。天色开始阴暗起来。一阵凉风猛烈地吹来。他模糊地感到寒冷，把三个西装外衣的扣子全扣好了。他忽然想起，上中学当童子军，一位年轻的童子军老师教过：长途行军，要一会儿急行、一会儿慢步、一会儿快跑、一会儿缓跑，既不易疲倦，总行程的速度又快。想着、想着，林德旺认真地沿着人行道急行起来。当他以童子军教官的方法走过两条街道，来到他经常买饭的地方，他已经在气喘着了。他打开上衣纽扣，手插在腰上，站在“再来自助餐”门口。

“来，吃什么？”

老板娘笑着问。

林德旺笑了笑，微喘着气。他没说话。他环顾着店内，看见在日光灯下，几个寄居在这尘埃满天、叫人孤单而又忧戚的都市里的单身汉，热心地吃着铝盘中的菜。老板娘和她的女儿站在菜柜台上，用一个大铝勺子为一个身材高大的老人舀菜。老人迟疑着决定不下要什么菜。

“来点儿猪头皮。”

老人说。

林德旺看见那不断地在发胖的、店老板的女儿，利落地舀了半勺子用硝腌过的、切成细长条儿的、发红的头皮肉，倒进老人的铝盘上。但他定睛一看，顿时间整个人都吓僵住了。他看见那些粉红色的猪头皮中，竟而掺杂着人的耳朵和指头。林德旺并且逐渐看清楚了，凡是有肉的菜，例如狮子头、炒鸡丁、红烧肉、咖喱牛肉、炸香肠……其中莫不躲藏着人的头皮、指甲、胫骨，甚至于人的生殖器。

“来呀，少年，”老板娘一边为别人舀菜，一边对着站在门口的林德旺说，“今天，吃点什么？”

林德旺看见每一个人都装着一点也不知情似的，把人的指头和肚皮肉，送进嘴里吃着。他的心快速地悸动起来了。他抬起头来，看见老板娘正笔直地望着他，狰狞地笑着。

“吃晚饭。”老板娘说，“今天的汤，是冬瓜排骨。下了很多姜丝，你最喜欢的。”

他向她点点头，然后转身缓慢地走开。他听见自己的心在胸口骨突、骨突地撞打着胸腔。他的两手发冷。走过店面，他突然拔腿奔跑起来，一口气跑过半条街道，迅速地走进一条车水马龙的大路上。现在他沿着栉比五六家皮鞋店的走廊，一边喘着大气，一边恐惧、生气、悲愁地走着。为了害怕那个老板娘，害怕被她杀了做菜，每一个人，林德旺想着，每一个人，都互相欺诈，装着若无其事的样子，把人的筋、骨、肉、皮，当作猪肉、鸡肉吃掉，他想着。只为了保全自己，就不惜欺诳着别人和自己——每一个人都明知自己在欺诳着别人和自己——而不去说破，吃着同类的肉，啃着同类的骨，喝着同类的血……却没有一个人敢起来举发那人肉黑店的真情，打杀了那长着一身白得像用蜡去做成的白肉的，终日油腻腻的老板娘。

“这懦弱的、说谎的……”他说，“这懦弱的、说谎的人……”

他把双手在背后交握着，匆促地、气愤地走着。现在天色已经暗下来了，故而使满街的霓虹灯广告和店里的日光灯，益为辉煌了。这白天看起来疲倦、多灰尘，而且混乱无体的都市，如今在五颜六色的灯光下，像浓浓地化过了妆，倚在灯下门口的女人一般，日夜判若两人。

“这懦弱、不敢说真话的人间，”他喃喃地说，愤怒难平，“这懦弱、不敢说出真话的世界！”

他终于在不知不觉间走过一个小区的小小的公园，看见一个倒挂着白色塑料小水缸，里头点着电灯，水缸上用红色的油漆歪歪斜斜地写着“素食”的小吃摊。他走了过去，心中有些高兴了。他指定把豆芽、豆皮、香菇和龙须菜炒在一起，叫了一碗饭。

“汤呢？”

素食摊的老板说。

“嗯，”他说，“青菜汤，什么都行。”

他随手打开桌上的一份报，感觉到报纸和桌面上都有一层稀薄的灰尘。他无意间在分类广告版上，看到一个一寸四方的、镶着黑边的英文广告：

MARKETING MANAGER

A world renowned, U. S. based multinational operation, engaging in manufacturing of pharmaceutical products in Taiwan, is searching for a Marketing Manager to handle whole marketing functions of its expanding office in Taipei...

林德旺被黑体大号字的 Manager 所深深地吸引了。然后，因为“旁听”过“香港”刘福金几堂课，他立刻明白了 Marketing Manager 就是“行销经理”。他满怀着愉快、尊敬的心情，注视着粗黑的、横排的英文字：Marketing Manager。他然后开始读黑框子里的广告文。他专心、仔细、端庄地去认每一个他已经认得和不认得的英文字。他虽然来回读着、研究着，然而由于英文程度，他自然是不了解这广告的意义：征企划经理。某世界著名、设总公司于美国、在台湾从事西药产品生产之多国籍公司，兹征求行销部经理，以掌理公司设在台北、正在不断扩大的企划部门……广告上还说：应征者英文要说、写俱优，有工商管理硕士学位——由美国大学授予者尤佳，且在外商公司行销部或相关部门工作四年以上，尤其对促销性企划作业及策略有专长者，优先考虑。待遇优渥，配车，并享有不时送赴国外参加管理科技训练之机会……

对于林德旺，Manager 像是一个神奇的咒语。自从他进入美商台湾莫飞穆国际公司不久，他先是崇拜 Manager。只要是 Manager 要他办的事，公事固无论矣，即使是私事——例如帮 Manager 到银行领钱，打电话叫修车行的人来修 Manager 的车子，送钱给在西门町等着的 Manager 的太太……他都特别卖力，而在办完以后，奇怪地感到特别地光荣。他崇拜中年以上的Manager，因为他们看来干练、有威仪。他也崇拜年轻的Manager，因为他们看来英俊、聪明、潇洒。他崇拜Manager们一口一手流利的英语。每次布契曼先生纡尊降贵地到一个Manager的房里，同Manager咕噜咕噜地讲“番话”，而他适巧又在门口经过，或者在门口办事时，他总要有意无意地徘徊片刻，听着那神奇的语言。经过了一年、两年，林德旺不知不觉地把Manager当作了人生至高无上的光荣，并且进一步把努力工作，看准公司派系，争取自己也有朝一日当上Manager，作为他毕生奋斗的目标。他的姊姊素香留下一个红包，把他赶出故乡以后，林德旺更是含悲茹忿，发愤工作，紧跟陈家齐，深深地相信陈家齐把他升起来当业务部下一个Manager的日子，一定会来到。

现在，这个魔术一般的英文字——Manager，这个黄金、宝藏一般的观念——“经理”，这个神奇的发音——“马内夹”，在林德旺逐渐狂乱起来的心智中，发生了咒语似的效用。他感觉到他的心神迅速地稳定下来了。一切最近以来在他的心中激烈地激涌、出没的令他痛苦、伤害、耻辱、仇恨和惊骇的情感和声音，逐渐沉静了下来。他感到舒畅而快乐。多么美妙！他激动地想着，陈家齐、金老板、Lolita，那个娇娆的恶魔女。还有，那令他依恋、又令他气恨的姊姊素香，都与我无关了啊！他想着。

“你们，呵呵，再也压制不了我了，”他突然对着摊开的报纸说，“你们，再也不能反对我了……”

那上了年纪的、瘦削的素食摊子老板，把一大盘炒好的蔬菜端在他的跟前，踌躇着不知道该把盘子放在被摊开的报纸占去三分之二的桌面的什么地方。

“先生……”老板说。

“没有关系，”他抬起头来，眼中充满着希望的亮光。他霍地收起报纸，让人把菜和一碗白饭搁在桌上。“没有关系啦，这世间还有那么多的 Manager 等待着有能力的人去做咧。”他喃喃地说，又把满满两个全版的分类广告摊开。他聚精会神地在广告版上寻找着。一个电脑公司在征业务经理。

“SALES MANAGER”，他谨慎地读出声音来，“这个位置也是我的。”

他然后又看到一个小小的英文广告：LIAISON MANAGER WANTED。一个美国采购公司要在台湾设一个位置，请人在台湾搞联络工作，并且验货出口。可惜的是林德旺看不懂 LIAISON 这个字，但 MANAGER 这个字，他是十分有把握的。他把报纸细心地折好，插在他的西装外套的内口袋。他机械地端起白饭，胡乱吃着。

“一天就有三个地方要 Manager，”他一边挟菜，一边说，“这，分明是帝君爷的指示……”

他被自己的最后一句话吓了一跳。他把咀嚼着的嘴停止了片刻，捉摸着那句话的意思。他放下了筷子，掏出一张百元钞付账。

“找你四十五元。”老人说。

“好的。”

他说。他匆匆地又穿过那小小的公园。天色整个地暗下来了。一对情侣，在微寒的风中，坐在公园的石椅子上无言地依偎着。他踩着差不多是轻快的步子，往来过的路上走着。他走过一个短短的天桥，在一条于夜间尤其地显得闹热的大衢上，他找到一个报摊子，买了两份不同的报纸。而后他急忙找路走回他在天水路小巷里那简陋而破旧的单身公寓，显然把买药的事全都忘却了。

5 小天使

两个礼拜以后的一个星期日的近午时刻，善良的、虔诚的 Rita 刘，在信义路上的一个教堂里做完了礼拜，和站在礼拜堂门口的身材壮硕、笑口常开的牧师寒暄了几句话，然后在教堂的小院子发动她那鲜红色的，牌名叫“小天使”的小机车。马达“蹦蹦、蹦蹦”地响了。她从她那小本的、旧了的《圣经》里，找到一张纸条。纸条上是她自己写下来的，林德旺的地址。她坐上她的“小天使”，开出教堂的小院子。

“平安，陈执事……”

她笑着向路边的中年绅士说。对方的脸庞，立时水中涟漪一般地漾开一朵善良、温暖、诚心诚意的笑容。

“平安喔！”他说。

从昨天晚上开始，来了今年第一个寒流。整个天空都是钝重的灰色。后来又陆续给林德旺写了两封信，却一直没有他的消息。到底发生了什么事呢？她想着。离开林德旺的住处——在这个台湾首善的都市的另外一个区域，还很有一段路途。所好的，在假日里，大部分的车子都离开了这城市，使路上的车子少去了很多。她想起约莫十年前吧，她和琼一道骑着单车，在台中，那个当时又干净、又宁静的都市的，夹着苍翠而又吐着火红的花信的凤凰木的街道上，去探访教会里中学团契的契友。她相信了基督，就是琼，她少女时代最贴心的朋友，带领的。琼的个子高挑，皮肤虽然黑些，但丰润而细致。然而黑了一些的琼的皮肤，使她的大而明媚的眼睛，显得格外地大而明媚；使她的沃腴的少女的嘴唇，显得分外地腴沃。琼的功课好，始终同她轮番拿班上第一名。那时候，琼是多么美丽、纯洁，在她们相识的那个专租给女中学生的公寓里，她们跪在深夜的床边，亲爱地、热切地、同时向着那位在她们的心中留着葡萄颜色的发须，英俊、忧愁而温柔、亲切的耶稣基督，切切地倾诉着她们共同的向慕。“主啊，哦，我主，求你让我更爱你，爱你更深……”她听见琼殷切地说。那声音是那样地温柔，那样地婉转，她不觉睁开眼睛，看见跪在隔壁的琼，把相握着的自己的双手，紧紧地靠在她那柔软而饱满的胸前。低着头的琼的脸，在寝室的日光灯下，微微地泛着幸福的、信赖的和顺从的红晕。她的长长的、向上约略地卷起的睫毛，深深地闭着。“主哟，求你使我的心灵和身体，都像雪那么圣洁，”琼呢喃着说，“让我以洁净的身心，跟随你。”

——主啊。

Rita 在回忆中叹息了。那时的琼，是怎样地发散着连女性也难于不动心的那种魅力啊。这种魅力，又和她的热切的、宗教的圣洁，糅合而成独特的蛊惑。好几次，Rita 看见团契里的男生或者女生，在前来探访的琼的面前，温顺地低下头。“主哟，求你坚固我们的信心，释放我们，让我们为团契心里火热。”琼拉着那个几个礼拜不曾来聚会了的女生的手，低垂着头，轻柔地说。

即使到现在，Rita 的祈祷中，不时地提起那美丽的、温婉的琼。“主啊，她在哪里呢？”她会说，“你说你不让一个灵魂失丧。主哟，只要你肯，你会使你的女儿快快回头。哦，主……”

她在中华路的平交道停下来，等待不知道是南来、还是北去的火车。过了这个平交道，就是林德旺居住的延平区。她又从口袋里摸出那张小字条。公司里那么多人，就数林德旺最肯接她的福音单张。每次接过单子，林德旺总是说：

“谢谢。”

他的微微下斜的眉毛的笑脸，使他的表情看来有一种善意的无奈。

“带回去，要看哦。”Rita 说。

“看。看的。”他说。

“来做礼拜好吗？”

“下一次吧，”他总是说，仰着头笑。“下一次吧。”他说，“Rita，全公司，数你最好了，我看。”

她微笑着，把眼睛收回打字机上。她于是又“嘀嘀、嗒嗒”地打起字来。“全公司，数你最好了。”Rita 的耳中残留着林德旺无邪的声音。但是她知道，所谓最好，是面貌和身材平庸，不施脂粉，不穿花俏、新潮的衣服。但是，感谢主，她想，上主给我这容貌，除了上主，我还讨谁的喜爱呢？

“我只愿意讨耶稣基督的喜爱。”

每一次，当她忍不住贪婪地看着同寝室的琼的美丽、娆柔的侧脸，而不可自抑地夸赞琼的美貌时，琼总是这样，或者类乎这样地说。

一列火车轰隆、轰隆地，通过她面前的平交道。她转动了油门，随着杂沓的公车和计程车，缓慢地通过平交道。大学发榜之后，她们被分发到同在这个城市的两所不同的院校。然而，感谢主啊，她们毕竟还共同属于一个大专团契。她和琼，每个礼拜有好几次相聚：唱诗、读经、祈祷。她几乎觉得，上帝是为了有一个人去衷心地欣赏琼，而让她生下来的。如果这就是她的角色，那时候她常这么想，那么，她真是最适宜扮演这角色的人。她一百个愿意以她平庸的面貌，去衬托出琼的美貌；以不相上下的心智，去理解和倾听琼的内心最幽隐的思想和情感；以在主耶稣基督里面的姊妹深情，让琼在需要爱人的时候，由她爱；在需要被关爱的时候，第一个去爱她。

然而，琼啊，上了大学后不久，你就开始起变化了。她想着。她把车速放得更慢了，因为，虽然在台北一住就快十年，过了铁路的台北的这个区域，她是极少来过的。她必须慢慢地骑，好一边看门牌找路。怎么也没想到，竟有这样的一天，在前一夜为了琼流着眼泪祈祷，第二天出门前又祈祷之后，她骑了她的电单车，去探访已经月余不曾在教会和团契露面的琼。

"啊，你！"

开了门，琼的整个脸，就像一朵鲜美的花那么样地笑开了。"啊，你呀！"琼欢笑着说。即使到晚上，她犹原记得琼的眼中那样地闪耀着的友情的快乐。上了大学以后，不知何以故，琼的皮肤转白了些，使她的肌肤变成一种粉粉的棕色，看起来像一片迷雾一般。那么样地迷人啊……

她走进门，看见琼的桌子上，堆放着一大堆书本，大部分是英文的。她的眼泪，忽而说不清楚是为了什么地，流下她的面颊。琼默默地递给她一条绿色的手帕，拍了拍她的肩。虽然没有说话，仿佛琼却深深地了解那使她流泪的，她自己也说不清楚是为了什么的缘由。她看着琼，带着眼泪，无声地笑了。

“坐吧。”

琼终于说。

她们坐在琼的桌旁。她随手挑了一本中文书。《变动社会中的教会》，她在心中读着那书名。这就是琼了，她想。在女中的时候，读教科书，考试，她们在伯仲之际。但她知道，读课外书，她就不及琼远甚了。那么忙的女中生活，琼在领导繁忙的教会青年工作之余，还有时间看《查拉图斯特拉如是说》(即使只这书名，也花了她一点工夫才记得啊)、《柏拉图对话录》……那些书。

“很忙，”她笨拙地说，“是不是？”

琼用她那明亮的眼睛，深深地望着她。那明确的双眼皮，镶着比少女时代更为浓厚的睫毛，至今想来，都还栩栩地在她的眼前安静地眨动着。

“一个礼拜一次的主日，来一下，比较好。”

她说着，眼泪顺着她的鼻沿流下。她笑着，用琼的绿色的手绢擦去泪痕。沉默了一会，她邀琼一道祈祷。

“好的。”

琼说。

她在祈祷中几次泣不成声。在那之前，在那之后，她一向并不是一个很容易落泪的那种女孩。她哭，如今想来，怕是向上主倾诉：教会里，团契中，少去了琼，是多么地寂寞，多么地空虚……

“不要为我担心。”

琼安详地注视着她小心地把眼泪擦拭干净。上主一定不是要我们只做个什么事都不懂，只会问他要棒棒糖的那种乖宝宝，琼说，许多无神论者都视为滔天的罪行的，教会却噤默不语……琼悲戚地说：

“许多世上的苦难，是我们这儿的教会和信徒所完全不理解的。”

离开的时候，琼陪着她走出那一条弯曲的小路。那是信义路五段罢。在城市的最边境，整落青葱的山，就仿佛在眼前陡起。上了大路，琼站在那儿，看着她踩着单车走远。这以后不久，就听说了琼辍了学，改宗天主教。又不久，人说她立志要当修女。她毕业以后，又听说她开始了漫长的修女的修业行程，到罗马去了。进入莫飞穆国际公司的那一年，她收到琼从玻利维亚寄来的圣诞卡，从此全没了音讯，只剩下那天离开琼的住处时琼送给了她，而她却一直不曾读过的一本书：*CHURCH AND ASIAN PEOPLE*。

她终于找到了林德旺的住处的门牌。她沿着于今已不多见的，破败的木梯登上四楼。每一楼都住着好几家人。从敞开的门里，她看见有些妇女在用机器织毛线，有些人在做午餐。在那阴暗的天地里，小孩子们仍然兴高采烈地玩耍。在四楼的梯口，她看见一个小女孩坐在小凳上，趴在长条椅上写功课。

“请问，”她说，“林德旺先生住哪？”

小女孩抬起头，想了想。

“妈！”小女孩说，“妈，有人来。”

她把问题向一个乳着婴儿的妇女重复了一次。

“你是，”女人说，“他的什么人？”

“同事。”她说。

“他，不行了。”女人皱着眉说。

“什么！”

她几乎惊叫起来。

“不行了。”女人说，用食指指着自己的脑子。

“噢。”

“没日没夜，整天在房子里跟自己说话，”女人说，一边引她走着幽暗的走道，“起初，白天里大声讲，夜里，他还知道细声讲。到后来，夜里说话的声音，跟白天一样大！”

女人在一个房门口停了下来。她轻轻地敲门。两人屏息地听着。

“也许不在。”女人换了一个手抱婴儿。她看见了女人把整个裸露的乳房塞进衣服里，又掏出另一只，送进婴儿的嘴中。女人把房门推开，向里头探望。

“没人，”女人说，“满间屋子，怎么全是报纸……”

她走进林德旺的房中。她看见墙上，上下铺的木头柱子上，窗子上，贴满了用红笔画过、圈过的剪报。她仔细地看了一下，才知道是中、英文报纸剪下来的征人启事。PLANT MANAGER WANTED……一张离她最近的剪报上要征厂长。地上和椅子上、桌子上，都是开了剪口的报纸。她站在屋子里，慢慢地发现在每一个 MANAGER 的字的下面，都画着一道至三道殷红的、血也似的粗线。她无法理解这些剪报的意义，但她从来不知道林德旺一直住在这样一个破旧、阴暗、飘着腐味的地方。“主啊！”她的内心忧愁、惊异地喊着。她说：

“他这样子，多久了呢？”

“一个人说话吗？”女人问。

“嗯。”

“久啰，”女人叹息了。“后来几天，他像是在讲英语咧。咕噜咕噜，‘马内夹’；咕噜咕噜，‘马内夹’，”女人说，“没有多久，反正就有一句‘马内夹’——谁知道他在说什么。”

她也不能理解经过了那女人讹音以后的“马内夹”，毕竟是什么意义。她想起每次总是有礼地接过她的福音单张的林德旺的笑脸。

“主啊……”

她叹息着说。

“你说什么？”

女人说。这时婴儿突然吐掉奶头，哼了几声，接着就以裂帛一般的声音哭了起来。那声音虽然刺耳，却叫人感觉到这贫穷人家的婴儿是多么地健朗。

“一定是个男孩子。”

她温柔地注视着张大了嘴放声哭叫的婴儿，微笑着说。

女人大幅度地摇着婴儿，对着婴儿，唱歌也似的说：

“哦哦——，是男的啦——，有什么用——，坏死了哦——”

女人抱着婴儿，这样吟哦着走开了，把她一个人留在林德旺的房间里。她走到床铺，把铺在床上的一堆满是剪口的新的和旧的报纸移开，犹豫了片刻，在床沿坐下。突然间，她看见三封她寄出来的信，整齐地摆在污秽不堪的枕头边。她拿着这三封信，发觉除了第一封，其他的两封，却一直不曾打开过。她知道，其中有一封说，因为陈经理发觉他请长假不高兴，希望林德旺快些销假上班。最后一封信则是经过布契曼先生亲自签名的英文信：林德旺逾假不归，应予撤职。为了怕林德旺不懂，陈经理还特地请她附上中文译本，和一张半个多月薪水六千三百元的支票。她把那三封信重又摆了回去，一回头，才在下铺的顶上发现了一张画像。

“帝君太子林德旺绘像。”

画像的一边，这样地写着一行敬谨的字。她认得那确实是林德旺的字。林德旺能画一点画。公司机械部员工福利会一些活动的布告，有几张是央他画的。要钓鱼旅行，林德旺会画一个人背着一条比人大两三倍的鱼。要合唱练习，林德旺就画四个人张着大嘴，音符飞得满纸。要摄影比赛，林德旺就画一个人在一头拍照，另外一个被拍的人装模作样地站在树下，却不知道树上的一只小鸟屙了一泡鸟粪，正在半空中往下掉……她仔细地端详着这画像：一个年轻人正面坐在像是太师椅那种椅子上。西装、领带的服装。那脸，除了微微向着两边的眉毛，是一点也没有林德旺的模样。头部的后面，有一个圆的光圈。顺着光圈的弧度，写着几个英文字母。再定睛看，赫然是 MANAGER 这个咒语一般的字。

她把极度仰视的头垂下来。她的心中充满着悲楚。她想祈祷。她于是坐直了身，低下了头。

“哦主，我的上主，哦，主哟……”她喃喃地说。她不知道要说什么，因为她完全无法理解那只凭着感觉去发现到的，林德旺的整个悲苦的内涵。她的两相紧握的、祈祷的手在发冷。她的胸口被闷热的什么堵着。“哦，主哟，”她呻吟着不住地重复，“我的上主，慈悲的天父……”她想哭，让泪水洗净她的悒闷和酸楚，但她只觉得眼热，泪水却怎么也流不出来。“主啊，怜悯我们罢……”她哀求似的说。

她默默地坐在床沿。她听见婴儿在隔壁不知道为了什么，愤恨地哭着。她知道这是她少有的，没有交通，不蒙上主垂听的祈祷。必定有什么不对。她想,她忽然想起了琼的话——

“许多世上的苦难，是我们这儿的教会和信徒所完全不理解的。”

她起身走出房间，把门轻轻地扣上。当她走向楼梯时，那趴在长条椅上写功课的女孩子忽然说：

“阿姨再见！”

“噢！”她吃惊地说，“再见。”

这时候，她的眼泪忽然挂了下来了。

“琼，你在哪里？”她喃喃地说着。几年来，她从不曾像现在这样心痛地想念过琼。

“琼……你，在哪里，呢？……”

她抽搐地想着，睁大模糊的泪眼，捡着阴暗的梯阶，一步一步走了下去。

6　彼德·杜拉卡

台湾莫飞穆国际公司，在密集而周全的准备之后，终于在十二月十五日起，在一家台北著名的国际性 K 大饭店里，开始了前后四天的会议。从大学一直到研究所的求学阶段中，一向都是优等生的刘福金，配合干练而长于组织和行动的陈家齐，挑起沉重而复杂的筹划和执行的工作。刘福金的“优等生”根性，使他把这四天的会议，巨细靡遗地，用英文写下他的日志和一些个人的心得。

以下是他的日志的中文翻译。

十二月十五日

上午十一点四十分左右，全部与会的人员，都完成了 check-in 手续，住进饭店里了。东京的莫飞穆远东区总部人员和两位客座讲员，都住九楼的大套房；莫飞穆远东区行销部长 Mr. F.G. McMurry 住九〇五，业务促销部长，日本籍的宫泽幸夫（Mr. Miazawa, Sachio）住九〇七。客座讲员，密契根大学商学院的 Alpert 教授和南加大学的行销学教授 Blackwell，原计划分别住九〇九和九一一，但是临时应宫泽先生的要求，向饭店交涉，改住九〇四和九〇六，以便他们可以对门而居，会后彼此协商，也方便些。

其他与会的莫飞穆远东各国分支机构的代表，全部住八楼，每人一间小套房，一共占去了十七间房间。他们全是在莫飞穆亚洲大家庭活跃着的行销、业务部门管理人员。日本来了四位，其中川田先生不久前曾经因公来过台湾，这次重逢，他开心地认出我来。“Hello, H. K.,we meet again.”他说。其他三位都年轻，三十出头，但英文没有川田好。韩国来了三位，其中带头的文先生比较风趣、随和，其余两位看起来年轻而拘谨。香港来了两位，Eddie 石先生，公司里的人称他为 Stone，长得白皙、富泰，戴着金丝眼镜，六十出头了，英文和北平话都讲得很道地，在业务上，管得布契曼先生和陈家齐，因为他是远东区下来东南亚小区的 Regional Manager。早听说此人像一只外表斯文的老虎，有中国商人的圆滑，有外国高层管理者的锋利和聪明。另外一个，一看就知道是个香港养大的年轻人；衣着整齐，头发长而不乱，看起来认真而有效率，只说英腔英语和广东话。菲律宾来了两个，脸色黑暗，但眼睛明亮。他们随和、开心，英文流利，好奇心重，一副很擅长社交的样子，几声 Hi 就跟大伙儿搞熟了。印尼来一个，中等身材，皮肤黑，但没有菲律宾人那种美丽的双眼皮。陈家齐说，菲律宾人在历史上有西班牙人的血统。泰国的 Mr. Sulabong 先生，听说和皇室有些远亲关系。他看来像台湾南部乡下的年轻人，只是鼻子宽厚，个子比较矮小。

为了表现地主公司的谦让，台湾莫飞穆的四人（老板除外）住进没有窗子的两间，每间两人。

九楼的大套房面积比八楼大了约两倍，除了宽敞的卧室，各有一个小会客室。沙发、茶几俱全。九楼的人，即使连宫泽也对每个房间里的日本式插花赞不绝口。“没有想象过，在台湾也能看见这么好的 floral arrangement（我从来不知道‘插花’的英文是这么说的），这不是很妙吗？”Mr. McMurry 连声夸赞，“Isn’t that fantastic？”Mr. McMurry 一头银发，瘦高个、鼻子跟前留的胡髭却是深咖啡色的，又密又鬈，令人怀疑是不是贴上去的假玩意。

八楼、九楼窗帘颜色不同。八楼是墨绿色，拉开来，可以看到淡黄色的、树叶摇落净尽的树林的图案。地毯是浅棕色。据房间部经理说，全是进口货。九楼的窗帘更美：厚厚的呢绒，深咖啡色的底子，底边是两尺多高的蛋壳色芦苇的影子，配合暗黄色的地毯，厚重的家具，和温暖的钨丝灯，整个房间充满着现代、富裕和安适、高贵的情调。

我是农家出身。父亲是个公务员。我从来没有见识过这样的场面。从今天开始，我要在这样一个国际性的环境中，接连四天，生活和工作。

记得读研究所的时候，曾读到哈佛大学一位教授写的文章。文章说，现代多国籍公司的高层管理者，很多是出身寒微，也不是著名的“长春藤”大学毕业生，或者美国东部世家出身的一族。那文章的主旨是在说明多国籍（公司的）管理（multinational management）的民主性格。当时读来并没有什么实感。现在回味起来，自是不同。

十二点二十分在饭店内“香榭厅”午餐，饭店用美丽的屏风围住了大半个香榭厅供我们使用。贵宾席的一排，感谢饭店方面的细心，等距地插着今天与会代表各国的小旗。依次是：美国、日本、大韩民国、“中华民国”、英国（香港）、菲律宾、泰国和印尼。在这一排座席上，从右起是布契曼先生、宫泽先生、McMurry 先生、Alpert 教授和 Blackwell 教授。和这排座席两端垂直地排着各分公司代表的位置。我和陈家齐分别坐在两边的末位。

在欢欣的掌声中，布契曼先生首先起来致欢迎词。在东京来的两位顶头上司前面，布契曼先生看起来讨好、随和而谦虚。他说，这么盛大的 occasion 不止具有国际莫飞穆划时代的意义——因为，作为国际性的政策，莫飞穆已从单纯的贸易，向着行销和促销挺进——对于台湾莫飞穆，也是一项殊荣。布契曼先生举杯欢迎全体与会人员之后，便指定陈家齐起来报告四天会期中的作息计划。

陈家齐简单地报告了作息结构：七点五十分起床，由我负责打电话到每一个房间叫醒大家。早餐从八点十分到八点四十分，四天中一律到“香榭厅”来用餐，因为每人一份，可以随到随用。九点钟开始会议，在四楼的国际厅。十二点十分中餐，四天安排不同的地方。详情如会议手册。十二点四十分到一点四十分午睡，不午睡的同事可以在饭店附近游览参观，有关饭店附近的街道和去处，有一张地图，附在报到的资料袋中。下午两点到六点开会。六点二十分 dinner party。八点二十分以后“自由活动”。

“有什么人有任何问题，找 H. K.，”陈家齐说，“他负责随时为大家解决问题。”

我起立点头示意，不料招来一阵掌声。

接着，布契曼先生起来介绍贵宾。掌声甫息，布契曼先生要我简单介绍东亚分公司各与会代表。

午餐是海鲜全餐。每个人一只龙虾。此外有奶酪鳕鱼、意大利焙蟹，炸鳟鱼和一碟鲜美无比的鱼子酱。酒是 CHIVAS REGAL 威士忌。

（以上中餐后所记。现在我在我的房间中准备整理下午的讲义，以便开会时分发。房中有适宜的暖气，如置身帝王家。）

一点钟。我先到会场，一切令人满意。讲台上用普利龙做成的大幅英文字：MARKETING COMMUNICATION IN MARKETING MANAGEMENT。

深蓝底板，雪白的立体印刷体字，又气派，又高雅。讲台上一盆西式盆花，血红的玫瑰半球。每一张桌子一杯高雅的咖啡杯，一份下午开会用文件。

第一节是 Blackwell 教授担任的“行销工作的外在环境”（The External Environment for Marketing）。

行销工作的外在环境因素，往往是行销管理者在不同程度上难于掌握的。这些企业自身所难于掌握的因素包括：

一、消费者的需求；二、同行的竞争；三、商事法规；四、中盘和零售商的结构；以及五、广告媒体。

行销管理者应该有这个现实主义的认识：在某一个程度外，企业是怎么也无法操纵需求的。购买的行为，和商品本身、包装、价格、销售手段，零售布局和服务等因素，有微妙的关系。Blackwell 所论的重点，毋宁在于先认识到“需求”是“难于操纵”的因素，并在这个基本认识的基础上，去管理消费者的“需求”吧。

竞争同业的策略等等，一方面是企业所无法控制，同时又绝不可忽略。因此，先要“知己知彼”，加以因应。

特别是在美国和日本，消费者保护的声浪很高，相应的保护性立法繁复而苛刻。在这些地方，不考虑行销上的法律限制，就会铸成企业的惨剧。“其他东亚、东南亚国家要好得多。”Blackwell 笑着说，“这就是为什么我们特别喜欢(love)这些国家。”(笑声。)

中盘、零售体系是独立商人，公司当然无法加以驾驭。先深入理解，然后慎重选择，这些中盘和零售体系，使我们的产品能流畅地送到消费者手中。

广告媒体也不属于制造业者，无法加以操纵。理解、分析进而选择最适当的媒体，成了行销管理工作的一个重点。

第二节是宫泽的“促销计划的规划与策略”。

宫泽的英文出奇地流畅，虽然发音有一点儿生硬，但是比起印象中的日本英语，好得太多了。事实上，由于他长年的国际管理生活之训练，他的英文比今天与会的任何东亚代表流畅而优雅。他的叙述十分扼要而生动，主要是因为他准备了一套详细、有纲有领的幻灯片，来作辅助说明，也是一大因素。

宫泽的“促销计划的形成”论，分成五大部分。即（市场）情境分析，包括对一个市场中文化、社会之与我产品有关者之研究与调查，消费者相关的需求、竞争品的研究与调查，相关法律的研究，以及公司内部条件的分析（财务、生产能、人员组成等）。情境分析，应该以清晰的语言、可以计量的数字，总结地指出为了使某产品上市，是否应该要提高消费者对该产品的认识，要不要重点试销，要不要设计一套方法改造消费者的某些观念等等问题，并作了深入的讨论。

第二个阶段是设定促销的目标。这包括界定目标市场，搞清楚产品主要和次要的诉求对象，分析和研究这些对象心理、经济收入、观念、好恶等条件，配合产品特、优点，完成传播讯息的内容，要之即广告、促销时我们要传播的具体内容。

第三个阶段是决定销售活动所需的预算。（略）

第四个阶段是销售管理项目的厘定。这包括：一、广告管理，即媒体资源的分析与研究、媒体的选择、广告传播内容的决定，等等；二、业务代表的训练、激励办法和组织运用；三、零售商分析、奖励、业绩追踪与调整。

第五个阶段是全计划的定期评估、调整。评估与追踪应该分成每周、每月、每季、每年，随时分析研究，以高度机动性调整全盘战略，务求企业目标：利润的达成。

评论：宫泽和 Blackwell 教授一样，强调了行销作业对操纵社会需求的有限性。但这有限性的认识，却更加发展成为一套周密、强大行销、促销

（marketing-promotion）的网罟，相对于消费者的分散、无意识，企业的智慧与力量，实莫之能御！

四点半开始，还是宫泽主持的销售计划个案研究。

宫泽现身说法，把他自己约莫距今十年前在日本一家销售公司的经验，拿来当个案向大家讲解。

当时负责销售的宫泽，担当了一项美国进口到日本专门喂猫用的营养猫食。产品名叫作 CATIVITE。六〇年代末，是日本经济繁荣成熟时代，日本人也和西欧人一样，爱猫、爱狗的人口剧增，宠物食品在日本的市场不断在增加。CATIVITE 是由美国一家极有名的人用维他命剂制造公司生产的，特点是维他命含量和成分俱佳。因此，在做销售目标研究时，宫泽决定强调它的营养性，理由之一，是该美国厂商出品的人用维他命，在日本市场中几乎家喻户晓。

在这政策下，广告、海报，挨户销售计划全做好了。执行结果，速度虽然慢了些，但是颇能达成预定的销售目标。

“我家内人也爱猫，自然地也使用 CATIVITE。不过，虽然是销售经理，我还是规规矩矩一罐罐买回去，绝不是揩油的。”宫泽说，惹得大家笑了起来。

结果呢？宫泽发现不但猫长胖了，毛光泽了，而且每次看见猫在吃 CATIVITE 时，仿佛它都非常

“享受”。“内人也发现CATIVITE如果不放好，常常会被猫拖走，并且要千方百计抓破厚纸盒包装，企图自己倒出来吃。”官泽说，“我恍然感悟，这东西好吃！”

第二天，他马上叫公司安排了一项试验，目的在比较猫对CATIVITE和其他坊间重要竞争品（含有维他命的猫食）的嗜好研究。

结果，两个月下来，结论是猫对CATIVITE和其他产品嗜好比，是八比一！

整个销售计划立刻更改了。广告传播的内容，从侧重营养，改为：“先让Chibi（日本人最常用对家猫的昵称）大快朵颐，吃下去的维他命才有用。”

接着官泽放映了一分钟的C. F.。谁也没想到小猫竟是那么富有表情的。经过条件反射训练后的小猫，吃着CATIVITE的时候，那种嘴馋，那种大饱口福，那种贪，叫人绝倒。接下去的镜头，是猫对置之高阁的CATIVITE睁大眼睛看，咪咪地叫。那样子真叫人又怜又爱。

“计划调整后，一季下来，总销售额一口气增加了二十四倍！”官泽笑着说，“不但我们的竞争对手，连我们自己也傻住了！”（热烈的掌声。）

官泽说，与其说是对猫的研究使我们成功，更确实地说，是对于人的研究。爱猫者喜欢看见猫大快朵颐，才买 CATIVITE。“不要忘了只有人才会消费啊，”宫泽风趣地说，“猫是不会有钞票的。”（笑声。）

晚餐在饭店内龙凤厅开。菜单是：

六拼冷盘、醉冻鸡、樟茶烤鸭、玫瑰明虾、无锡嫩排、京华黄鱼、枸杞甲鱼、四色鱼翅羹、冬瓜盅、凤爪清汤、干贝菜心、荤素蒸饺、水果。

酒是真正金门大曲。Alpert 教授大加赞美，说它绝对胜过伏特加。席间，陈家齐和宫泽用英文交谈。陈家齐提出“国际的行销人”——global marketing man——的概念，来丰富“世界管理者”的观念。他说，这个会议使他从传统和家庭而来的民族国家信念中，逐渐得到解放。宫泽平静地笑着首肯，并说，在富裕国家中，民族主义早已随着大众消费文化的登场而消失了。

（以上晚宴后回房所记，时夜间八时三十二分。）

近十时，一个在这次党外助选团工作的朋友小林自台南打长途电话来，说党外助选团在南部一组，在台南搞得十分成功，万人空巷。形势比想象的还好很多。这样搞下去，明天在高雄的活动，应该会不错。（以上就寝前所记。）

十二月十六日

今天一早，向饭店交涉二事：（一）会议中咖啡供应要加强；（二）抽烟的人太多，通风与空调请改善。

今天整天的主题，是“消费者行为模式的研究”。为了克服企业对于消费者行为的不可支配性（uncontrollability），消费者行为模式的研究，日臻发达，并且配合了近代行为科学，而有了新的进展。

上午两节，是由 Mr. McMurry 担当。主题分别为：一、总论：消费者做决定过程的几个阶段；二、分论：问题检出（problem recognition）和探求过程（search process）。下午两节，还是宫泽担任，主题是：一、信息的获取与“相形评估”（alternative evaluation）；二、环境因素及选择结果。

关于内容方面，今天的讲义全部由东京于一个月前寄达，共计有一百二十四页打字纸，内容分章分节，十分完备，故在此不予重复。

有一插曲值得一记。

McMurry 先生讲授 problem recognition 时，关闭的会议室门轰然撞开，进来了一位蓬首垢面、奇装异服的男子。他用闽南语尖声叫喊——

“我是万商帝君爷……”那男子振臂呼喊，“世界万邦，凡商界、企业，拢是我管辖哦！”

McMurry 先生呆住了。他看见这垢面男子直冲讲台，就本能地抓起外衣欲要走避。这时一大堆饭店服务生、经理也跟着冲进来，蜂拥将该男子按在地下。

“无礼！我万商帝君爷，是来教你们大赚钱……”

不知哪里来的神力，那男子奋力挣脱众人，凶狠地站立着。他的双眼，闪烁着某种愤怒、惊惶混合起来的清冷的目光。

“我万商帝君爷有旨啊……”他说，掀开破旧的西装，露出污秽的黄衬衫。衬衫上写着血红的、斗大的英文字：MANAGER。“你们四海通商，不得坏人风俗，诳人财货喂……”他唱歌也似的说。

“啊！林德旺！”

陈家齐的叫声。

“德旺！”陈家齐怒声喝叫，“不要胡来！”

说来神奇，听到陈家齐的声音，那男子顿时像绵羊似的，驯服地让门警和饭店经理押走。

后来才记起谁是林德旺了。营业部那个客客气气的小伙子。变得全不认得了。又黑、又瘦、又苍白，满脸胡子楂。听说疯掉了。为什么呢？似乎没人知道。

好在布契曼先生不在场。洋人问怎么回事。陈家齐镇定地耸耸肩，两手一摊——

“Nothing. A nut, that's all.”他说，“没啥，一个疯子，就这么回事儿。”

昨天的检讨意见是中午不要吃太丰富，影响下午开会的效果。所以今天中餐取消到外面吃的原议，改在龙凤厅吃中式便餐。菜单：

红烧牛腩、墨鱼炒芹、开阳白菜、豆苗虾仁、油菜腊肉、辣椒牛筋、冬瓜火腿汤。

晚饭依计划到中山北路的“八米”日本料理店吃。每人吃一份“梅”字定食。酒则是日本清酒。宫泽喝醉了，大唱日本歌。

（以上晚饭后回房所记。）

晚上八点多老简打电话到房间来。他说小林下午四点回台北来。据小林说，党外助选团在台南市体育馆那一场，听众把整个体育场挤满了不说，场外四周的街路，全被群众塞住了。“小林已经被群众场面搞昏了，”老简说，“今天助选团下高雄，要在高雄县、市好好干一场。”他还告诉我C小姐竞选活动近日中也日有起色，形势越来越好。果不出所料，她和联合搭档竞选的C先生，已经貌合神离。“你说得对，整个党外私下都不赞成这个联合。”老简说。

老简在C小姐竞选总部帮忙。他问我要不要干脆公开决裂。我不赞成。自然地分开要好得多。“这儿开完会，我马上过去帮忙，一定的！”我说。

可惜事情太忙，否则真想到他们总部去看看。

十点十分，布契曼先生来敲门。门打开，有陈家齐陪着。两人不知另外去什么地方都喝得面红耳赤。

“H. K., You're done a very good job.”他说，“你表现不错。”

“Thank you.”我说。

“哦，听说有个疯子……你知道吗？”

陈家齐向我迅速地眨眼睛。我说，“天晓得，只不过是个疯子罢了。”布契曼先生美国式地耸了耸肩膀，打着酒嗝走开了。

（以上睡前所记。）

十一点半，老简打电话把我吵醒，他说有高雄来电。今天在高雄县、高雄市党外助选团战果奇佳，所到的地方，万人空巷。他说明天北、南两团助选团在台北大会师，全省党外助选员全部上台，向省民推荐党外候选人，“这是个高潮，选民已经起来了，”老简说，“你明天能不能出来看？”

（以上再补记。）

十二月十七日

七点五〇分照例叫醒大家起床。自己先到餐厅去。整个餐厅的服务生都闹哄哄的，若大祸之将至。

原来是发生了一件大事。怎么可能？太突然了！

美国卡特总统宣布承认中共。明年元旦生效！

我赶忙到柜台去拿报纸。

我的妈！好大的标题：

“美背信毁约承认共匪，蒋总统提最严重抗议”

“蒋总统吁全体军民 / 精诚团结同舟共济 / 不分彼此坚定沉着排除万难 / 提高警觉防范匪伪颠覆诡谋”

第二版有一条又叫我吃了一惊——

“康宁祥停止竞选活动，昨呼吁国人保持冷静态度，不分地域党派共为生存奋斗”

这我才知道问题严重了。老康要大家保持冷静，要求政府“不要采取违背民主的鲁莽行动”或“造成不安的紧张状态”。老康也要求美国政府继续供应必要的武器，确保台湾安全……下面这一段话，我抄起来了。老康说：“台湾一千七百万人民的意识形态和政治经济制度，与中共格格不容，强加合并，势必引起可怕悲剧。”

怎么就谈到“强加合并”？问题有这么严重啊？

奇怪！我第一个反应是：“强加合并”，台湾莫飞穆怎么办?

我应该是会这样问:“那么台湾人怎么办?”

为什么那一霎我没有问这个,至今我也搞不清楚。

我立刻到lobby找公用电话,找老简。那边电话老久不通,线路似乎忙透了。

“喂,是我,福金,”终于接通了电话,“怎么样了?我是说……”

老简很慌。他说“美国大使馆”昨天深夜就通知了老康。“党外只通知他一个。今天一大早,老康总部就贴大字报发表这个消息。过不久,老康打电话来,要我们‘拢总收起来’。”老简说,“选举活动通通停止了!”

停止!我想起第二版的“政府紧急处分令”。明天国民党要召开十一届三中“全会”。好像战争或者什么紧急状况已经爆发了。

我回味老康的声明。他真像个在野政治家。“美国大使馆”竟也通知他!老康的国际分量,我以前完全没有估计过。

我用饭店内电话打给陈家齐。“我知道了。家父六点多钟就打电话来了,”他平静地说,“我这边刚看完华视晨间新闻。”

我环视整个lobby。它依然是个小型的国际走廊。高雅的外国男女，安静地或坐、或立，喁喁谈话。只有服务生、服务小姐、经理，有明显的骚动。但为了职业责任，一切还是照旧进行得井井有条。

九点钟，会议照常进行。布契曼先生没有说话的节目，却早已站在讲台上，等候大家落座。

这是他感人肺腑的、简短的讲话——

“先生们：

“对于在台湾愉快而有意义地工作了将近四年的我，今天早上的消息，对我也将是一个难忘的震撼。

“我的政府已经宣布：生效于明年元旦，美国将和中国建立正式的外交关系。

“作为美国公民，我深切地表示遗憾。

“但我同时提醒大家，今晨报纸上说，卡特总统曾特别以函电向蒋经国‘总统’保证：美国将继续出售武器给予台湾。我的总统并强调重申：美国为了维持台湾居民之和平、繁荣及福祉，将着手进行一项全新的安排。

“从美国政府一向为保护其多国籍公司在世界各地之利益所做过的现实而坚定有效之努力的无数前例，我相信卡特总统的话。并且，也希望我在台湾的每一个同事与我共同分享这个信心。

“最后，我要提醒：一个多国籍公司的重要管理者，在管理‘世界购物中心’（world shopping center）的过程中，要发展出适当的国际忠诚（international loyalty），以与原来各自对民族国家（nation state）的忠诚相补足——如果不是相拮抗的话。

“谢谢大家。”

掌声。哦！老天！真是大事临头。

今天会议的主题，是“社会对消费者需求的影响”。上午的主题最有兴趣，即所谓“交叉文化”（cross-culture）对行销调查的重要性。所谓cross-culture的研究，主要在于研究不同的文化型模对一个成功的行销计划之形成的影响。由文质彬彬的Blackwell教授担任。

Blackwell教授指出。有些学者认为，人的消费行为，受到一些放诸四海而皆准的因素所决定，没有文化和民族的分别。但是，有许多越来越多的事实和研究，证实了根据西方经验和文化为基础所建立的行销计划中的假设，在不同文化市场中，招来重大、甚至致命的行销失败。

在讲义中有这一段实例：某亚洲国家有一家多国籍公司与土著资本合资的香烟公司，计划在当地推广带有滤嘴的香烟。在这以前，从来没有人在这个亚洲国家推广过带滤嘴的香烟。外籍总经理和土著经理（他们全是接受西方教育的土著精英，满脑子十足的西方价值和观念，他们自己每天抽着进口的美国带滤嘴香烟）拟妥了一套行销计划。但执行的结果，不料竟全盘皆墨。

原来滤嘴香烟推广的基础，在于抽烟人怕得肺癌这个意识上，即抽烟人对于癌的知识和危险意识，使这种长脚烟大行其道。

但是，在这个亚洲国家，人民平均寿命才只有二十九岁，统计上甚至还不到医学上列入肺癌威胁的年龄水平。此外，他们的卫生保健知识极端落后，识字率奇低，对肺癌根本毫无概念，即使写文章在杂志上搞宣传，也很少有人看得懂。

"特别是作为多国籍企业，'交叉文化'对于企业管理计划的重要性，尤为重要。"Blackwell 教授指出，"不错，通过多国籍企业行销管理的努力，世界各市场的文化，在商品的同一性下趋于统一——即原文化的解体和国际消费文化的形成。但是在同时，在个别的地区，还存在着巨大的文化差异。聪明的行销管理者，要善于根据客观的文化研究——而不是根据自己的教育、阶级和生活上的偏好——去制定计划。"

出乎意外的是，Blackwell 教授竟然提到台湾莫飞穆对 Rolanto 的行销计划来。他说，他从资料上发现，在台湾，有过市场文化分析的不同意见争论。“有人主张台湾文化的特殊性——用你们的语言，即‘乡土性’（regionality）；另外一派的意见是‘乡土性’的不在，而以‘国际性’和‘城市性’（urbanism）来取代。”他说。

下面几点 Blackwell 教授的评语，将使我毕生难忘：

一、“乡土性”文化和“都市性”文化的分析，一定要以客观的调查研究为基础，而不可以个人的文化、传统、信仰、政治意见为思考的基础。

二、一个优秀的行销计划专家，应该以企业目标（利润）作为一切调查、研究、计划的指针。

三、最后，行销管理者要以国际性人格为基础，从多国籍公司全球性企业利润的观点，去正确评估各驻在地区、分支机构的文化、政治、民族、传统等诸问题。

这真是个振聋启聩的功课。

我必须从这个起点，从“台湾”步向“国际”的视野！

感谢 Blackwell 教授。看哪！那不是日本人、印尼人、韩国人、泰国人……吗？

在多国籍公司的计划下，他们只讲一种共通的语言——英语；在同一水平下生活：奢华的观光饭店、丰美的食物、同样的咖啡……更重要的是，他们全为了一个目标——莫飞穆国际公司全球性的利益——而分析、研究、学习、工作。

我应该从台湾人而成为国际人。不，说得正确一点，我属于一个新的、聪明的、精英的、创造世界更好、更丰盛之生活的民族和人种：Global Manager! Global Marketing Man!

这真是宗教性的时刻。

中午在福吉楼吃饭。福吉楼就在饭店后街。菜单：

四拼冷盘、黄鱼双吃、脆皮烤鸭、福寿猪蹄、葱油肥鸡、麻辣鸡丁、香菇凤爪清汤。

酒是绍兴和竹叶青。

晚饭到枫园吃铁板烧，占去三个台子。

这是我第一次吃铁板烧。简直太妙了。宫泽说这是日本人发明的，“日本和西方文化的结晶”。宫泽笑问 Blackwell 教授：“这也是 cross-culture 的问题吧……”

饭后我又仔细读了一次“总统”发布的紧急处分令，并把“经济部长”张光世有关“不改变自由贸易政策，将依程序进行中美贸易谈判”的消息重读一次。另有消息说：美国将在台北设贸易文化中心。

下午以来，我冷静多了。比较关心经济消息。

晚间电视新闻有一节T文理学院学生当天下午在西门闹区游行的镜头。新闻又说“美使馆”将更名为“亚美服务公司”（Asian-American Services Corporation）。

九点多，老简、小林、郑肥，来饭店找我，在我的套房内谈话。他们对饭店的豪华，公司的出手之大，大为惊叹。他们问我对时局的意见，我指出就凭我们公司照常在这儿大谈行销计划，就知道台湾很“安”，不必挂心。

“为什么？”郑肥问。

“唉，台湾有问题，他们干吗还在这儿搞训练？”我说，“换了你我，不早早把公司撤走？”

“有理！”郑肥开心地笑了，“美国人不会放弃我们的！”

大约我也讲了一点台湾人要有“国际”心胸的、不很成熟的话，也说不定。

（以上睡前之所记。）

十二月十八日

一大早就到柜台拿报纸看。

蒋主席将亲自主持今天举行的十一届三中全会。“蒋总统”昨天主持了军事会谈，指示三军沉着坚定、提高警觉。“总统”还指示“行政院”研采各候选人所发表政见。

全国各界展开“救国”献金热潮。学生沿街劝募，一日间募得一千多万元。各地举行自立自强大会。

美国加州州长里根，要求卡特政府具体保证我“政府”的安全，并致函“蒋总统”表示“永远支持”。

“美国使馆”将成为“亚美服务公司”。商约协定继续有效。台湾仍享有美国优惠待遇。

早餐出人意外地好。是中式早餐：豆浆、蒸饺。大家都吃得很高兴。

九点钟，McMurry 先生在会议前起来讲话。他手中拿着一份来自美国波士顿总公司的电报，向大会报告说：总公司总裁 Mr. D. W. Davis 先生特别来电，表示公司对台湾境遇的同情，并向“台湾莫飞穆国际公司全体中国同人致意”。总公司将以实际行动——增加新年度台湾莫飞穆的营运预算百分之四十——来实际表示“美国民间对台湾的支持”，并且“希望大家一本以往，安心工作”。

全场报以热情的掌声。

今早是“Marketing Communication Workshop”，各与会国要提出各自关于某产品的行销—推销计划

（marketing-promotion program），互相讲评，以之具体运用三天来的讲习。

评定结果，日本得第一，而台湾莫飞穆胜过香港，得了第二。布契曼先生笑开了嘴。陈家齐向我丢来愉快、知心的微笑。

上午十一点，Alpert教授作了结束会议的短讲，内容极为精辟，兹简要志重点如下：

一、讲题："在变动中的亚洲之多国籍公司行销体制"（Marketing System of MNC in the Changing Asian）。

二、亚洲在急剧变动中。由于亚洲各国（日本除外）急于现代化，而功效不著，致越来越多的声音在批评多国籍公司，认为多国籍公司是亚洲贫困、文化解体、物质主义、政治不安、剥削之根源。

三、因此有人主张社会革命，以制止国际资本主义行销体制所造成之物欲横流、解体、贫困等在亚洲所造成之危机。

四、但历史证明，人生而好争、自私。这是人从动物演化而来时在蛮荒时代遗留下来的本质。（引用历史学家A. Durant。）

五、因此，人应善用此本质，以物质利益为诱因，创造更丰富的生活，而不是社会革命、中央集权和中央计划及极权制度。后者的实验——苏联已经失败。今天的苏联必须借物质诱因、市场经济、货币和商品制这些“资本主义”办法，来取得人民生活初步的满足。

六、从某一观点来看，今日世界上只有一种制度：资本制度；一种经济：资本经济。所谓“社会主义”，以其今日对西方资本体制、商品、资本及技术之高度依赖而言，早已名存实亡！

七、多国籍公司在事实上创造了和平、物质丰足的世界。现代资本主义绝对酷爱和平。因为和平是一切企业活动之基盘。靠坚船利炮遂行企业目的的时代早已过去。“世界管理者”正以坚定、有效率、强大的努力、调动一切人类技术、知识的资源，为世界和平与繁荣而努力。

Alpert 教授然后语重心长地说——

“这两天来，我亲身感受到台湾民众对于美国与中共建交所感受的悲愤。但是，容许我提出一个新的看法：

“使中共和苏联不破坏我们‘世界购物中心’，不威胁我们自由、富足生活的最好的方法，是把它们也拉到这个‘世界购物中心’里头来。用‘资本主义的皮带’（belt of capitalism）把它们紧紧地绑起来。

“先生们，尤其是台湾的同事们，容许我做个预言：你们将不久就见证这个事实：在你们看来野蛮的中共，从美国与它缔结外交关系之日起，不消多久，我们多国籍公司的万能的管理者的巧思，将逐步把中共资本主义化。我们有这个把握！（掌声。）

“清教徒的中国大陆，必将迅速消失，好像烈日下的冰块。柔软的，追求人生乐趣、幸福、快乐的消费文化，将很快地在中国大陆滋长，正如我们看见许多贫困国家的人民大跳迪斯科，仰首猛灌可口可乐一样。

“我来此知道台湾有一句话：‘反攻大陆’。先生们：我认为这完全是可能的——不是用战士的生命和昂贵的枪炮，而是用我们多国籍企业高度的行销技巧，多样、迷人的商品！”

掌声雷动啊！我甚至不知不觉地站起来鼓掌了。

上午十一时四十分。陈家齐要求大家回房，先把打点好的行李取出，以便在正午十二点以前check-out，然后到台北市东区一家著名的法国餐厅吃中饭。

走出饭店，一阵冷风吹来。出了有暖气的大饭店，这一阵冷风格外吹得人直打冷战。我的车子刚好送修，正想找伴招一部计程车时，适巧陈家齐的车子从大饭店的停车场滑了出来。

“进来。”陈家齐摇下车窗，对我说，“还有一个空位。”

车子于是开向那家台北闻名的，欧洲风的西餐厅。在中山北路二段，我们看见一列学生在游行，前头一个巨幅的红条，用白纸剪了几个大字，贴在条幅上：

“中国一定强！”

“要是几天前，这五个字，一定叫我流泪。”

陈家齐沉思地，低声说。

学生们捧着献金箱，高喊口号，挥舞着“青天白日满地红旗”。

我们的车子在行列边不能不放慢了速度。

“Irrational nationalism!”陈家齐忽然独语似的说，“盲目的民族主义！”

“Peter Drucker!”我脱口而出。

彼德·杜拉卡著名的一句话，就是“盲目的民族主义”！

“这一句呢？”陈家齐从后视镜中笑着看我。他用清晰的英语说：“...We need to defang the nationalist monster!”

"Again, Peter Drucker!"我又一次脱口而出，觉得像猜到了好谜那么高兴。

又是管理学大师彼德·杜拉卡的名言："……吾人应该将民族主义这个恶魔的毒牙拔除净尽！"

真不料陈家齐对 Peter Drucker 那么熟悉，我想：这家伙，还真不错！

我们在镜中相视而笑了，留下一车子年轻而不懂管理学的同事满头的雾水。

也不知为了什么，那个把自己扮成"万商帝君"的青年的清癯、忧悒的脸，这时却蓦然闪过我的眼前，然后，消失在冬天的台北的灰暗的天空里了……

（以上系会终返家，大睡一觉后之所记。）

后记：作好这篇小说，重新润修完竣时的十一月十五日，友人陈述孔兄因肾病去世。神伤之余，特别一记于此，以纪念一段患难的友情。

初刊于一九八二年十二月《现代文学》复刊第十九期

为什么要读陈映真？*

赵刚

回顾战后以来台湾的文学界，陈映真占据了一个非常重要且独特的位置，他意向明确且执着向前地将文学创作持续不断地置放于大的历史脉络之下，疼痛地碰撞着时代的大问题，不懈地求索文学与历史之间深刻的内在关系。在一种特定于第三世界语境下的“思想”意义之下，文学家陈映真是一个不折不扣的思想者，提供了一个人道的、平等的、正义的、民众的、解放的，与第三世界的“左眼”。真诚，是陈映真文学之所以能感动那么多人的最重要缘故。这个真诚既展现在历史与传记的再现，也展现在思想的颠踬摸索。

自我二〇〇九年初，一头栽进阅读与写作陈映真的状态

* 本文原为赵刚为其著作《橙红的早星：随着陈映真重返台湾一九六〇年代》所写的“代自序”。

中，并一发不可收拾以来，已历三寒暑。二〇一一年，我出了此一主题的第一本书《求索：陈映真的文学之路》*。在书的“自序”里，我交代了几个相关问题，包括，陈映真与我们这一代人的关系、我重读陈映真的缘由，以及，以一个文学门外汉如我，在磕磕碰碰的阅读过程中关于阅读文学文本的一愚之得……在那里，我并没有好好地针对一个重要问题——“为什么要读陈映真？”作出回应。现在，我将要出我关于陈映真文学的第二本书了，我觉得应该要对这一问题作出回应，于是有了这篇“代自序”。至于一般性质的“序言”，也就是介绍这本书的内容以及表达感谢之言，则是表述在“后记”里。

这篇“代自序”，一方面是向读者您交代我何以认为陈映真文学是重要的一个自白；但另一方面，它也是一封向公众提出的意欲强烈的阅读邀约信。但在写作之中，我也常不安地转而思之，这是否竟是那种常招人厌的“己所欲者施于人”。惶恐之余，也只有建议读者诸君不妨暂时只把现在这篇序言当作我的一个应是诚恳的自问自答，而设若您恰巧也接受了我对陈映真文学的价值的某些评断，而希望进一步接触的话，那么，您也许应该直接阅读陈映真作品，自行感受、阐释与批评。之后，如果还有时间而且也还愿意，再将这本书作为阅读参照之一，且愿意匡正我的某些读法的浅陋与不

* 简体版为《左眼台湾：重读陈映真》，北京大学出版社，2016 年。

达，则是我最大的盼望。而如果我的这本对陈映真早期的小说的诠释之作，竟然替代了原始文本的直接阅读与全面阅读，则是这篇序言所不能承受的罪过。

直接切入正题。我将从历史、思想与文学这三个维度，分别说明为何要读陈映真。

一、历史

回顾战后以来台湾的文学界，陈映真占据了一个非常重要且独特的位置。这样的一个论断，是因为那无法避免而且也不一定必然负面的“偏好”吗？答案是否定的。这么说好了。试问：除了陈映真，还有谁，像他一样，在这过去半世纪以来，意向明确且执着向前地将文学创作持续不断地置放于大的历史脉络之下，疼痛地碰撞着时代的大问题，不懈地求索文学与历史之间深刻的内在关系？

也许，有人会嘟嘟囔囔地说，这不是我要的文学，“陈映真”不是我的菜。很好啊！口味是强加不来的。更何况，没有哪一部文学作品是非读不可的，毕竟这世界总是这样或那样继续下去，不曾因这部或那部作品而变呀。但是，如果你给文学一点点机会、一点点重量，把它看作是一种帮助我们得以同情体会各种情境下的人物的境遇心情，从而得以更具体且更丰富地理解历史中的他者，从而得以给自我理解多开几扇窗户，帮助自己评估价值、寻求意义的一种重要手段的话，那么，或许你应该要注意陈映真的文学，更何况他讲的正是和你、和我那么密切相关的故事；特别是在很多很多个他说过的故事，以及故事里的人物，已经被我们这个时代所遗忘之时。当历史正在遗忘，陈映真文学的价值正是在拒绝遗忘。

拒绝遗忘，恰恰是要为当下找出走向未来的出路。因此，拒绝遗忘不是单纯地回到过去，缅怀荣耀或是舔舐伤口——那是“遗老”的拒绝遗忘。对陈映真而言，“遗忘”是“历史终结”这块铜钱的另一面。拒绝遗忘，正是追问构成我们今日状况的种种历史线索。这要求我们打破霸权的记忆工程，让我们重新理解我们的自我构成，看到自身是如何在历史中被各种力量所形塑。这样的自知，不待言，是理论与实践的一重要前提。理论与实践不是展开于一个前提自明的普世空白主体之上的。

因此，作为这样的一个历史的探索者，陈映真透过了他的文学里的众多主人公，向我们展现了很多现当代重要历史阶段或事件，从日本殖民统治、“二战”及太平洋战争、国共内战、二·二八事件、中华人民共和国的成立、全球冷战、白色恐怖、两岸分离、“反共亲美”右翼威权政体的巩固、资本主义的发展与深化、大众消费社会的形成、学术与思想的美国化、政治与文化的“本土化”与“去中国化”，到如今持续迷乱整个岛屿的认同撕裂扭曲……请问，在台湾当代的文学界，乃至思想界与知识界，在这半世纪多以来，持续不断地直面追问这些从不曾“过去”的事件或过程的人，除了陈映真，还有谁？那么，陈映真的文学难道不应该成为我们理解自身的一个重要凭借与参照吗？

上述的那些历史事件，并非无人就此或就彼进行研究或表达意见，但少有人有陈映真的器识心志，直面它们的源流交错，进而编织成一种历史关系，对我们的今日提出一种原则性的看法。放大某一个孤立事件，然后扩而大之，周而广之，形成一种单一的历史解释，并不为陈映真所取。历史过程总是条缕共织、“多元决定”的。这一对待历史的特点，我们无论是从陈映真一九六〇年的《乡村的教师》或是二〇〇一年的《忠孝公园》，都可以看得很清楚。陈映真的文学后头站着一个思想者陈映真，但这个思想者在历史面前总是谦逊与怵惕的，他要从历史中得到某些教训，而非挟其理论斧锯，以历史为意识形态之林场。

坚定地把书写持续定位在历史与文学的界面上，陈映真让人印象最为深刻，为之掩卷，为之踯躅再三的，就是他透过小说为那大多属于“后街”的小人物所立的传。在陈映真目前为止的三十六篇中短篇小说里，这些小人物，或忧悒、或决绝、或虚无、或坚信、或朴直、或妄诞……他们在那些虽是虚构的但却又无比真实的时空中行走着，时而历历在目，时而影影绰绰。此刻飘到我脑际的就有：安那其少年康雄、吃过人肉的志士吴锦翔、红腰带肮脏的左翼犹大、浪漫青年艺术家林武治、“存在主义者”胖子老莫、质朴厚实的女工小文、虚空放纵的学者赵公、做着经理梦入疯的跨国公司小职员林德旺、在幻灭中求死的老妇蔡千惠、在废颓中生犹若死的美男赵南栋、本性端方的忠贞党员李清皓、前台籍日本老兵林标、前满洲国汉奸马正涛……这些，对我而言，都是一篇篇传世的“列传”，比历史还真实的历史。没有它们，台湾的现当代史所可能具有的历史记忆将更为粗疏稀薄干枯，而历史意识也将注定更同质更空洞，因为我们只能空洞地记着一些大事件的年与一些大人物的名。因此，陈映真文学，其实竟是历史的救赎，它重新赋予那些被历史挫败、伤害并遗忘的“后街”人们以眉目声音，再现他们的虚矫与真实、脆弱与力量、绝望与希望，让读者我们庶几免于被历史终结年代的当下感、菁英感与孤独感所完全绥靖，从而还得以有气有力面对今日指向未来。

陈映真的小说在认识历史上是有效且有力的。以我的教学经验为例，我曾以陈映真小说作为我所任教的大学里“台湾社会变迁”这门课的唯一阅读材料，取代了长期因循西方（美国）的“社会变迁”材料，结果学生的反应非常好。他们觉得，阅读陈映真让他们得以开始从大历史的变局与微小个人的运命交关之处，去思索台湾战后以来的历史，是一个很启发的学习经验——“很有 FU！”。又，以我自己这几年的切身经验来说，陈映真的确是一个极重要的媒介，透过他，我找到了一些支点、一些契机，去开始提问当今的各种“现状”（尤其是知识现状）为何是如此？为何非得如此？它要去哪里？……我自己就是透过阅读陈映真，从西方理论与方法的唯一世界中一步步走出来，开始追问学术与思想之间更历史性的内在关联。陈映真文学让我从一种封闭的、自我再生产的西方理论话语中走出，走向历史，走向现实，走向第三世界。

二、思想

因此，在文学与历史界面中的陈映真文学，其实还有一个第三维度，也就是思想维度。陈映真说过很多次，他之所以写作，是要解决他思想上所苦恼所痛感的问题。没有思想而写，于他，是不可能的；他不曾因缪斯之牵引，而恍惚为文，或为文而文。陈映真的忘年之交，文艺理论前辈与剧作家姚一苇先生，就曾指出他所理解的陈映真是“为人生而艺术的”，“只有在他对现实有所感、有所思、有所作为时，才发而为文”。这个“文”，有时是论理文章，有时是小说，但它们其实又只是一体之两面。姚先生说：“论理是他小说的延伸，小说是他理论的变形。”*

姚先生的这段话说得非常好。然而，我们也许要稍加注明的一点是：陈映真的文学创作从不是站在一种启蒙高位，去宣扬某些“理论”“意识形态”或是“立场”。归根结底，这是因为他不是因“已知”而写，而是因困思而写。摆在一个对照的光谱中，陈映真是一个左派，是一个统派，这都无须争议也不必争议，但陈映真文学的意义与价值，并不在于它宣扬了左派或统派的观点与见解，好比我们所熟知的某一种“社会主义现实主义”文学或艺术的营为作用。陈映真文学后头的陈映真，其实更是一个上下求索的思想家，而非深池高城的理论家。但这并非因为陈映真不擅理论或论理，而是因为他并无意于为理论而理论，犹如他无意于为文学而文学。理论，一如文学，都可以是他思索的手段或方式。

诚然，你可以说，没有文学家是不思想的——卓然成家，岂能只是花拳绣腿锦心玉口？但“思想”也者，并非“我思故我在”，也非“敢于思”这些大箴言所能适切指涉的，那样的“思想”，反映的更经常是西方特定上升时期的“普世”理论与哲学体系的建造欲望。在第三世界，以“思想”为名的活动（相对于建制学术），所要召唤出的更应是一种对于

* 姚一苇《入世的、为人生而艺术的小说家陈映真》，收入《陈映真作品集》，台北人间出版社，1988 年。

霸权价值、知识与政治的否思、一种在人类大历史中的主体自觉，以及，一种对民族对区域乃至对人类的未来走向的想象承担。就此而言，第一世界没有思想。但这样说并不意味歧视，反而意味恐惧，因为——它不需要思想。除了极少数例外，第一世界知识分子意识所及或无意识所在的是：如何保持这个霸权。明乎此，无可抱怨。让人哭笑不得的反而是，第三世界的知识分子与文艺创作者比第一世界的知识分子似乎更是青筋暴露地巩固在霸权周围。

因此，一个第三世界的“现代主义文学家”，也许很“深邃地”“玄虚地”“创意地”思考并表达了一种“人类存在处境的荒谬感”。他在漆黑的个体内在与苍溟的普世人性，这两极之间姿势优雅地来回高空马戏，但他毕竟不曾“思想”过，而这恰恰是因为他不曾驻足于特定的历史时空之间，从而得以接收到这个时空向他所投掷而来的问题。不此之图，他反而以漂流于“同质性的空洞时间中”（本雅明语），以习得他人的忧伤，而沾沾自喜，进而、竟而，骄其妻妾。

是在一种特定于第三世界语境下的“思想”意义之下，文学家陈映真是一个不折不扣的思想者，而且几乎可说是战后台湾文学界的不作第二人想的思想者。但一经这么说，不就同时召唤出一个尴尬问题：战后以来乃至于今，台湾有“思想界”吗？但我们还是暂时让答案在风中飘吧。以我之见，陈映真是台湾战后最重要的文学家，恰恰正因为他是台湾战后最重要的思想家——虽然他不以“思想”为名、出名。但，除了他，还有谁，以思想之孤军，强韧且悠长地直面这百年来真实历史所提出的真实问题，其中包括：如何超克民族的分断？如何理解一种“近亲憎恨”？如何理解与评估殖民统治的遗留？如何掌握白色恐怖的“历史意义”？如何反抗这铺天盖地而来使一切意义为之蒸发的消费主义？一种改革的理想主义如何与一种民众视野与第三世界视野联系起来？在这个荒凉的茧硬的世界中，如何宽恕，如何惕厉，如何爱人？

这样的一种思想与文学，固然在系谱上、在现实上、在对照上、在效果上，让我们肯定它是属于“左翼的”。且这样的一种“左翼的”声音与视野，在台湾乃至于在今天的海峡两岸和香港，是极其珍稀的。它为一个被发展主义、新自由主义、帝国主义、虚无主义，与美式生活方式，所疫病蔓延的世界，提供了一个人道的、平等的、正义的、民众的、解放的，与第三世界的“左眼”。在这个重大价值之外，这个“左翼”的另一重要价值，或许是在于它更是传统左翼的一种超越。陈映真当然是生活在人间的思想者，他当然内在于这人间的左右乃至于统“独”的斗争，但陈映真总是有一种既内在于但又试图外在于这个对立的心志与情操。它来自哪里？我认为它或许是陈映真批判地承袭基督宗教的某种深刻精神底蕴的展现。从宗教与传统中汲取抵抗现代与当代的思想力量，是“陈映真左翼”或“陈映真思想”的一非常重要但却又长期被忽略的特质。这个意义，超越了一般将宗教等同于个人信仰与解救的那个层次。

于是，体现于陈映真文学中的另一特质，是一种深刻的自指性或反身性。没错，他的小说是在说这个世界的故事，但更也是在说他自己的故事。纪录、理解、解释并批判这个世界时，陈映真也在深刻地、痛苦地反省着自己。这个看似矛盾的“向外批判与往内反省”的双重性，使得陈映真的文学从来就不具一种说教味、训斥味，一种自以为真理在握的启蒙姿态。在二十一世纪的今天，在世界大势的支撑下，“(新)自由主义”知识分子更是极为夺目地显现出这样一种真理使徒的姿态样貌。历史上，左翼，作为另一个启蒙之子，当然也有过那样的一种批判、批判再批判，一心打破旧世界、建立新世界的心志，但陈映真从很早很早，就已经展现了他对这样的一种“往而不返”的左翼精神状态的忧虑。于是他在《加略人犹大的故事》（1961 年）一篇中，塑造出“犹大左翼”这样的一种原型，指出他在“理想”与“自省”、“恨”与“爱”之间的失衡。我们当然也要读出，那是陈映真对自身状态的反省，更也是他透过反省自身作为一个谦逊的邀约，请大家一起来反省“改革大业”里的“改革主体”问题；改革主体也要自我改革。陈映真思想总是纠缠在一种深刻的、矛盾的二重性之中。

如果用“温度”来比喻陈映真思想的二重性的话，那么他的思想的特色是冰火同源。我曾在前一本书《求索》的序言里，如此描述陈映真文学，说它“总是蕴藏着一把奇异的热火与一根独特的冰针”。火，是陈映真滚烫的对世信念，而冰则是他冷悒的自我怀疑。这里，陈映真说：“因为我们相信，我们希望，我们爱……”* 那儿，陈映真又说：“革命者和颓废者，天神和魔障，圣徒与败德者，原是这么相互酷似的孪生儿啊。”对着他的亡友吴耀忠，陈映真几乎可说是哭泣地说：“但愿你把一切爱你的朋友们心中的黑暗与颓废，全都揽了去……”† 陈映真的思想因此不只是思辨性的，更也是情感性的、道德性的，乃至“宗教性”的。我们体会陈映真的思想状态，不应以一种对思想家的习见冷冰理智的设想去体会。或许，我们甚至也不应该将陈映真的思想抽象地、形上地结论式地标定在一种“二元性”上，那样也可能会误导。“陈映真思想”不是一种纯粹的状态，也不是一种结果，而是一种过程——一个人如何和自己的虚无、犬儒、绝望斗争的过程。陈映真的文学所展现的正是这样的一个思想过程。

我们阅读陈映真，当然是想要向他学习，好让我们自己成长。在学习中，这样的一种“过程性的陈映真”的体会尤

* 陈映真《因为我们相信，我们希望，我们爱……》（1985 年），收于《父亲：陈映真散文集 1》（台北：洪范书店，2004 年），页 35。

† 陈映真《鸢山——哭挚友吴耀忠》（1987 年），收于《父亲：陈映真散文集 1》（台北：洪范书店，2004 年），页 42。

其重要。尤其当我们知道，在中国的知识传统中，知识分子的学习不是以经典、著作，甚或言教，为单一对象，而更是向一个作为整体的人与身的学习。缘是之故，陈映真文学的另一个深刻意义恰恰在于提示了一个重要的知识的与伦理的问题："如今，我们如何向一个人学习？"昔日，我的读书习惯是把人和作品切割，把人和时代切割，把作品和时代切割，抽象地理解"思想"或"理论"，习得其中的抽象思辨方法与概念；今日，我知道那是错的。阅读陈映真，也让我理解了如何回答上面那个问题。我们要从一个人（当然，一个值得我们学习的丰富的人）的整体去理解他，他的方向与迷失、他的力量与脆弱、他的信念与虚无，他如何在这个矛盾中惕厉、学习、克服脆弱与虚无……

因此，陈映真文学的另一个重要特质就是"诚"(authenticity)。他用他的诚克服那处处弥漫的犬儒、虚无与绝望。他的文学袒露了他的真实，他从不虚张声势掩饰脆弱与怀疑。文学，于是只是一个与你与我一般的寻常人真诚面对自己的写作，而写作其实又只是自救与求索的足迹。陶渊明在他的《闲情赋》里所说的"坦万虑以存诚"，似乎正好为陈映真文学中的一个重要思想特质作了一个简洁的勾勒。

三、文学

写作至此，我这个陈映真文学的“推荐者”，依稀面临了一个吊诡情境：就在我一直强调陈映真文学的宝贵价值是在于它所承载的历史与思想的时候，我发现这些价值不可以也不可能作为“文学”的外在来谈。因此，如果我前头的书写造成了一个可能误导的印象，让读者您以为陈映真文学的价值仅仅是以其历史与思想而成立，那此后就是一个必要的澄清。说实话，这个澄清不是我的能力所能做得好的，但我努力尝试。

“文学是什么?”——这是一个大问题。文学作为结果，是一本本的诗、小说或散文，但作为过程，文学是一个具有敏锐心灵的人，努力理解他的世界、他的民族、他的时代、他的社会，与他自己的一种努力，并透过适度讲求的文字与适当的形式，感动自己进而感动别人。己达达人，让自己让他人能够对我们所存在的环境有一个较深入较透彻的理解，从而促使我们能朝更合理更尊严的人生前进。这样的一种理解,我相信,是从阅读陈映真得来的。如若比较箴铭式地说“文学起始于苦恼，终底于智慧”，我想应不为过罢。

在如此的关于文学的想象中，文字与形式是重要的。有听过流水账的小说或是陈腔滥调的诗或是套话充斥的散文吗？那还能叫小说，能叫诗，能叫散文吗？还会有人乐读吗？

但是，反过来说，如果文学之为物，只剩下了优美绚烂乃至于古怪奇情的文字与形式，那还叫文学吗？对这一点，我不想在此开展争议，因为本文的主旨在推荐陈映真，而非反推荐他人。

对陈映真而言，文学的价值绝不在"文字炼金术"。陈映真不是没有这个本事。就术论术，陈映真当然是一个大炼金师。但关键在于，文字与形式的讲求并非陈映真文学的目的。不自宝其珍宝，陈映真不止一次说过，文字与形式是文学这一行当的基本功，没啥好多说的。初读他的小说，如果又听到陈映真这么说，我们也许会疑心他矫情：当真如此吗？以我们看来，你对文字是讲求的，你的文风是独特的呢……这都没错，但我们要注意一点，文字与形式的专注，是陈映真思想与信念专注的外在表现；没有言，无以展意，没有筌，无以得鱼。但当他专心一意往思想与实践的目标奔去时，这些言或筌，都会被忘掉的。这有些像早期的清教徒企业家一样，根据韦伯，他们在一心奔向信念的目的地时，他们日常所追求的那些财货，都像是一件件轻轻的斗篷般，全都是随手可抛的身外之物。但对资本主义的第二代及其之后的企业家，这些如斗篷般轻飘的身外之物，都变成了无所逃于天地之间的"铁笼"（iron cage）。想想看，在台湾，有多少文学家在他们自己所经营的"世纪末的华丽"铁笼中困囚终生。

陈映真甚至如此说：其实不一定非要写。我们可以做很多很多的事，不一定非要写作。写作本身不必然是一个“志业”。我们必须先要有困扰、感动、愤怒、怜悯、痛感、喜悦、荒谬……各种真实的感情，我们才开始去写。发于中形于外，这才是文学的正路；也正是“为赋新词强说愁”的对反。长久以来，我们看到很多“强说愁”的变形，包括那些以文学作为西方摩登文化理论的脚注或操场的书写。

真诚，是长期以来陈映真文学之所以能感动那么多人的最重要缘故。这个真诚既展现在历史与传记的再现，也展现在思想的颠踬摸索，也展现在文学的一通内外。这其中，必须要特别感谢文学，若不是文学这一辆神奇的车，陈映真也无法如此让人深受感动地进入到他的历史与思想世界。“但为君故，沉吟至今”——我想到了好多好多陈映真的朋友，乃至敌人。陈映真不喜空车文学，也不会达到目的地之后还恋车，但没有这车，也就没有我们所知道的陈映真了，而这世界大概只有那行动者陈永善以及议论者许南村了。某种程度上分享了前辈姚一苇先生对陈映真文学的感情，我想在此重录他为《陈映真作品集》（人间出版社）所写的著名《姚序》的最后一段：

> 他是一位真正的艺术家。因为上天赋予他一颗心灵，使他善感，能体会别人难以体会的；上天又赋予他一双眼睛，能透视事物的内在，见人之所未

见;上天复赋予他一支笔，挥洒自如，化腐朽为神奇。因此我敢于预言，当时代变迁，他的其他文字有可能渐渐为人遗忘，但是他的小说将会永远留存在这个世界！这就是艺术奇妙的地方。

“艺术奇妙的地方”，的确。其他文字也许会为人遗忘，也许。但是，我们也都别忘了，陈映真的文学将永远留存在这个世界，恰恰也是因为它是一列满载的火车。

火车来了。

陈映真文学年表

一九三七年

十一月六日，出生于台湾苗栗县竹南镇中港。本名陈永善。

一九五〇年

莺歌小学毕业。

一九五七年

省立成功中学高中部毕业，入淡江英专。

一九五九年

九月，《面摊》发表于《笔汇》第一卷第五期，署名陈善。

一九六〇年

一月，《我的弟弟康雄》发表于《笔汇》第一卷第九期，署名然而。

三月，《家》发表于《笔汇》第一卷第十一期。为首篇署名陈映真发表的作品。

八月，《乡村的教师》发表于《笔汇》第二卷第一期，署名许南村。

九月，《故乡》发表于《笔汇》第二卷第二期，署名陈君木。

十月，《死者》发表于《笔汇》第二卷第三期，署名沉俊夫。

十二月，《祖父和伞》发表于《笔汇》第二卷第五期，署名林炳培。

一九六一年

一月，《猫它们的祖母》发表于《笔汇》第二卷第六期，署名陈秋彬。

五月，《那么衰老的眼泪》发表于《笔汇》第二卷第七期。

六月，淡江文理学院外文系毕业。

七月，《加略人犹大的故事》发表于《笔汇》第二卷第九期，署名许南村。

十一月，《苹果树》发表于《笔汇》第二卷第十一、十二期合刊本，署名陈根旺。

一九六三年

三月，《哦！苏珊娜》发表于三月一日《好望角》(香港)。

九月，《文书》发表于《现代文学》第十八期。

进入强恕中学担任英文教师两年半。

一九六四年

一月，《将军族》发表于《现代文学》第十九期。

六月，《凄惨的无言的嘴》发表于《现代文学》第二十一期。

十月，《一绿色之候鸟》发表于《现代文学》第二十二期。

一九六五年

二月，《猎人之死》发表于《现代文学》第二十三期。

七月，《兀自照耀着的太阳》发表于《现代文学》第二十五期。

就职美商辉瑞药厂。

一九六六年

九月，《哦！苏珊娜》发表于《幼狮文艺》第一五三期。

十月，《最后的夏日》发表于《文学季刊》第一期。

一九六七年

一月，《唐倩的喜剧》发表于《文学季刊》第二期。

四月，《第一件差事》发表于《文学季刊》第三期。

七月，《六月里的玫瑰花》发表于《文学季刊》第四期。

十一月，《最牢固的磐石——理想主义的贫乏和贫乏的理想主义》发表于《文学季刊》第五期，署名许南村。

《期待一个丰收的季节》发表于《草原》杂志创刊号，署名许南村。

一九六八年

二月，《知识人的偏执》发表于《文学季刊》第六期，署名许南村。

五月，应邀赴美参加国际写作计划前，因“民主台湾同盟”案被“警总保安总处”逮捕。

十二月，判刑十年。

一九七〇年

二月，《永恒的大地》发表于《文学季刊》第十期，署名秋彬。

一九七二年

十一月，《累累》发表于《四季》（香港）第一期，署名陈南村。

本年，《陈映真选集》由香港小草出版社出版，刘绍铭编。

一九七三年

八月，《某一个日午》发表于《文季》第一期，署名史济民。

一九七五年

七月，因蒋介石去世“特赦”出狱。

十月，以笔名许南村发表《试论陈映真》，自我剖析；并由台北远景出版社出版《第一件差事》《将军族》两本小说集，复出文坛。

一九七六年

十二月，《鞭子和提灯——代序许南村〈知识人的偏执〉》发表于十二月一日《中国时报》第十二版。

一九七七年

二月，与陈丽娜小姐结婚。

七月，《文学来自社会，反映社会》发表于《仙人掌》第五期。

八月，《原乡的失落——试评〈夹竹桃〉》发表于《现代文学》复刊第一期，署名许南村。

一九七八年

三月，《贺大哥》发表于《雄狮美术》第八十五期。

《夜行货车》发表于《台湾文艺》第五十八期。

五月，《在民族文学的旗帜下团结起来》发表于《仙人掌》第二卷第六期，署名石家驹。

六月，《台湾长老教会的歧路》发表于《夏潮》第四卷第六期，署名张春新。

九月，《上班族的一日》发表于《雄狮美术》第九十一期。

一九七九年

十月三日，第二次被调查局拘捕，三十六小时后始释放。

十一月，《累累》发表于《现代文学》复刊九期。

年内，与宋泽莱得第十届吴浊流文学奖。

一九八〇年

八月，《云》发表于《台湾文艺》第六十八期。

一九八二年

七月，《云——华盛顿大楼系列（一）》由台北远景出版社出版。

十二月，《万商帝君》发表于《现代文学》复刊第十九期。

一九八三年

四月，《铃珰花》发表于《文季》第一期。

八月，《山路》发表于《文季》第三期。

与七等生赴爱荷华大学国际作家工作坊。

十二月，以《山路》获《中国时报》小说推荐奖。

《陈映真小说选》由福建人民出版社出版。

一九八四年

三月，《反讽的反讽——评〈第三世界文学的联想〉》发表于三月二十四日《自立晚报 · 副刊》第十版，署名许南村。

《西川满与台湾文学》发表于《文季》第六期，署名许南村。

四月，《“鬼影子知识分子”和“转向症候群”——评渔父的发展理论》发表于四月八日至十三日《中国时报·人间副刊》第八版。

五月，《大众消费时代的文学家和文学》发表于《中国论坛》第二〇七期。

六月，《美国统治下的台湾——天下没有白喝的美国奶》发表于《夏潮论坛》第十五期，署名赵定一。

《万商帝君》由中国友谊出版公司出版。

九月，《山路》由台北远景出版社出版。

一九八五年

十一月，《人间》杂志创刊。《创刊的话——因为我们相信，我们希望，我们爱……》发表于《人间》创刊号。

十二月，自选、插绘《陈映真小说选》，作为纪念《人间》杂志创刊收藏版，收入《将军族》《唐倩的喜剧》《第一件差事》《夜行货车》《山路》等五篇，由台北人间出版社出版。

一九八六年

《夜行货车》被改编为同名电影，谢雨辰导演，张丰毅、林芳兵、寇振海主演。

一九八七年

六月，《赵南栋》发表于《人间》杂志第二十期。

九月，赴美国爱荷华参加国际作家写作计划成立二十周年志庆。

本年，《赵南栋及陈映真短文选》由台北人间出版社出版。

一九八八年

四月，《陈映真作品集》（共十五卷本）前十卷由台北人间出版社出版，包括《我的弟弟康雄》（小说卷一九五九——一九六四）、《唐倩的喜剧》（小说卷一九六四——一九六七）、《上班族的一日》（小说卷一九六七——一九七九）、《万商帝君》（小说卷一九八〇——一九八二）、《铃珰花》（小说卷一九八三——一九八七）、《思想的贫困》（访谈卷：人访陈映真）、《石破天惊》（访谈卷：陈映真访人）、《鸢山》（随笔卷）、《鞭子和提灯》（自序及书评卷）、《走出国境内的异国》（序文卷）。

参与筹组中国统一联盟，任创盟主席。

五月，《陈映真作品集》（共十五卷本）后五卷由台北人间出版社出版，包括《中国结》（政论及批评卷）、《西川满与台湾文学》（政论及批评卷）、《美国统治下的台湾》（政论及批评卷）、《爱情的故事》（陈映真论卷）、《文学的思考者》（陈映真论卷）。

九月，《赵南栋——陈映真选集》由香港文艺风出版社出版，丘延亮编。

一九八九年

四月，赴韩国采访访问。

五月，赴美国加州波尔娜斯参加中国研讨会。

九月，《人间》杂志因亏损停刊。

一九九〇年

二月，率中国统一联盟代表团到北京访问。

一九九二年

二月，《将军族》由人民文学出版社出版，郭枫编。

一九九三年

十二月，《后街：陈映真的创作历程》发表于十二月十九日至二十三日《中国时报·人间副刊》第三十九版，署名许南村。

一九九四年

一月，报告文学《当红星在七古林山区沉落》发表于《联合文学》第一一一期。

九月，《华盛顿大楼》由中国人民大学出版社出版，赵遐秋编。

一九九五年

三月,《陈映真小说集》精装版五册由台北人间出版社出版,包括《我的弟弟康雄》(一九五九——一九六四)、《唐倩的喜剧》(一九六四——一九六七)、《上班族的一日》(一九六七—一九七九)、《万商帝君》(一九八〇——一九八二)、《铃珰花》(一九八三——一九八七)。

一九九六年

七月,《夜行货车》由时事出版社出版,古继堂编。

一九九七年

三月,《陈映真代表作》被收入"中国现当代著名作家文库",由河南文艺出版社出版,刘福友编。

一九九八年

十月,《陈映真文集》三卷本由中国友谊出版社出版,包括《小说卷》(短篇小说集)、《杂文卷》(散文、评论集)、《文论卷》(评论、受访纪录集)。

一九九九年

九月,《归乡》于九月二十二日至十月八日《联合报》副刊连载。同月另刊于《噤哑的论争》。

二〇〇〇年

一月，散文《父亲》发表于一月二十日至二十二日《中国时报·人间副刊》第三十七版。

三月，《陈映真自选集》由北京三联书店出版。

十一月，《夜雾》发表于十一月二十四日至十二月五日《联合报》副刊，再刊于《复现的星图》，人间出版社，十二月。

二〇〇一年

四月，小说集《归乡》由昆仑出版社出版。

七月，《忠孝公园》发表于《联合文学》第二〇一期，另刊于《那些年，我们在台湾……》，人间出版社，八月。

十月，《论“文学台独”》发表于十月九日《文艺报》第二版。

《陈映真小说集》六册由台北洪范书店出版，包括《我的弟弟康雄》（一九五九——九六四）、《唐倩的喜剧》（一九六四—一九六七）、《上班族的一日》（一九六七——九七九）、《万商帝君》（一九八〇——九八二）、《铃珰花》（一九八三——九九四）、《忠孝公园》（一九九五—二〇〇一）。

二〇〇四年

一月，《我的文学创作与思想》发表于《上海文学》第三一五期。

八月，散文《生死》发表于《印刻文学生活志》第十二期。

本年，《铃珰花——陈映真自选集》由香港天地图书公司出版，刘绍铭编。

《陈映真小说选》由香港明报出版社出版，郑树森编。

二〇〇九年

十二月，《陈映真文选》由北京三联书店出版，薛毅编。

二〇一二年

三月，《忠孝公园》由江苏文艺出版社出版，陈友军编。

二〇一六年

十一月二十二日，于北京病逝，享年七十九岁。

十二月二十三日，中国作家协会在北京举办“陈映真文学创作研讨会”。

二〇一七年

十一月，《陈映真全集》二十三卷本由台北人间出版社出版。

译名对照表*

人名

安德烈 · 巴桑：安德烈 · 巴赞

彼德 · 杜拉卡：彼得 · 德鲁克

杜布西：德彪西

马丁路德 · 金恩：马丁 · 路德 · 金

林戈：姜戈

罗塞里尼：罗西里尼

地名

波里尼西亚：波利尼西亚

佛琴尼亚州：弗吉尼亚州

马利兰州：马里兰州

---

* 为尊重原作，本书保留台湾译名。对照表前为本书译名，后为大陆通译名。

密契根：密歇根

南加大学：南加州大学

亚理桑那州：亚利桑那州

书名

《菊花与剑》：《菊与刀》